古宮九時
ILLUST
二色こぺ
2
不可逆怪異をあなたと

# 不可逆怪異をあなたと 床辻奇譚 2

古宮九時

ILLUST 二色こぺ

目次




デザイン
佐野ゆかり（草野剛デザイン事務所）

黒染雨
すみぞめあめ

夏宮
なつみや

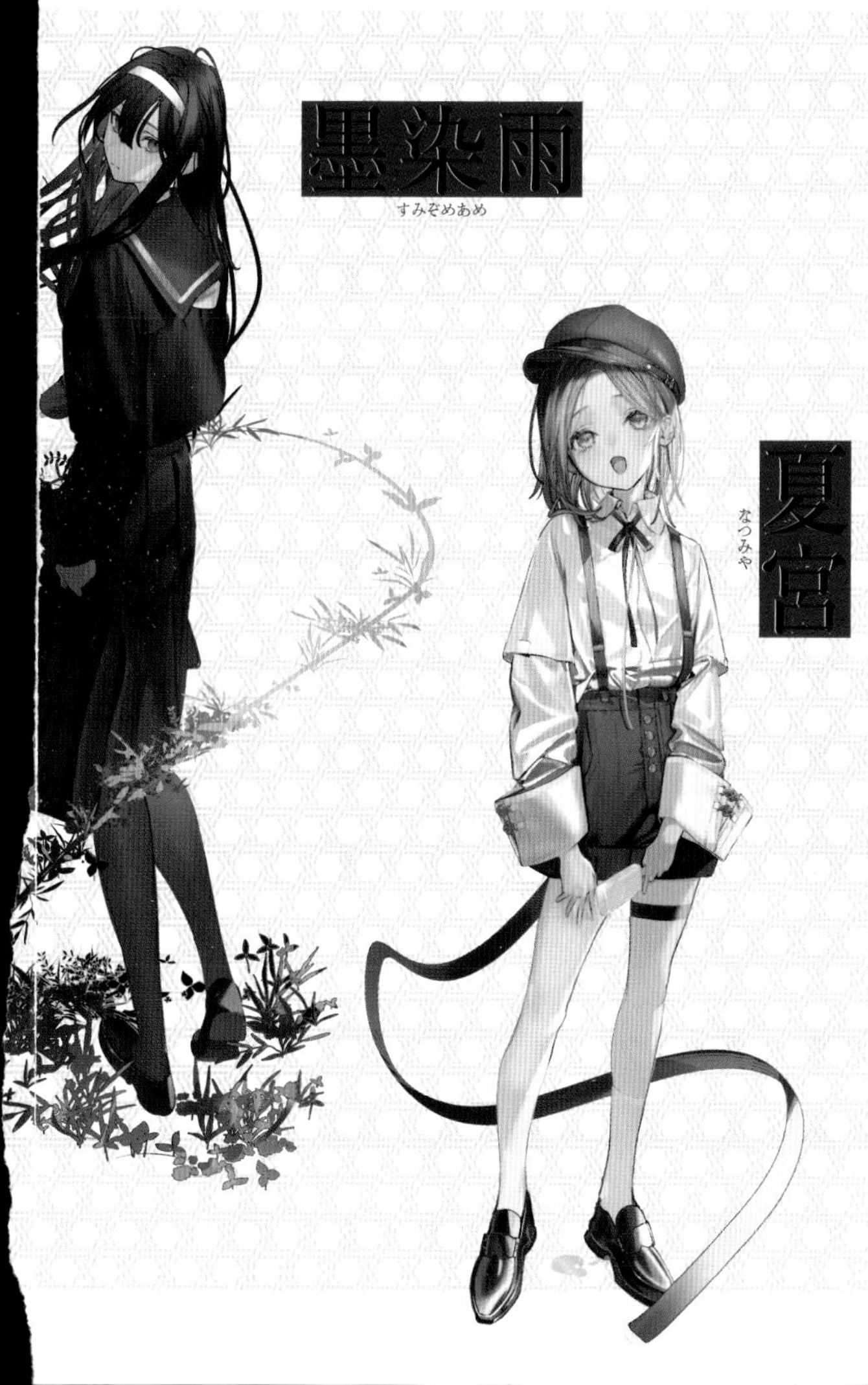

「逃げても無駄ですよ。
門は開き、この土地は私たちと同化する。
これは決定事項です」

一妃《いちひ》

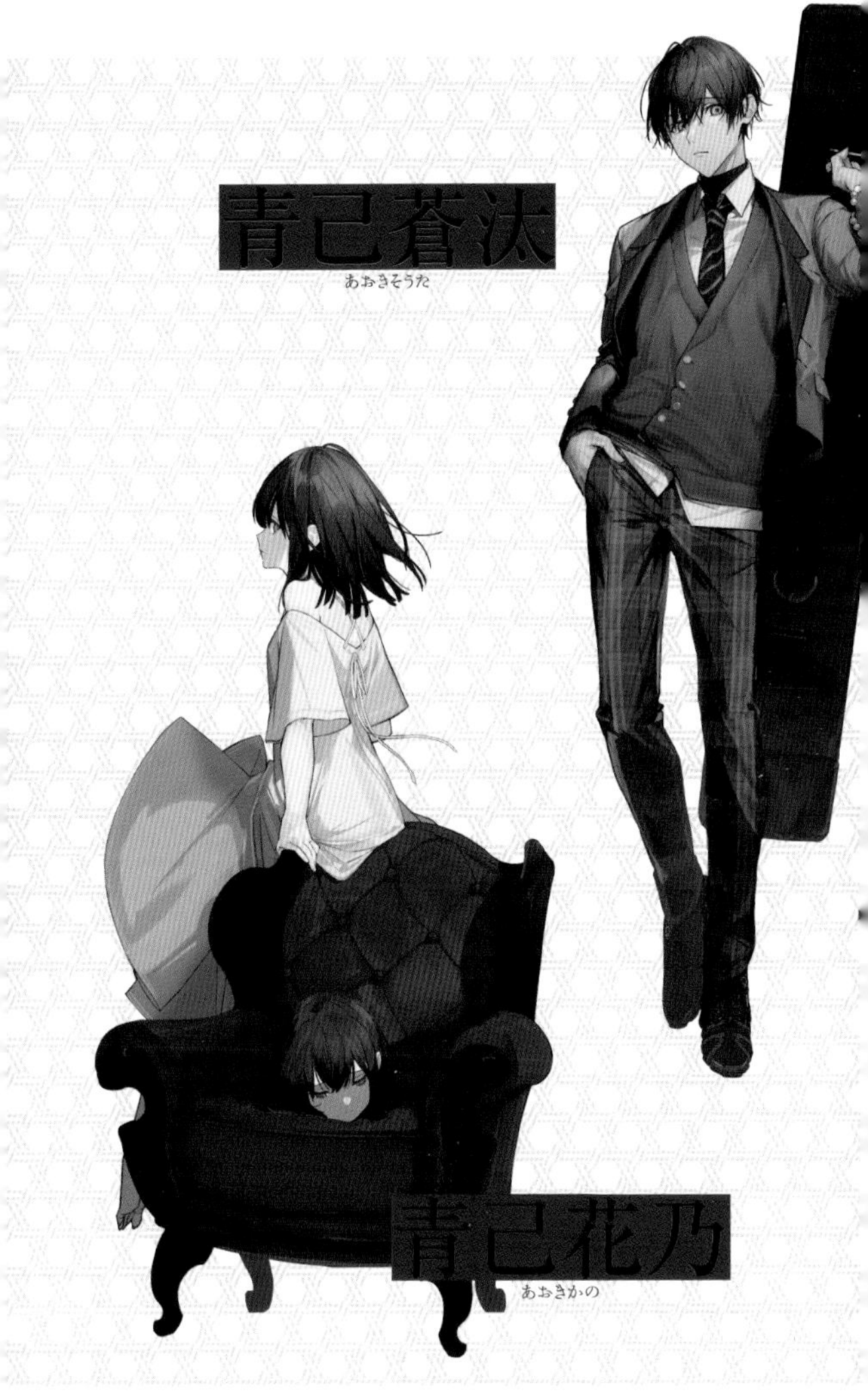

青己蒼汰
あおきそうた

青己花乃
あおきかの

床辻って、昔は『常世辻』って名前だったの。
この街は——あの世に近いの。

# ○――血汐事件

これは青己《あおき》蒼汰《そうた》が知らない、一年前の話だ。


『首だけの私の妹と引き換えに、あなたの妹の体を取り戻してあげます』

感情のない、女の声。

違う世界から届けられた甘言。

その声は確かにあの日、《血汐《ちしお》事件》を引き起こし、多くの運命を捻《ね》じ曲《ま》げた。

※

電話が鳴っている。

玄関の電話が鳴っている。

「……なんで」

単調な呼び出し音は、二階の奥の部屋にまで届いた。花乃《かの》は震える手で両耳を押さえる。

兄は学校に出かけていったばかりだ。今、家には登校拒否をしている花乃《かの》しかいない。

そして花乃《かの》は、電話に出ることができない。——怖いからだ。

昔から、人間ではないものが見え、人間ではないものの声が聞こえた。

それは成長するにつれ頻度が増していった。家の電話を取ったら、複数の大人のひそひそ声だったこともあった。誰だか分からぬ女の哄笑《こうしょう》だったことも。病気で亡《な》くなった同級生の声で「花乃《かの》ちゃんに会いたいなあ」と電話がかかってきたこともある。家電はスマホよりずっと「そういうもの」が混ざりやすい。まるでこの街の地面と繋《つな》がっているように、電話線を通じて違うものが忍びこんでくる。

——だから、あの時の電話もどちらか分からなかった。

花乃《かの》は両親が事故に遭った時にかかってきた電話のことを思い出す。

雨の降る夜だった。兄は友人の家に遊びに行っていていなかった。無視していてもいつまでも鳴りやまない電話がひどく不吉なものに思えて、おそるおそる受話器を取った。

内容は、実はよく覚えていない。名乗る前に自分の名を呼ばれたことと、母親の声に聞こえたことだけは確かだ。『たすけて』と涙混じりにひたすらに繰り返していた声。それがあの時は、とても怖ろしいものに聞こえた。こちらの呼びかけに応えず、ただ必死で『たすけて』と繰り返すだけの声。話の通じなさに人ではないものが母親のふりをしているのだと思って、電話を切って震えていた。

事実どちらだったのか、今でも分からない。

両親はその夜、車で事故に遭って死んでいた。だからあれが、本当に母が助けを求める声だったのか、確かめることは永遠にできなくなった。

それ以来、花乃《かの》は家の電話に出られなくなって……でも今、家の電話が鳴っている。

「どう、して」

いつまでも鳴りやまない電話は、花乃《かの》が部屋に引きこもってから初めてのことだ。こんな朝早くに何かあったのか。それとも怪奇か。兄だったらスマホの方に連絡をくれるはずだ。

花乃《かの》はドアの前に蹲《うずくま》って祈る。電話の音が止《や》んでくれるように。

その祈りが通じたのか、電話はついに鳴りやんだ。

代わりに、花乃《かの》のスマホが鳴り出す。

「っ……！」

画面に表示される発信元は見たことのない番号だ。ただ市外局番は床辻市のものだ。

花乃《かの》は迷い、けれど結局通話ボタンを押す。

スマホからは知らない女の声が流れてきた。

『床辻東高校です。あなたのお兄さんが亡《な》くなりました。すぐ学校に来てください』

それが、《血汐《ちしお》事件》の起きた朝、青己《あおき》花乃《かの》の聞いた声だ。

※

同じ日の朝、紀子《のりこ》はいつも通りに家を出て床辻東高校に登校した。

「おはよー」

教室に入った時、ほとんどのクラスメートは既に席についていた。友人である女子たちが紀《のり》子《こ》に気づいて小さく手を挙げる。

「どうしたの？　今日ぎりぎりじゃん」

「ちょっと体だるくって。休もうか迷ったんだ」

学校を休むかどうか、本当にぎりぎりまで迷ったのだ。でも今日は英語の小テストがあって、大学推薦のためにはこういう細かいところで成績を稼がなければと思って来た。

「一時間目の小テスト終わったら早退するかも」

「いいんじゃない？　ノートは取っといてあげるよ」

「ありがとう」

紀子《のりこ》は窓際《まどぎわ》の自分の席に鞄《かばん》をかけると椅子を引く。座ろうとして、何となく窓の外を見た。

「あれ？」

二階の窓から見える校舎の裏庭。そこがふっと陽炎《かげろう》のように揺らいだ。

夏でもないのに何故《なぜ》だろう。不思議に思ってじっと外を見た紀子《のりこ》は、生徒の中でももっとも早く「それ」に気づいた。

裏のフェンスの内側、地面の上にふわりと白い何かが染《し》み出す。じりじりと浮き出るように、地面に広がっていくそれが何であるのか、理解するより先に紀子《のりこ》は呟《つぶや》いた。

「……白線？」


【もし、何かの入口に白線が引かれていたなら、その先に入ってはいけない】


ガタン、と椅子を鳴らして立ち上がる。

ちょうど教室に入ってきた担任が、驚いた顔で紀子《のりこ》を見た。

「どうした読谷《よみや》」

「あ、ちょっとトイレに……」

「出席つけとくぞ」

その声を聞きながら、紀子《のりこ》は足早に教室を出る。

ホームルームが始まるとあって廊下には誰もいない。紀子《のりこ》はすぐに駆け出した。記憶の中に、とある友人の声が甦《よみがえ》る。

『紀子《のりこ》、たいていの禁忌破りは助けてあげられる。内緒だけど加護もつけとく。でも【白線】

にだけは気をつけるんだ』

真剣な顔でそう言われて、紀子《のりこ》は「白線なんか見たことないよ」と笑ったのだ。

この街に多くの禁忌と怪奇が潜んでいることは知っている。

でもそれは我が身を危うくするほどのことではないと思っていた。自分の身にそこまで大きなことは降りかからない気がしていた。それがまさかこんな、何の変哲もない朝に起きるなどとは。

きっと気のせいだ。見間違いだ。

実際に裏庭を確かめてくればいい。そして何もなかった顔で教室に戻れば済む。

紀子《のりこ》は廊下を走って昇降口に向かう。下駄《げた》箱の列が廊下の先に見えた時、ちょうどそこから一人の少女が廊下に駆けこんできた。

「え、」

思わず声を上げてしまったくらい、少女の姿は異様だった。

制服ではなくだぼついたスウェット姿で、年齢は中学生くらいに見える。ぼさぼさ髪の少女は青ざめて必死な顔で、紀子《のりこ》には目もくれず紀子《のりこ》の脇を走り抜けていった。

「何……？」

つい少女の後ろ姿を振り返って見ていた紀子《のりこ》は、けれどすぐに我に返ると昇降口に駆けこむ。開かれたままのガラスドアの向こうに校門が見えた。

そしてそれだけではなく――昇降口の左右から迫りつつある【白線】も。

「そんな」

今まさに閉じようとしている【白線】の輪。それを見た紀子《のりこ》は絶句し、けれどすぐに【白線】の隙間である昇降口へと走った。

あと二メートル。残る隙間は五十センチほどだ。

あと一メートル。これなら出られる。間に合う。

あと、

「よう、こそ」

すぐ耳の後ろで。

囁《ささや》かれた言葉に思わず足を止め、振り返る。

振り返ってしまった。

その言葉が、読谷《よみや》紀子《のりこ》が聞いた最後の言葉になった。

※

「――危ない！」

異変に気づいた一妃《いちひ》が【白線】の中へ飛びこんだのは、床辻東高校がまるまる【白線】の中にのみこまれた直後だ。

空間跳躍をかけてその只中《ただなか》へ。

教室の入口に呆然《ぼうぜん》と立っている花乃《かの》を見つけて、腕を引く。

迫りくる血の波を、白光で拒絶して退ける。

【白線】の内側は異郷浸食の場だ。その中では生きた人間は皆、異郷の海に没してしまう。だから一妃《いちひ》は花乃《かの》の腕を引きながら、必死に浸食を留めた。

そうして数秒にも満たないせめぎ合いで確保できたのは、二メートル足らずの安全圏だ。

「っ、ぎりぎりだね……」

花乃《かの》が連れ去られるのには間に合った。

けれど今の状態も長くは持たない。早く決断しなければ。一妃《いちひ》は、気を失って倒れた花乃《かの》を見下ろしながら、左腕に抱いた少女の首を見る。

五十年以上も一緒に暮らしていた首だけの少女。一妃《いちひ》の友人である夢見《ゆめみ》は、迷いのない目で一妃《いちひ》を見返した。

「わたしは、もういい、から。――かの、ちゃんの、ほうを、たすけて、あげて」

「夢見」

完成した【白線】から抜け出すのは一妃《いちひ》であっても容易《たやす》くない。ここから連れ出せるのは、一妃《いちひ》自身……つまり彼女に体を預けた人間だけだ。かつて自分もそうやって【白線】の中から拾い上げられた夢見は、親愛を込めた目で一妃《いちひ》を見つめる。

「いちひ、ずっと、いっしょにいてくれて、ありがとう」

「うん」

「たのしかった」

「私もだよ」

一妃《いちひ》は曇りなく微笑《ほほえ》む。

彼女に体を渡して首だけになった少女たちは、基本的に成長することも死ぬこともない。一《いち》妃《ひ》と共にいつまでも生き続ける。それでも彼女たちは今まで例外なく「ここまででいい」と決めて、自分の終わりを選んだ。

長くて百年、短くて数年だ。別れの時は必ず来る。その決断をして去っていく彼女たちを、一妃《いちひ》は美しいと思う。

そしてだから、桜井夢見とはここで終わりだ。

一妃《いちひ》は夢見を抱きしめる。頬を寄せ、目を閉じて囁《ささや》いた。

「私も、夢見と一緒にいられてよかった。愛してるよ」

「ありがとう、いちひ。わたしも、あいしてる」

一妃《いちひ》は床に座ると、微笑《ほほえ》む夢見を膝の上に置く。そして花乃《かの》の首に指を伸ばした。己の首を接《つ》ぐために、細い首筋をそっと指でなぞる。指が辿《たど》った線が白く光り出す。その光が首回りを一巡りすると、一妃《いちひ》は慎重に花乃《かの》の首を持ち上げ、近くにあった教卓の上に置いた。

これで花乃《かの》は一時的に「生きても死んでもいない」停滞した状態だ。夢見の柔らかい声が聞こえる。

「こんどは、かのちゃんを、あいしてあげて」

去っていく友人からの言葉。

愛情に満ちたそれを、一妃《いちひ》は悲しいとは思わない。だからはにかんで頷《うなず》く。

「仲良くやれるよ。花乃《かの》ちゃんも蒼汰《そうた》くんも友達だしね」

二人の兄妹《きょうだい》のことは子供の頃から知っている。その公正さも、素直さも、真《ま》っ直《す》ぐさも、強さも、弱さも、愛情も。

ただしばらくは二人に接触しない方がいいだろう。一妃《いちひ》がこれだけ長く【白線】の中にいたのは久しぶりだ。異郷からの追跡がかかるかもしれない。

そんな状態で花乃《かの》や蒼汰《そうた》と会えば二人に累が及ぶ。ほとぼりが冷めるまで行方を晦《くら》ますしかない。そうやって自分はこの街を、泳ぐように時代を超えて生き続けてきたのだから。

一妃《いちひ》は目を閉じる。己の頭部を両手で挟んでそっと持ち上げる。

そうして次に目を開けた彼女は、床に手をついて新しい体を起こした。自分の隣に座ったたままの友人を見つめる。

「夢見」

彼女はもう答えない。その命は失われている。膝に抱かれたままの首は目を閉じていて、そこに浮かぶ表情は穏やかだ。

一妃《いちひ》は夢見の体に両手を伸ばす。長らく一緒にいてくれた友人を抱きしめる。

「ありがとう、夢見」

彼女の首も体も、ここには残さない。彼女の兄が棲《す》む山へと葬《ほうむ》る。過去一緒だった少女たちを、そうして故郷であるこの土地に帰してきたように。

一妃《いちひ》は夢見を抱いたまま空間跳躍をかける。

後には、その血に没して眠る花乃《かの》の首だけが残る。

血の湧き出す音に混ざって、女の濁る声が囁《ささや》く。

『ああ——あと少しだったのに』

その声を、一妃《いちひ》は聞かなかった。


まもなく【白線】の終わった校内に青己《あおき》蒼汰《そうた》が駆けつけてくる。

血の海の中、首だけになった妹を迎えにくる。

そして物語が幕を開ける。

# 一――境縄

『床辻に住むと早死にする』

この街にはかつて、そんな言い伝えがあったらしい。

今となっては、たとえ本当であったとしても無意味な言い伝えだ。

日本国内では、街がまるごと消える怪事件が断続的に起きている。巻きこまれて行方不明になった人間は既に三百万人を越えていて、みんな明日は我が身だ。

先の見えない恐れと、それさえも日常になった空気は、いつか必ず起こる災害を不安に思いながらも生きていくのと似ている。日々生きるためにやれることをやるしかない。

それはたとえば俺だったら、朝起きて軽く走って、学校に行って授業を受けて、夜は家族と過ごすか街の揉《も》め事《ごと》に対処しにいくか、という感じだ。

手の届くところに手を伸ばす、やるべきことをやる、の繰り返し。一足飛びに全部を解決するような手段があればいいんだろうけど、残念ながら俺はそれを見つけていない。

「ここか」

俺はスマホから顔を上げて、信号機の下の交差点名をチェックする。

真夜中の十字路には人も車も通らない。赤信号がずっと点滅しているだけだ。

標識に書かれている地名は「逆井」。何の変哲もない、市内中央から少し南東部にある交差点だ。

月明かりはない。厚い雲が空を流れている。

俺は背負っていた袋を下ろすと、中から黒い呪刀を取り出した。

「一妃《いちひ》、念のため下がっててくれ」

「はーい。頑張ってね、蒼汰《そうた》くん」

「がんば、て、おにい、ちゃ」

二人分の激励が聞こえて、後ろにいた気配が遠のく。

よし、じゃあここからは俺の仕事だ。

明滅する信号の下、スニーカーでアスファルトを踏みしめる。

ポケットに入れたスマホから、午前零時のアラームが鳴り出す。

それを契機に――ふわりと辺りに風が吹いた。

生暖かい夜の中を流れてくる、身を切るような冷たさの風。どこからともなく渦巻いてくる
それに向けて、俺は声を張る。

「東の地柱、青己《あおき》蒼汰《そうた》だ。まつろわぬ残滓《ざんし》に退去を願う！」

信号の赤い光がついては消える。

四本の横断歩道に囲まれた中央に、冷えた風がとぐろを巻く。

その中心に突如、赤い光が届かない隙間が生まれた。

空中に小さな亀裂が生じる。

罅《ひび》割れた空間の向こうから、白い蛇に似たものがゆったりと泳ぎ出てくる。

夜の中、真白く宙をくねるのは――一本の縄だ。


【境縄とは[redacted]と[redacted]の[redacted]界を動かすものであり、すみやかに送り返さねばならない】


そんな禁忌は、街の人間の間には伝わっていない。

これは、街の怪奇を管轄する機関「監徒《かんと》」にのみ断片的に伝わっているものだ。なんでも出現は百二十年ぶりくらいらしい。境縄の出現には前兆があるらしくて、そこから割り出された出現時刻が俺のところに来た。ちなみに出現場所はここ固定。だからここは、交通量が少ない割に大きめの交差点になっているんだとか。

境縄は、ウミヘビみたいな動きで緩やかに宙で弧を描く。太さは細いロープくらいだけど、長さはよく分からない。今のところ四メートルはあるんだけど、尻尾部分がまだ亀裂の中だ。

そしてその亀裂からは「みちみち」と嫌な音が聞こえてきている。何かが軋《きし》んでいるような、そこに粘り気が足されているような音だ。

「あれ聞いてるとぞわぞわするな……」

なんかこう、生理的に駄目な音だ。生肉をねじってるみたいな……いや生肉をねじってる音とか聞いたことないけど。

でも怖気《おじけ》づいていても始まらない。俺は背中に嫌悪《けんお》感を這《は》わせたまま駆け出す。

思いきって数メートルの距離を詰めると、空中をくねる縄目がけて呪刀を斬り上げた。

けれどその刃先は、何もない宙を通り過ぎる。完全に空ぶった形だけど、それもそのはずで、斬る直前に縄が消えた。いつの間にか亀裂もない。

「あれ？」

あわてて辺りを見回すと、左後方、俺から五メートルの距離を境縄が泳いでいる。しかもさっきより一回り太い。

「げ、なんだそりゃ」

「蒼汰《そうた》くん、全然違うところを斬ってたよー」

一妃《いちひ》の声が背中にかかる。

えー、こわ。まっすぐ行ってまっすぐ斬ったつもりだったぞ。

そうしている間にも、境縄は交差点内を旋回している。その尾は移動した亀裂に接続しているままで、そこからは相変わらず「みちみち」と音が聞こえてくる。

みちみち、みちみち。

みちみち、みちみち。

狭いところで無数の何かが蠢《うごめ》いているような。そこから溢《あふ》れ出《だ》そうとしているような。音は、一秒ごとに耳の中で膨らんでいくみたいだ。長引くと頭の中で破裂しそう。

俺は、今度は走らず大股で境縄に歩み寄ると、縄の中ほどを狙って呪刀を突く。

けどその切っ先が触れる前に、やっぱり縄は消え去った。

「一妃《いちひ》！ またずれてた？」

「うん。右に九十度くらい」

「ありがと」

一妃《いちひ》にちゃんと見えているのは一妃《いちひ》が人間じゃないからか、それとも交差点内にいる俺だけ視界がずらされているのか。

俺は自分に見えている境縄に向き直る。スニーカーの下に罅割《ひびわ》れた感触が返ってきた。

って、あれ？

「……舗装がぼろくなってる」

さっきまで綺麗《きれい》だった路面が、経年劣化したみたいにがたがたになっている。罅割《ひびわ》れて表面が剝がれ、下には砂利が敷かれていた。ついさっきまではこんなじゃなかったのに、なんだこれ。路面が朽ちているのは、境縄がぐるぐる回っている内側だけみたいだ。

「道路を劣化させる怪奇？ 地味に実害すごくない？」

「蒼汰《そうた》くん、縄が南側の道路に向かってる！ 南の領域に行っちゃうよー」

「まずい。夏宮《なつみや》さんに怒られる」

怪奇を別領域に逃がしたなんてことになったら、そっちの管理者に迷惑がかかる。

俺は左側に境縄を見ながら、何もない方向へ駆け出した。

九十度ずれて南に向かっているっていうなら、こっちの方でいいはず。

「あともう五度左で！」

「ラジャ」

微調整をかけた俺は、罅割《ひびわ》れたアスファルトを軽く蹴って跳ぶ。

目の前には何もない。

でもこれでいいはず。俺は目前の空間に呪刀を振り下ろす。

その一撃は――境縄の真ん中に命中した。

何もない空中に白い縄が現れる。呪刀を受け止めているそれは、けど切れる様子はない。

その代わりに、ぐわん、と視界がたわんだ。

呪刀を食いこませた境縄は、少しずつ見えないどこかに押しこまれていくようだ。呪刀が触れている部分が消え、それに連鎖するように残りの部分も揺らいだ空間の向こうへ消えていく。

俺は力を緩めずそのまま呪刀を振りきった。

同時に、白い縄が完全に見えなくなる。俺はぼろぼろの路面に着地した。

「いけた？」

「大丈夫。追い返したよ！」

その声に、俺はようやく一妃《いちひ》の方を振り返った。

歩行者信号の上から一妃《いちひ》が飛び降りてくる。

白い籠を大事に抱えた少女──一妃《いちひ》は、俺の家族だ。

見た目は十六歳くらいに見えるけど、千年近くこの街に住んでいる人外。別の世界である「異郷」から来た存在だ。俺と妹を子供の頃から助けてくれて、しばらく前から一緒に暮らすようになった。

「お疲れさま！」

白い籠を抱えた一妃《いちひ》は、籠を抱えたまま駆けてくる。

以前は手首足首まできっちり服を着こんでいた一妃《いちひ》だけど、今はノースリーブのパーカーにショートのデニムパンツっていう薄着だ。どうやら前の服装は自分の体が誰のものか俺に気づかれないようにというものだったらしい。ばれてからは普通に手足を出すようになったけど、首だけは明らかに継ぎ目があるから、大体リボンか何か巻かれている。

一妃《いちひ》は揺らさないよう運んできた籠を差し出してきた。籠の中から妹の声がする。

「おにぃ、ちゃ、だいじょぶ？」

「平気平気。怪我《けが》もしてない」

白い籠に入れられている妹の花乃《かの》は、首から上だけの状態で微笑《ほほえ》む。喉が途中からないから発声が途切れ途切れになっている。

　これは去年あった《血汐《ちしお》事件》がきっかけで、首から下の体は今のところ一妃《いちひ》が使っている。俺は「体を花乃《かの》に返せ」ってことあるごとに言っているんだけど一妃《いちひ》は「私が動けなくなるからやだー」の一点張りだ。目下平行線。

　一方、花乃《かの》自身も「一妃《いちひ》さんと一緒の方がいい。今のままでいい」と言っている。一妃《いちひ》とセットになっている今の状態だとおかしなものに狙われることもないし、一妃《いちひ》と暮らす毎日が落ち着くんだと。

　というわけで家族三人の中で「花乃《かの》の体を返せ」と言っているのは俺だけ。二対一だ。あまりうるさく主張もできない。当事者性が二人に比べて薄いし。

「さて、帰るか」

　俺は呪刀を竹刀袋に入れると、スマホを取り出す。

「悪い。夜更《よふ》かしさせちゃったな」

「んーん、蒼汰《そうた》くんのお役目だしね。ついてくよ。私たちは学校とかないしね」

「そういう俺の学校も、ダメージ食らったまま回復しきってないんだけどな」

「蒼汰《そうた》くんが通う高校、二つも怪奇に襲われてるもんね。建ってた土地が悪いんだろうね」

「そんなこと言ったら床辻に学校建てられなくなるだろ……」

　しかも二つ目は市外で、休校がちになったまま夏休みに突入しただけ。一つ目の高校が教師生徒全員が行方不明になって廃校にならざるをえなかったのとは違う。

　俺たちは誰もいない夜の道を帰り出す。

「小腹空いたなー。コンビニ寄ってくか」

「鍋焼きうどんなら作れるよ？」

「夏なんだけど。自分で作るからきつねうどんにしていい？」

「冒瀆《ぼうとく》だからダメー」

「圧政だ……」

　一妃《いちひ》の好みで我が家の麺類は今や鍋焼きうどん一択だ。別に好きだからいいんだけど熱い。

　ってていってても、この時間は閉まっているコンビニの方が多いんだよな。それなりに発展している地方都市としては珍しいんだけど、床辻は二十三時を過ぎると客が激減するから半分くらいのコンビニが夜中に閉店するんだ。

　西日本にあるこの街には、古くから多くの禁忌が伝わっている。

【深夜に聞き慣れないサイレンが鳴っても、外の様子を見てはならない】

【行方知れずになった人を夜中に見かけても、声をかけてはならない】

　などなど、こういうのが異常なほどたくさんあるわけだけど、やっぱり禁忌のせいか深夜にまつわるものが多いんだ。だからそれを知る人間はあまり夜に出歩かない。

　怪奇の対策に回る俺からしてみれば人目につかなくてありがたいけど、そもそもこうして怪奇潰しに回らなきゃいけないのも俺が未熟だからだ。不甲斐《ふがい》なくて申し訳ない。

「よし、報告完了っと」

スマホで友達の加月《かつき》くんに任務の達成メッセージを送る。

こんな夜中だっていうのに、既読はすぐについた。「おつかれさまです」と看板を掲げた子犬のスタンプが返ってくる。夜更《よふ》かしさせて申し訳ない三人目だ。

俺がお礼を打ちかけた時、加月《かつき》くんから追加のメッセージが入る。

『先輩の転校先が決まりました』

「へ？」

「どしたの、蒼汰《そうた》くん」

「俺、転校だって」

「二つ目の高校も廃校になっちゃった？」

なんて縁起でもないことを言うんだ。ありそうな話っぽいところが更に嫌だ。俺は「なんで？」と返信する。

加月《かつき》くんからの返信は端的なものだ。

『先輩は床辻の土地神になったので、夏休み明けから市内の高校に通ってください』

……そりゃそうだね。

この床辻には、古くから地柱と呼ばれる土地神がいる。

東西南北の全部で四人。その東を俺が継いだのが一ヵ月前のことだ。

もっとも普通の地柱なら継承と同時に人間じゃなくなるんだけど、俺は完全な変質を拒否したので、半分地柱で半分人間みたいになっている。

そのせいか、ちゃんと地柱がいれば怪奇の自然発生はないはずなんだけど、現状は昨晩の境縄みたいのがぽつぽつ現れている。どうも俺の地柱としての力が不安定だから、そういうものが出てきちゃうらしい。

※

「しばらくは前の高校の制服でもいいそうです。許可を取りました。教科書はこれで全部です。あ、ちゃんと持ち帰り用の袋持ってきました？」

「持ってきたよ……」

初めて足を踏み入れた新しい高校、床辻城北高校の空き教室で、俺は加月《かつき》くんから転校の説明を聞いていた。

「いや、なんで加月《かつき》くんから説明聞いてるんだ？」

加月《かつき》くんは前の学校で一緒だった後輩だ。そして彼は、床辻で怪奇を管轄したり地柱のサポートをする「監徒」って機関の一員でもある。いわば異例な地柱の俺と監徒との橋渡し役だ。なんだけど、他校の学校職員みたいな仕事までしているのはなんで。

加月《かつき》くんは制服姿で首を傾ける。

「僕もここに転校するので。ついでのようなものです」

「え。巻き添えにしてごめん……」

加月《かつき》くんは監徒に所属していること自体、家の都合で仕方なくなんだ。その息抜きで市外の高校に通っていたのに、俺の巻き添えで市内に引き戻してしまった。

さすがに肩を落とすと加月《かつき》くんは呆《あき》れ顔《がお》になる。

「気にしないでください。僕が先輩の監視役でいた方が先輩もやりやすいでしょう。僕の方も老人のお小言を聞くより、先輩といた方が風通しがいいですからね」

「俺は別に高校行かなくてもいいんだけど」

前までは体を失った妹を養えるように高校を出て就職しなきゃ、って思っていたけど、半分人間でなくなったので、もう高校中退で就職でもいいかなって思ってる。地柱になったおかげで生活の最低保証は市がしてくれるらしいし。

「いや先輩、高校は苦痛じゃないなら出ときましょう。あんまり自分を犠牲にしすぎないでください。周りの方が気を遣うんで、むしろ周りに気を遣ってください」

「そこまではっきり言われるとすっきりする。昨日、一妃《いちひ》と花乃《かの》にも言われたし」

高校辞めてもいいかも、って言ったら二人から畳みかけるように批判されたんだ。内容は大体加月《かつき》くんが言うのと同じ。「自分のこともちゃんと手をかけろ」っていうのと「外の世界と繋《つな》がりを持て」って感じだ。外って言っても、俺はもう市内からあんまり離れられないんだけど、つまりは家に引きこもらないで人と付き合え、ってことだろう。

花乃《かの》なんかは自分が引きこもっていたから言いにくそうだったけど、はっきりと「家族以外の人と、繋《つな》がりを持つのは、大事だとおもう」って意思表示をしてきた。それは花乃《かの》がやりたくてもできなかったことだ。

俺は花乃《かの》に比べれば、少数の親しい人間だけがいればいいって思っているし、今いる友達とは学校辞めても連絡取れるけど、加月《かつき》くんにまで言われたらさすがに考えを改める。別に学校嫌いなわけじゃないし。

「ごめん、ご厚意に甘えます」

「はい、先輩のそういう切り替えのよさ長所だと思いますよ。就活の時にはエントリーシートに書くといいです」

「就職も市内だよな。監徒関連の企業じゃないと駄目とかある?」

「特にないですけど、監徒絡《がら》みの仕事の方が、非常時に融通が利《き》きやすいです」

「それはいいな。悩む」

「先輩には地柱の仕事があるんで、就職しなくてもいいとは思いますけどね。人間と土地神を半々で、とか無茶やっているから、やらなきゃいけないことが二倍になるんです」

「恒例の説教が……」

「定期的に蒸し返さないとまた無茶されそうですから」

俺は机の上に積まれている教科書をリュックに入れる。これ、かなり重いな。紙袋とかにしなくてよかった。多分持ち手がちぎれる。加月《かつき》くんは自分の教科書持ち帰ったんだろうか。

「荷物を持ったら、挨拶に行くんでついてきてください」

「はいよ。職員室に？」

時間はまだ朝の八時だ。職員室に挨拶に行ってホームルームにって感じか。

けど、加月《かつき》くんは首を横に振る。

「いえ、地柱にです」

「………」

聞き間違いかと思いたいけど、多分聞き間違いじゃない。

そう言えばこの高校って、市内の北側にあるんだよな。俺の目に諦めを見てとった加月《かつき》くんが頷《うなず》く。

「北の地柱、墨染雨《すみぞめあめ》様です。この学校は五年前から彼女の管轄下なんですよ、先輩」

リュックを背負った俺と加月《かつき》くんは、校内の廊下を歩いていく。

二人とも違う高校の制服を着ているせいか、登校してきた生徒がちらちらこっちを見てくる。なかなか落ち着かない感じではあるけど、俺の方は転校が二回目なので「あ、前もこんな感じだったな」ってくらいだ。一方の加月《かつき》くんは加月《かつき》くんなので、全部の視線をスルーしている。さすがだ。

と言っても、これから会いに行くのが地柱となれば、俺の方はさすがに緊張する。

自分以外の地柱で、面識があるのは南の夏宮《なつみや》さんだけだ。小学生女子に見える夏宮《なつみや》さんは市内をうろうろしているから、運が良ければ会える。

ただ夏宮《なつみや》さんは初対面の人間にも友好的だけど他の地柱はどうなのか。そもそも元が人間で、力を継承して床辻に縛りつけられている存在だから、百年もすると精神が耐えられなくなるなんて話も聞く。実際、俺の前任者はそうやって耐えられなくなったわけだし。

階段を上がり、特別教室ばっかりになって生徒の姿がなくなると、俺は加月《かつき》くんに問う。

「で、墨染雨《すみぞめあめ》さんって今何歳？」

「地柱を継がれたのは六十二年前だと聞いています」

「俺たちの祖父母くらいか」

「——ずいぶんな言い草だ」

少女の声。

顔を上げると、いつの間にか廊下の先にセーラー服姿の女子生徒が一人立っている。

真っ黒いセーラーに、黒いストレートロングの髪。

綺麗《きれい》に切りそろえられた前髪の下から、大人びた黒い目が俺たちを見ている。なんだか水墨画で描いたみたいな人だな。綺麗《きれい》な人だから余計にそう思う。

隣で加月《かつき》くんが頭を下げた。

「失礼しました、墨染雨《すみぞめあめ》様」

「あ、やっぱりそうなんだ？」

この真っ黒いセーラー服、ここの制服じゃないと思ったけどやっぱりそうだったか。

俺は加月《かつき》くんの隣で同様に頭を下げる。

「今日から転校してきた青己《あおき》蒼汰《そうた》です。よろしくお願いします」

「話は聞いている。東の地柱を継いだって」

「はい」

墨染雨《すみぞめあめ》さんは、俺の全身をじろじろ検分する。うーん、緊張するな。

「半分は人間のままでいるというから、どうやったのかと思ったら。受け取った力の半分を未制御のまま眠らせているのか。中途《ちゅうと》半端《はんぱ》だ」

「はあ、そんな風になっているんですね」

自分じゃ自覚がないけどそうなのか。

墨染雨《すみぞめあめ》さんは腕組みして俺を睨《にら》みあげた。

「異例な継承が不満で、そんな状態になったのか？」

「いえ、異例は異例なんですけど、どっちかというと地柱を犠牲にして街を守るってやり方は不安定でよくないんじゃないかって」

俺の前任者は、妹さえ守れればいいと思って地柱になった。

でもその後色々あって、結局は妹助けたさに異郷からの声に耳を貸した。

結果、そいつの精神は傾いていった。最終的には地柱でいられなくなるほどに。

つまり、人間が神様になってずっと土地を守り続けるってシステム自体が危ういんだと思う。

それは実質人柱で、だから「地柱」なんて言われている。

俺はきっぱりと墨染雨《すみぞめあめ》さんに言った。

「この街の防衛体制を変えたい。その第一歩が自分です」

嘘《うそ》偽りなく正直に。

俺の宣言を受けて、墨染雨《すみぞめあめ》さんは眉を寄せる。

「それは、ぼくの在り方への批判？」

あ、墨染雨《すみぞめあめ》さんって一人称が「ぼく」なのか。時代性か？

それはそれとして、質問には答える。

「墨染雨《すみぞめあめ》さんに、ってわけじゃないですけど……そうとも取れますね」

「……先輩、自重してください」

加月《かつき》くんが横から肘打ちしてくる。ごめん、一人の時に言えばよかった。なんかあったら加《か》月《つき》くんだけは逃がそう。

墨染雨《すみぞめあめ》さんは片目を細めて俺を見ている。校内に朝のチャイムが鳴り響いた。

「子供だね」

「孫のような年ですみません」

「ぼくは実年齢については言ってないよ」

加月《かつき》くんからまた肘打ちがきた。ほんとごめん。

墨染雨《すみぞめあめ》さんは腕組みをしたまま、興味がないように俺を見上げた。

「地柱になったばかりなら、そんな夢想を抱くのは無理もないけど」

「夢想ですか？」

「ぼくたち地柱がいなくなれば、この街が【白線】の内側に沈む。もうずっと昔からこの体制が変わっていないということこそが、答えのようなものだ」

ふっと、墨染雨《すみぞめあめ》さんの両眼から光が消える。

黒々とした穴みたいな瞳には、でも強い感情が潜んでいるように見えた。怒りや憤《いきどお》りや、それに類したもの。あ、これはまずいかも。とりあえず加月《かつき》くんを逃がすか。

俺が両足にかけていた体重を移動させた時、けど墨染雨《すみぞめあめ》さんはくるりと踵《きびす》を返《かえ》す。

「東のことだけなら好きにすればいい。地柱同士は不干渉だし、ぼくは子供には寛容だ」

「あ、はい」

かつかつと革靴の音を立てて立ち去りかけた墨染雨《すみぞめあめ》さんは、不意に三メートルほど歩いたところで振り返った。

「きみは、読谷《よみや》紀子《のりこ》を知っている？」

「え？　いや、知らないです」

誰だろう。もうちょっとヒントがないと分からない。けれど墨染雨《すみぞめあめ》さんはすぐに「ならいい」と再び俺たちに背を向けた。

「くれぐれも校内では問題を起こさないで。ぼくの領域で好き勝手なことは困る」

「気をつけます」

墨染雨《すみぞめあめ》さんはその返事が聞こえたのか聞こえないのか、ふっと消えてしまう。

二人だけになると、俺は息をついて加月《かつき》くんを見た。

「挨拶、あんな感じでよかった？」

「まったくよくなかったです。先輩その神経の太さでよく床辻で無事育ちましたね」

「ちゃんと禁忌を避けて生きてきたからじゃないかな……」

祖母がうるさい方だったので、有名な禁忌を一通り把握しているし、それを回避するのが日常になっていた。もっとも俺は花乃《かの》と違って、怪奇が見えない方だったからっていうのもあるかもしれない。

「加月《かつき》くんは挨拶しなくてよかったの？」

「普通の人間を地柱に挨拶させようとしないでください。先輩を挨拶させるのが目的だからあれでいいんです」

「そんなものなのか」

墨染雨《すみぞめあめ》さんは話が通じそうな感じではあったけど、挨拶しただけでそう断じるのは危険だ。

「さっき聞かれた読谷紀子《よみやのりこ》って誰だろうな。加月《かつき》くん、知ってる？」

上ってきた階段を降りながら、加月《かつき》くんはちらっと俺を見上げる。

「――《血汐《ちしお》事件》の犠牲者の一人ですよ」

無意識のうちに嘆息が漏れる。

ああ、そうか。俺と同じ高校にいた生徒か。あの、【白線】にのまれてしまった高校に。

※

【もし、何かの入口に白線が引かれていたなら、その先に入ってはいけない】

床辻に数多《あまた》ある禁忌の中で、【白線】と呼ばれるこれだけは、他と種を異にしている。

他の禁忌は「床辻の怪奇」を避けるものであるのに対して、これだけは「異郷からの浸食」

への対応策を伝えているんだ。別の世界からの部分的な侵略、それが地柱の力と拮抗《きっこう》して、浸食範囲の外側に【白線】が生まれる。

だから【白線】の中に入ってはならない。そこに入れば別の世界に連れていかれる。

そうして街ごと消えてしまった場所がいくつもあるのが、今の日本の状況だ。

「なあ一妃《いちひ》、異郷ってどんなところなんだ？」

夕食の席でそう切り出すと、スプーンを手にした一妃《いちひ》が唇を尖《とが》らせる。

「またその話ー？　教えてあげたじゃん。こっちからあっちには、私だって行けないよー。それに【白線】でのまれちゃった人も、もうあっちの海に溶けちゃってるから助けられない。ハイ、おしまい！」

「いやいやいやいや」

その話はもう聞いている。「一妃《いちひ》の体を取り戻せないか」って尋ねた時に教えてもらった。

――一妃《いちひ》が他人の体を使っているのは、単純に自分の体がないからだ。

彼女の体は彼女の故郷である異郷に残っている。それも確執がある姉のところにあるんじゃないかというおまけつきだ。一妃《いちひ》は家族と折り合いが悪くてこっちの世界に来ているし、その姉は一妃《いちひ》を疎《うと》んじて始末したがっている。整理してみると実に嫌になる話だ。

「一妃《いちひ》が異郷の話をしたがらないのは知ってるし申し訳ないけど、向こうってどんな世界なのかって思って。そもそもなんでこっちに浸食してくるんだ？」

テーブルの上でクッションに乗っている花乃《かの》が、はらはらとした目を俺と一妃《いちひ》に注いでくる。そんなに心配しなくても喧嘩《けんか》はしない。ただこれからのために知っておきたいってだけ。

一妃《いちひ》は少し眉を和らげると、茄子《なす》の揚げびたしを自分の取り皿に取る。

「んー、向こうはこっちと全然違うよ。……あっちはね、基本的に変化がないの」

「変化がない？　どういうことだ？」

「そのまんまの意味。昼も夜もないし、季節も天気もない。ずーっと同じ薄紅色の海が広がってて、その上にはずーっと同じ薄紫色の空がある」

「え……なんかすごいな」

ちょっと想像できない。本当に異世界だ。花乃《かの》も初めて聞く話なのか目を丸くしてる。

一妃《いちひ》は「変でしょ」と言うと、茄子《なす》を口に運ぶ。行儀のよい所作でそれを食べてしまってから、彼女は続けた。

「そこまでは我慢もできなくもないんだけど、あっちって大人になるとみんな一緒になっちゃうんだよねー」

「いっしょ、って？」

「体を捨てて、精神だけ他の全員と一緒になるの。もうずーっと昔からそれを続けてる。世界中に広がってる海って、人が溶けた結果の巨大な共通生命体なの。そうして一緒になると、みんな同じことを考えるし、お互いのことが全部分かる。相手を怒ることも恐《こわ》がることもない。

穏やかに繋《つな》がった同じものとしている。そういうのがいいんだってさ」

「まじかよ……想像以上に異文化だった」

なんかそれはもう人間じゃなくて別の生命体だな。宇宙人ぽい。

花乃《かの》が大きな目を見開く。

「みんな、おたがいに……わかるの？」

「そうなんだよー。筒抜けだし、みんな、ふわーとか、ぼわーっとしてる同じ感じ。そういう『ゆる普遍』が異郷の到達した答えなんだよね」

ゆる普遍って。一妃《いちひ》の伝聞だから緩いんじゃないか？

「到達したってことは、昔は違ったのか？」

「うん。遥《はる》か昔はこっちの世界みたいな感じだったらしいよ。でも色々問題があって、結局そういう形に落ち着いたんだって。迷惑だよねー」

一妃《いちひ》は、花乃《かの》の分の茶碗蒸《ちゃわんむ》しが冷めたのを確認して、一匙《ひとさじ》花乃《かの》の口に運ぶ。その光景を見ながら俺は途方もない気分から抜け出せずにいた。

「だから一妃《いちひ》は逃げ出したのか……」

そりゃ俺でも逃げ出すかも。感覚が違いすぎる。

「でも一妃《いちひ》がこっちに来てから千年くらい経《た》ってるんだろ？　そんなに経《た》ったら向こうも連れ戻すの諦めないか？」

「諦めないみたいね。ずーっとちょこちょこ【白線】が来てたし」

「え、あれってお前を捕まえるためだったのか？　マジで？」

【白線】は床辻では最古の禁忌の類だけど、その発端が一妃《いちひ》だとしたら恐ろしい執念だ。しかも巻き添えがでかいんだけど。

一妃《いちひ》は茶碗蒸《ちゃわんむ》しをまた一匙掬《すく》う。

「私を捕まえられたらラッキーだけど、それだけが目的じゃないと思うよ。シラスの中に小さいタコが入ってたら、ちょっと『おっ』て思うでしょ。そういう感じじゃないかな」

「シラスの中にタコが入ってるの見たことない」

「蒼汰《そうた》くんはついてないね」

そうだったのか。今度買う時見てみよう。

「あ、でも、そっか。確かに床辻以外でも浸食が起きてるんだもんな。あれはなんなんだ？」

ここ二年くらい各地で起きている自治体消失。それが【白線】と同種のものであることは、国の調べで分かっている。土着神がいる土地なんかは浸食を免《まぬが》れているみたいだけど、いない土地はごっそり人間が持って行かれたりしてる。それが始まったのは何故《なぜ》なのか。

一妃《いちひ》はきょとんとして俺を見返す。

「前に言ったよー。大きい周期で来てるんじゃないかって」

「言われた……ような気も？」

振り返ってみると、確かにまだ俺が人間だった頃、《血汐《ちしお》事件》を始めとする異変が何故《なぜ》起きているのか一妃《いちひ》と話したことがある。その時の一妃《いちひ》の答えは「大きい周期と小さい周期が重なっているんじゃないかな」というものだ。

今から思うとその小さい方は「地柱の代替わり」のことだろう。

なら大きい方はというと——

「あっちの世界は滅亡回避でやってるんだよねー」

「ちょ、そんなでかい話なの？」

一妃《いちひ》手作りの鶏チャーシューを、俺は自分の取り皿に取る。最近は鶏チャーシューが花乃《かの》と一妃《いちひ》の流行らしい。火が通った状態でどれだけしっとり作れるか試行錯誤しているんだと。

あと二人の流行は庭の花壇を弄《いじ》るのと家庭菜園。花壇は寄せ植えで華やかになってるし、この間は俺も手伝って大きめの紫陽花《あじさい》を庭の一角に植えた。菜園の方は香味野菜なんかを育てて、毎日様子を見ながら手を入れるのが楽しいらしい。二人に張り合いがあって何よりだ。

その一妃《いちひ》は異郷について説明しづらいのか「えーと」と首を傾《かし》いだ。

「あっちの大人は溶けてまるごと一つだし停滞してるんだけど、完全に止まるとそれは死なんだよね。ほとんど止まってても、ちょっと中がさざめいてたり対流したりしてるくらいじゃないと駄目なわけ。分かる？」

「分からないけど、そういうものなんだな、と受け入れた」

「蒼汰《そうた》くんのその割り切りのよさ、話が早くていいよ。——でね、この揺らぎは自然発生しなくて、外部から取り入れないと駄目なの。その主な手段が、子供が大人になる時の吸収ね」

「吸収って言うとえぐいな。通過儀礼が通過してない。吸収されて出てこない」

自然発生しない揺らぎが必要って考えると「大人になると溶けて一つになる」っていうのはいわば異郷の住人が争わず生きていくためのスタイルであると同時に、あっちの世界存続のエネルギー源なわけか。

「ただ吸収で得られる揺らぎっていうのは、その時の子供たちの性質にもよるんだけど、そう多くなかったりするわけ。吸収を受け入れちゃうような子供だから、吸収前から半分死んでるみたいなものだしね」

「俺が分からないと思って、めちゃくちゃ故郷に毒吐いてないか？」

あ、鶏チャーシュー美味《おい》しい。しっとりしてるしスパイスが効いている。

一方、花乃《かの》は興味津々《きょうみしんしん》な顔で一妃《いちひ》の話に聞き入っている。花乃《かの》は首だけになってから空腹にならないから、食事もちょっと味わうだけの嗜好品《しこう》なんだよな。

「ゆらぎ、が、たりないから、こっちに、くるの？」

「そうそう。揺らぎっていわば、強い感情から生まれるんだよね。向こうからすると、こっちの人間は感情に溢《あふ》れてるからね。特に恐怖は手軽に引き起こせて揺らぎが大きい。ここ数年でどばっと乱獲したのも揺らぎ欲しさじゃないかな」

「こっちで乱獲するなよ……」

それで一妃《いちひ》は「【白線】にのまれちゃった人は溶けちゃった」って言うのか。なんだか喉に形のないものがつかえたみたいな気分だ。花乃《かの》が黒々とした睫毛《まつげ》を揺らす。

「きょうふ、とか、でいいの？　むこうは、ゆらぎが、こわく、ないの？」

「うん。吸収されると感情は希釈されちゃうからね。【白線】でのまれる人間の恐怖も、のまれちゃった後はぼんやりした揺れになると思う。吸収後は新しく感情も生まれないし、窓越しに聞く雨音くらいで、それが少しずつ小さくなっていくって感じかな」

「そんな、なんだ……」

俺は、花乃《かの》の相槌《あいづち》を聞きながら《血汐事件《ちしお》》のことを思い出す。昇降口にも廊下にも夥《おびただ》しい血が溢《あふ》れる中、花乃《かの》を探して走っていった時の光景を。

あの血は科学捜査の結果、人間の血液ではなかったと判明している。異郷に連れていかれた人間の対価として置かれたものだ。のまれた人間たちは血の一滴さえこちらに残らなかった。

それが向こうの世界の存続のために為《な》されたっていうのは、やっぱり釈然としない。

「で、どうして蒼汰《そうた》くんは急に向こうのことを聞いてきたの？　転校初日になにかあった？」

「北の地柱に挨拶したんだよ。そうしたら《血汐《ちしお》事件》でいなくなった子の名前を言われて『知ってるか』って聞かれたんだ」

あの事件は俺の周囲を一変させた。

でもそこからの俺は花乃《かの》の体を探そうと必死で、他に消えた生徒や先生のことはすっかり諦めていたんだ。あの血だらけの校舎に立ちこめていた無音の空気から、俺はなんとなく、でもはっきりと「みんなはもう戻らない」と思った。

きっと死体を見るよりも明らかな終わりだった。あの静けさは、わずかな揺らぎだけがあるという異郷の空気そのものだったのかもしれない。

「それで『消えた人間はもう駄目』ってどういうことなのか、ちゃんと知っとこうと思って」

監徒からも「【白線】にのまれた人は戻ってこない」って聞いたし、一妃《いちひ》が異郷出身だって分かった後にも、【白線】の犠牲者がどうなったかは尋ねた。その時は「のまれた時に死んでいる」と言われて、覚悟していても虚脱感がすごかったんだ。おかげで詳しいことを聞く気になれなかったけど、改めて聞くとやっぱり気鬱になる話だ。

一妃《いちひ》は大人びた微笑を見せる。

「そっかぁ。さすがにここまで乱獲したら向こうの揺らぎも当分足りると思うんだけど、私はあっちがどうなってるか分からないし、私を嫌いな人は私を捕まえるの諦めなさそうだし。逃げ続けるしかないよね」

大して苦でもないように一妃《いちひ》は嘯《うそぶ》く。俺が思わず眉を顰《ひそ》めた時、一妃《いちひ》は明るく笑い直した。

「他には？　新しい学校どうだった？」

「特に問題なかったよ。あとあの学校、監徒の人が多いんだって。だから今度は怪奇に襲われても大丈夫そう」

「それ学校の感想なの？」

「おかげで呪刀の持ちこみが許可された」

「それ学校の感想なの？」

と言われても、一日じゃ特に何も感想ない。新しいクラスメートも普通の反応だったし。友達の陣内《じんない》や綾香《あやか》と学校が分かれたのは少し残念だけど、彼らとは普通にやりとりをしてる。

「何か困ったことあったら言うよ。テスト前とか」

「そういうのはテスト前じゃなくて日頃から言って欲しいなー。一夜漬けできる量には限度があるんだよ？」

「おにいちゃ、こつこつ、やったほうが、らく、だよ」

「善処はする……」

俺が純粋な人間じゃなくなっても、この二人は全然変わらない。家族の中で俺が一番遅れて「普通じゃなくなった」から当然なのかもしれないけど。

夕飯が終わると、一妃《いちひ》と花乃《かの》は風呂《ふろ》に。その間俺は台所の片付けを引き受ける。

「異郷、か」

俺は食器を洗いながら零《こぼ》す。

日本を震撼《しんかん》させている異郷の浸食は、いつか充分な揺らぎを得て止まるんだろうか。

ただそっちが止まっても、床辻への【白線】はきっと終わらない。この街には一妃《いちひ》がいるから。俺に電話をかけてきた一妃《いちひ》の姉は、明確に一妃《いちひ》を捕まえたがっていた。けど、それを防ぐのは地柱になった俺の役目だ。

「でもそれだけじゃな……」

異郷も一妃《いちひ》も、千年もの永い期間を当たり前のものとして動いている。そして一妃《いちひ》に体を渡している限り花乃《かの》も死なない。だから二人はきっとこれから、普通の人間とは違う遥《はる》かな年月を床辻で生きていくんだろう。

一方、半分だけ地柱になった俺はどこまで生きられるのか。どこまで二人と一緒にいられるのか。もちろん、完全に人間をやめて寿命を延ばすって手もあるだろうけど、俺は、やっぱり一妃《いちひ》とは精神が違う。ここからの千年折れないでいられるか、って聞かれたら自信がない。だから俺がちゃんと俺であるうちに結果を出したい。地柱のことも、一妃《いちひ》のことも。

排水口の中へ、泡混じりのお湯が渦を巻いて流れこんでいく。

緩やかに回る思考は、結局のところ次の【白線】を待っている気がして、俺は思わず天井を仰いだ。

# 二――連絡網

「今日までの英語の課題はここに入れておいてくださーい」

休み時間、言いながらピンク髪の女子が教壇の上に浅い紙箱を置いていく。

しかしピンク髪ってすごいな。校則自由過ぎる。そりゃ一妃《いちひ》が紫色の髪で街を歩いていても目立たないはずだ。この学校、木刀持っていてもバット持っていても何も言われないし。

しかも英語係の女子の話を聞いて、課題を出しに行ったのが三人しかいない。

「青己《あおき》さん、どうかした?」

話しかけてきたのは隣の席の男子で山上《やまがみ》くん。彼も髪を赤く染めていてバンドマンっぽい雰囲気だ。今まで挨拶程度にしか話したことないけど、それは俺が積極的に人とコミュニケーションを取ってないからってのと、クラスの雰囲気自体があまり人とつるむ感じじゃないからって理由。クラスの人たちは、俺みたいな来て数日の転校生でも普通に話しかければ答えてくれるし、今みたいに声をかけてくれることもある。

俺は放置されている紙箱を指した。

「いや、みんな課題を出さないいんだなって……」

「あー、いつものことだよ。出さなくても成績に影響するだけだから」

「するんだ」

「未提出者は呼び出し食《く》らうんだけど、それも逃げてるといつか先生の方が諦めるんだよ」

「自爆技みたいだな」

それでいいんだろうか。出してない人数が多すぎて先生が根負けしてるとかじゃ。

「で、青己《あおき》さんは出したの？」

「実はやってないんだ」

「だよね」

いや、一応弁解すると悪気があってやってないわけじゃなくて、なんとなくやってない……。

俺の生活の中で、家でやる勉強の優先度がとても低い……。

なるほど、他のクラスメートも俺と似たような感じか。

「ありがとう、山上くん。で、なんで俺はさん付けなの？」

「え。青己《あおき》さん、地柱様だよね」

「おっと。山上くんは監徒の人か。そうなんだけど元はただの高校生だし落ち着かないので、対等な感じでよろしくお願いします」

「青己《あおき》くんがそう言うなら。じゃ、それでいくよ」

話が早くてありがたい。それにしても、いきなり隣の席の人から「お前人間じゃないよね」って言われる高校なかなかないな。風通しがよくていいけど、加月《かつき》くんはこういうのが嫌だから市外の高校に行ってたのかな。

「この学校ってそんなに監徒の人多いの？」

「一クラスに五、六人って感じかな。でも全員が徒人《とじん》ってわけじゃなくて、家族や親戚がそうってやつの方が多いよ。オレも実働には入らない方だし。徒人じゃない高校生が地柱を継いだって聞いてびっくりした」

「俺もいつの間にか継いでてびっくりしたよ」

半分は騙《だま》し討ちみたいなものだったから驚きは驚き。でも、教室で普通にこんな話をしているのもすごいな。他のクラスメートもまったく気にする様子がない、ってか興味がなさそう。個人主義の集まりみたいなクラスだ。

元々の地柱候補に挙げられていた幼《おさな》馴染《じみ》の綾香《あやか》は、家の方針で「できるだけ監徒と関わらせたくない」ってことで何も知らされないまま市外の高校に進学していたそうなんだけど、城北高校の様子を見ているとその選択に納得する。この学校、街の事情を知ってる人間からすると怪奇への境界がかなり薄い。

山上くんは人が良さそうに笑った。

「校内の監徒関係者は大体、青己《あおき》くんが地柱って知ってるよ。加月《かつき》家の跡取りと一緒に転校してくるし、完全にＶＩＰだよね」

「あ、加月《かつき》くんってやっぱり有名なんだ」

「加月《かつき》家は古い家柄だからね。でも青己《あおき》くんの方が特別だ。地柱様は存在自体違う。だから話してみたがってるやつもいるし、避けてるやつもいる」

「……なるほど」

教室を見回してみると、こちらを見ている二人と目が合う。彼らはそれぞれ軽く会釈《えしゃく》してきた。多分、俺を地柱だと分かっている感じだ。これ、どんな顔をしていいのか分からないな。

「ちなみに山上くんは？」

「どっちでもないかな。わざわざ学校に通ってくるんだから、学校に通いたい地柱様なんだろうな、くらい」

それはちょうどいい距離感かも。神様扱いも避けられるのもすわりが悪いし。

山上くんはひらひらと手を振った。

「気が向いたら校内回ってみるといいよ。この学校ってもともと地柱候補や徒人のために作られた学校らしくて、資料室とか面白いから」

「ありがとう。見てみる」

それはもう公認オカルト高校だな。市内にオカルト高校があるとは俺も思わなかった。せっかくだから、後で校内を見て回ってもいいかもしれない。

そう思っていた矢先の放課後――ちょうど地柱の仕事が回ってきた。

この床辻には、大きく分けて二種類の怪奇が存在する。

一つは、元が人間であったものが罪を犯して死に、街に浸透する地柱の力を受けて怪奇へと変じたもの。【──してはいけない】という禁忌のほとんどは、この手の元人間に遭わないためのものだ。

もう一つは、元からの怪奇。かつては常世辻《とこよつじ》と言われていたこの街に古くから存在する「よく分からない人ならざるもの」。「まつろわぬもの」とも言われている。

前者は地柱の状態に連動して現れるから、俺が地柱を継ぐ直前、前の地柱が不安定だった頃が一番、出現率が高かった。ただ地柱の継承が終わった今では、元人間の怪奇はすっかり見なくなっている。祟《たた》り柱に変じていた前の地柱がいなくなって落ち着いたみたいだ。

その代わり、以前は出なかった後者の怪奇がぽつぽつ現れている。これは単純に地柱である俺の力不足。本来なら出てこない人外を抑えきれていないいってことだ。

「東側の地価だけ下がったらどうしような……」

※

夕暮れ時の森林公園、整備された芝生の上にはぽつぽつと雑木が植えられている。山を切り開いて作られたここは、駅からは離れているけど子供連れに人気の綺麗《きれい》な公園だ。

そんな公園には、さっきから断続的に強い風が吹いている。俺は芝生を踏みしめながら慎重にコンパウンドボウの照準を合わせた。

普段ならこの場所で弓なんて引いていたら即通報されるけど、今は監徒が一帯を「整備中」として立ち入り禁止にしてくれている。

「市内で見かける工事中や整備中看板の向こうじゃ、こういうことが起きてたのか」

「さすがに本当の工事もあると思うよ」

俺の数メートル後ろに立つ一妃《いちひ》は、閉じた日傘をくるくると回しながら嘯《うそぶ》く。

水曜日の十八時過ぎ、九月初めとあってまだ辺りは明るいが、日傘をさすほどじゃない。俺は連絡を受けて学校帰りにここに来たんだけど、学校に行ってない一妃《いちひ》もいるのはコンパウンドボウを持ってきてもらったからだ。花乃《かの》は家で留守番。

俺は数秒先を計算すると、引手を離す。

放たれた矢は、木々の向こうを跳ねている「それ」に向かい——けど寸前で風に流され芝生に突き立った。

「ぐ、また外した……」

「がんばってー！」

さっきから俺が狙っているのは、全身薄緑の、鹿とか山羊《やぎ》に似ている生き物だ。

正確には多分生き物じゃない。なんか白い紙帯みたいなものを何枚も胴に巻いていて、それがほどけかけて風でなびいている。

最初は呪刀で斬ろうとしたんだけど、逃げられまくって近づけなかった。ぴょんぴょん跳ね回っているけど絶対俺の方に近づいてこないし、隠れて待ち伏せようとしても駄目でどうしようかと。それで一妃《いちひ》に連絡したんだけど、なんかさっきから風が強くなってきている。

残りの矢は七本。そろそろ結果を出したい頃だ。

俺は一妃《いちひ》を振り返る。今日の服は中華風サロペットだ。いつもの白い日傘と微妙に合っていないけど、その合っていなさが逆に嵌《はま》っている。

「一妃《いちひ》はあいつ何なのか知ってる？」

「んー、あれは自然霊だね。明治より前にはよくいたよ。ああいうのって言葉が通じないし、何考えてるかもよく分からないんだよね」

「土着神の狒々《ひひ》に近いやつか」

「そうそう。私からするとちょっと捉えどころがない部類かな」

一妃《いちひ》の声は、怪奇に届いてその本質を暴けるけど、言葉が通じない相手にはやりにくいみたいだ。でもこれは俺の仕事だし、一人でもなんとかできないとな。

「……風が強くなってきてるな」

あの緑鹿が走り回る度に、少しずつ辺りの風が強くなっていく。そろそろ止めないと市内に竜巻注意報が出るかもしれない。

一妃《いちひ》が白い靴で芝生を踏みしめる。

「蒼汰《そうた》くん、もっと矢の方に力を込めた方がいいよ」

「矢に？」

「うん。今の蒼汰《そうた》くんって、自分の体と持ってる装備くらいまでしか力が行きわたってないの。だから矢とかだと、手元から離れた瞬間から力が減衰していって、向こうの結界を貫けない。それを意識して矢に力を多めに割り振った方がいいよ」

「はー、そういうものなのか」

継承した力は、俺にとって「なんとなく体の中に溜《た》まっていたり流れていたりするもの」だ。それは息や血流みたいなもので、意識するとそっちの方へ多く流せる、気がする。

呪刀が黒く染まっているのも、俺が力を流したせいであああなったんだ。あれと同じ……いや、減衰するならあれより濃く力を込めないと。

「ありがと、一妃《いちひ》」

「どういたしまして！」

俺は緑鹿を探して視線を巡らす。それをしながら息を大きく吸った。

吸って、吐いて、を繰り返しながら、呼吸を次第にゆっくり、深くしていく。

息に力を乗せる。同調させる。

それを全身に巡らせるイメージで。腕から指へ。指先から矢へ。

番《つが》えた矢がうっすらと光り始める。呪刀はもともと呪われているから黒くなったけど、普通の武器だとこうなるのか。

「よし」

飛び跳ねている緑鹿に狙いを定める。

動きが弾んでいて読みにくいな。風も強いし。けどまあ。

「いける」

引手を離す。

うっすらと白く光る矢は、渦巻く風を貫いて緑鹿に迫った。

今度は逸《そ》らされない。

矢は緩やかな弧を描きながら、飛び上がろうとしていた緑鹿の胴に突き立つ。

「やった！」

緑鹿はびくりと震えると、足を折ってその場に倒れこんだ。

畳みかけるなら今しかない。俺は弓を置くと、代わりに呪刀を拾い上げて駆け出す。

倒れている緑鹿の輪郭が震えてぼやけて――って、あ。

「蒼汰《そうた》くん！」

違和感に足を止めかけたのと、一妃《いちひ》が俺の名を呼んだのは同時だ。

視界が変わる。

次の瞬間俺の体は、数十メートル上空に打ち上げられていた。

「ちょっ……！」

突風に舞い上げられ、地上の緑が遥《はる》か眼下に見える。嫌な浮遊感に身が竦《すく》む。

あれ、俺って落ちたら死ぬのか？　いやそれより――

「一妃《いちひ》、悪い！　そいつ止められるか⁉」

地上にいる緑鹿がよろめきながらも逃げ出すのが見える。白い紙帯を翻《ひるがえ》して走り出す先は、市街地がある方向だ。けど人里にあの暴風の塊みたいのを行かせちゃまずい。

体が落ち始める。俺は一妃《いちひ》の姿を探して地上に目を凝らす。

けどその姿はどこにもない。代わりに軽い声が、空にいるはずなのにすぐ上から聞こえた。

「えー、やだよ。それは私の管轄外だし」

「……だよな。ごめん」

パン、と日傘の開く音がする。一妃《いちひ》の手が俺の左腕を掴《つか》んだ。

落下の速度が緩む。白い日傘を差す一妃《いちひ》は、自分の腕を俺の手に絡《から》ませると笑った。

「だから、手伝ってあげる」

嬉《うれ》しそうな笑顔で、一妃《いちひ》は何もない宙を蹴る。

それだけで俺たち二人分の体は、まだ辺りに渦巻く風に乗って大きく前へ飛んだ。

鹿の逃げる先に公園の駐車場が見える。今そこに停《と》まっているのは、監徒の白いバンだけだ。

スーツ姿の髭《ひげ》の人が、車の外に出てタバコを吸っている。俺は上空から声を張り上げた。

「すみません、逃がしました！」

その声が届いたのか、スーツの人が空を見上げてぽかんと口を開ける。緑鹿はスーツの人から段差で見えないっぽいけどあと数メートルだ。やばい。このままじゃ鹿に轢《ひ》かれる。けど緑鹿は、もたついて走りながらも白バンを見るとそこでもう一度飛び上がった。

高く、ではなく遠く、の跳躍。

緑鹿は風そのもののように白バンごと駐車場を跳び越す。そのまま緩やかな斜面を駆け下りていく緑鹿は、一見優雅な動きだけどすごい速度だ。

「うお、あのままじゃ街に突っこむな。一妃《いちひ》、追いつけるか」

「んー、やってはみるけど蒼汰《そうた》くんが重いね」

「ごめんだけど頼む」

弓は置いてきてしまったし、できるだけ距離を詰めないと。

一妃《いちひ》は細かく宙を蹴って速度を上げる。日傘で空を飛んでいるのって目撃されたら怪奇になりそうだな。

緑鹿はデイキャンプ場の脇を抜けて山道に出る。一妃《いちひ》は俺を引っ張りながら少しずつそれを追い上げていく。この調子なら市街地に到達する前に間に合いそうだ。

「一妃《いちひ》、近づいたら俺を投げて――」

瞬間、ざわり、と首の後ろが粟立《あわだ》つ。

初めての感覚じゃない。

地柱を継いだ時から今までに何度か味わってきた。

それは、異郷からの浸食だ。


「【白線】か！　こんな時に！」

「うわあ、本当に嫌がらせを惜しまないよねー」

一妃《いちひ》がそう言うのはお姉さんが絡《から》んでいるからなんだろうか。

【白線】は、俺の意識するイメージでは「遥《はる》か底から浮き上がってくるもの」だ。

光の差さない深い淵《ふち》から湧き上がる泡のようなもの。

俺は左目だけを閉じてその泡に意識を集中させる。俺が受け持つ東のエリアに向かってくる
【白線】は、全部で五つだ。俺は大体の浮上位置を推測する。

「三つ……は完全に住宅街でこれはまずい。一つは山の中か。これは放置でいい」

最後の一つはその中間だ。俺はざっと五つに優先順位をつける。

「一妃《いちひ》！　そのまま行ってくれ！」

「りょーかい！」

幸い【白線】は違う世界からの浸食とあって、実際に開く場所に行かなくても対処できる。市内にいてきちんと集中できれば充分だ。

だから俺は閉じた左目を通じて、もう一つの人ならざる視界に集中する。

暗い中に浮かび上がってくる泡。五つのそれは、大きさも速度もまちまちだ。市街地に向かっているものは教室くらいの大きさで、山の中に出るものは試着室くらい小さい。

優先順位が高い場所の方が大きいってのはありがたい。迷わなくて済む。

俺は集中し、練り上げた力を――撃つ。

「……一つ…………二つ、三つ」

「蒼汰《そうた》くん、もう追いつくよ！」

「投げてくれ、一妃《いちひ》！」

「はーい！」

一妃《いちひ》はぶん、と反動をつけて手を放す。

数メートル下の急坂にちょうど緑鹿が見えた。いいコントロールで助かる。

左目を端緒に広げている意識には、地上に接触しようとする二つの【白線】が見える。

「っ、四つ！　間に合った！」

四つ目を潰した。残る一つは山の中だ。登山道もない場所で、まず人はいないから放っておいていい。

【白線】の処理を終えた俺は両目を開けて、落ちていく先の緑鹿を見据える。

両手で呪刀を握った。真っ黒く染まった呪刀へ力を通す。

通した力の上から更に力を押しこむ。密度を上げる。

鋭い風が顔や肩を掠《かす》めた。

それを無視して俺は、紙帯を翻《ひるがえ》して走る鹿へ呪刀の先を向ける。

「ここまで、だ！」

薄緑の背に、落下の勢いを利用して呪刀を突き立てる。

瞬間、ぶわっと強い風が俺の全身に吹きつけ……けど今度は、上空に打ち上げられることはなかった。緑鹿は、そのまま千々に掻《か》き消《き》える。

代わりに俺は、当然の結果として鹿が下りていた坂を転がり落ちた。

「え、ちょ、げ」

自然のままの雑木の中を、俺は滑り落ちていく。咄嗟《とっさ》に草を摑《つか》むも勢いを止められない。制服に穴が開きそうなくらい滑って、ようやく止まったのは下の道路に出たところだ。

「あ、あぶね……道路封鎖してもらっててよかった」

この道は森林公園に向かう車しか通らないから、公園とセットで封鎖されていたんだ。おかげで突然道路に転がり出て撥《は》ねられずに済んだ。

すぐ隣に一妃《いちひ》がふわっと降りてくる。

「蒼汰《そうた》くん大丈夫？」

「平気ー。【白線】は一つ取り逃したけど山の奥だし。ありがとな」

俺はアスファルトに手をついて立ち上がる。あちこちすりむいているけど、骨に異常はないし、地柱になってから怪我《けが》の治りも早くなった。制服は泥だらけだけど洗って干せばいいはず。

「新米地柱としては、ぎり及第点な結果か。……次は一妃《いちひ》に迷惑かけないように頑張るよ」

「私は蒼汰《そうた》くんの手助けをするのが楽しいよ？　あくせくしてるの見てて飽きないし」

「それ蟻《あり》が砂糖を運んでるの見て楽しいやつだ」

「蟻《あり》は話しかけてこないからちょっと違うかな」

「真面目に比べられる感じなんだよなあ」

「え。蟻《あり》は友達じゃないよ……？」

あ、一妃《いちひ》がちょっと困ってる。うろたえた様子で俺を見てくる感じは、不思議と懐《なつ》かしい。

夏の強い日差しに、俺はふと子供の頃の記憶を思い出す。

――一妃《いちひ》と夢見が暮らしていた家に、花乃《かの》と二人で遊びに行っていた時のことだ。

俺は確か、蟻《あり》の行列を見つけて、好奇心でそのルートをカーブさせたいと思ったんだ。

でも小石を並べて道を作っても蟻《あり》は石を乗り越えちゃって、全然上手《うま》くいかなかった。そこでお姉さん……つまり一妃《いちひ》が「道の外側に水を流しちゃえば？」って言い出して、二人でその通りに水を流して――

「昔、二人で庭の蟻《あり》をたくさん流しちゃったことがあったよな」

「へ？　な、何急に。あれは本当に予想できなかったんだよ……」

ばつが悪そうな顔で一妃《いちひ》は日傘を畳む。

蟻《あり》を動かしたい俺と一妃《いちひ》は、バケツに水を汲《く》んできて石の通路の外側に水を流したんだ。

それで蟻《あり》を思った方向に誘導できるかと思ったら、水は俺が作った石の土手を軽々突破して蟻《あり》たちをのみこんだ。結局溺れなかった蟻《あり》は石に上っていたやつだけで、蟻《あり》を大量死させた結果に俺は呆然《ぼうぜん》として、一妃《いちひ》はうろたえていた。

焦《あせ》るお姉さんを見たのは、あの時だけだったかもしれない。

「あの時は、大人でも失敗するんだなって驚いた」

「どうしてそんなことばっかり覚えてるかな……あれは後で夢見にも注意されたんだよね。『一妃《いちひ》は命を大事にしないよね』って。ちょっと失敗しちゃっただけで、そんなつもりはないんだけどな……」

恥ずかしそうにそう言う一妃《いちひ》の横顔は、きっとあの日と同じだ。その目に俺はなんで子供の頃の記憶を覚えているのか思い当たる。

一妃《いちひ》は人間に記憶されにくい性質っていうのもあって、俺も昔のことは忘れてしまったことの方が多いんだ。でもあの失敗をうっすら覚えているのは、お姉さんの表情が印象的だったからだ。

──蟻《あり》を殺してしまったことに、まったく後悔や罪悪感のない顔。

ただ「予想と違って失敗した」と恥じているだけの表情が、当時はとても意外だった。お姉さんは俺たち兄妹《きょうだい》にはとても優しかったから。

でも、今になって一妃《いちひ》のことを知ると、あの表情も腑《ふ》に落ちる。

「一妃《いちひ》って自分以外を『話が通じるかどうか』じゃなくて『友達か違うか』で見てるよな」

「うん。え、そういうものじゃない？　おかしい？」

「いや。おかしくはない。俺とは違うってだけ」

一妃《いちひ》にとって、蟻《あり》と人が違うわけじゃない。「話しかけてこない」っていうのは「言葉が通じない」っていう意味じゃなく「交流がない」って意味だ。

だから一妃《いちひ》にとっては交流のない人間と蟻《あり》も同じで、でもその考え方自体が悪いわけじゃないと思う。ただ俺や、他の人間の考えとは違うってだけだ。

泥だらけの手を払って、俺は公園の方へ山道を戻り出す。隣に並んだ一妃《いちひ》に俺は尋ねる。

「花乃《かの》の前は夢見と何十年も一緒だったんだろ？　その前はどうしてたんだ？」

「ん、大体はいつも誰かの体を借りてたよ。ずっと昔は神様扱いされてたこともあったなあ。代々体を貸してくれる一族がいたり、行き倒れてる子を助けたお礼に体をもらったり」

「すごい話だな……」

そういや前に調べた伝承であったたな。江戸時代に行方不明になった娘が、生きた首だけになって戻ってきて、予言っぽいことをするようになったって。あれやっぱ一妃《いちひ》の片割れか。

「神様扱いか……。それじゃお前の価値観に文句言うやつとか少なそうだな」

「え、文句？　なんで？」

「なるほど皆無か」

もしくは一妃《いちひ》にまったく響いてなかったか。夢見も「命を大事にしない」とたしなめはしていたんだ。効いてなかっただけで。

そもそも、一妃《いちひ》と二人だけで暮らすなら一妃《いちひ》の人外的な考え方はあまり気にならないのかもしれない。一妃《いちひ》は気に入った人間は大事にしてくれるから。それで充分すぎるって思う人間もいるだろう。

でも俺は——

「なあ一妃《いちひ》、お前の体のことだけどさ」

「返さないよー」

「返して欲しいけどそうじゃなくて」

坂道のカーブにさしかかる。勾配は急で、道の先は見えない。茂った草が道路脇の白線まではみ出ている。

「俺はいずれ、お前の本当の体を取り戻すつもりでいる」

「え、花乃《かの》ちゃんのため？」

「いや。花乃《かの》も戻してやりたいけど、それとは別にお前の体も。異郷に置きっぱなしって、人質に取られてるみたいでいい気分じゃない。だから取り戻して、その後に元の体に戻るかどうかは一妃《いちひ》が決めればいい」

人間とは違う一妃《いちひ》の考え方を、こっちに合わせて変えさせようっていうのは傲慢だ。だからこっちの考えを伝えて、落としどころをすり合わせていかないと。きっとどの家族も、多かれ少なかれすれ違ってはいるんだろうから。

一妃《いちひ》は「えー」って声を上げていたけど、俺の表情をちらっと見ると口を尖《とが》らせた。

「私は自分の体に未練ないし、あっちの世界には行けないから実質手立てはないし、それは蒼《そう》汰《た》くんの気持ちの問題でしかないと思うよ」

「自覚はあるから大丈夫。こっちでの役目を投げ出して無理にやろうとも思ってないし」

異郷に行く手段はない、っていうのが最大のネックで、だからすぐにどうこうはできない。先に言っておこうと思っただけだ。

「俺がそうしたいってだけの話だよ。でも、もしチャンスが来たら——手伝ってくれるか？」

一妃《いちひ》の、紫の双眸《そうぼう》を見る。

人間じゃない一妃《いちひ》は、人間とは違う価値観で動いている。

でも俺や花乃《かの》の話は聞いてくれるんだ。

だから、少しずつ会話を交わしてお互いのことを知って、人間が大事にしていることに関しては譲ってくれるようにならないかな、と思う。これはその一環だ。一妃《いちひ》が、人に譲るか譲らないかまで自由に選べるように。傲慢でも試してみたい。

俺の質問に、一妃《いちひ》は黒いリボンを巻いた首を傾《かし》げる。けどすぐに破顔した。

「蒼汰《そうた》くんの頼みならいいよ。仕方ないから手伝ってあげる！」

にこにこと機嫌が良さそうに言う一妃《いちひ》はいつも通りだ。

そのいつも通りに、俺は安心する。

「ありがとな、一妃《いちひ》」

地柱になれたのは幸運だ。普通の人間より長い時間をかけて、一妃《いちひ》と意見をすり合わせていくことができる。一妃《いちひ》を連れ戻したい奴《やつ》とわたりあうこともできる。

ほっと肩の力を抜いた俺は、先のカーブを曲がって白バンが下りてくるのを見つけた。監徒の人が追いかけてきてくれたんだろう。俺は白バンに大きく手を振る。

※

レースのカーテン越しに、紫色の空が広がっている。

黄昏《たそがれ》から夜へとページがめくられていく時間。揺り椅子の上で花乃《かの》はうつらうつらと浅い夢を見ていた。

一妃《いちひ》は一時間ほど前に、兄からの連絡を受けて出かけて行った。

「一緒に行く？」と聞かれたが、邪魔になりそうなので断った。兄が一妃《いちひ》を突発的に呼ぶということは、それなりに手こずっているということだ。ついていっても足手まといになるし、待つのは苦ではない。

おそらく自分は、他の人間と比べると遥《はる》かに、無為の時間が苦ではないのだ。この体になるまでずっと怪奇に脅《おびや》かされていたせいか、何も怖いものが訪ねてこない時間は安らかだ。

一妃《いちひ》が来てくれてからは、兄への心配も減った。やはり自分の失われた体のために、兄が夜の街を探し回っているというのは、不安で仕方なかったので。

今は怪奇を恐れることなく、好きに自分の思考を使える。一人での留守番も有意義な時間だ。タブレットで好きな音楽を聴くことも、映画を見ることも、本を読み上げで聞いて、その先を想像することもできる。贅沢《ぜいたく》な時間を過ごせる。

人は、今の花乃《かの》を見たら驚き恐れるだろうし、そうでなくとも、一人で食べることも動くこともできない状態を気の毒に思うのかもしれない。

ただ花乃《かの》にとっては、今の方がずっと自由だ。

体があった頃は、窓の外を見ることさえできず、自分の部屋のドアを開けようとしても、手が震えて力が入らない、そんな毎日で辛《つら》かった。今日こそ自分は無残な死を迎えるのではないかと、日々眠れないでいた。一歩先さえ分からない恐怖の中では生きた心地などしない。自分で死ぬことさえ怖くてできなかったのだ。死を選んだが最後、もっと取り返しのつかない恐ろしいものに捕まってしまう気がして。

だから、今のままがいいと思う。兄や一妃《いちひ》に手をかけさせてしまうことだけが心苦しいが、自分について不満はないのだ。

きっと自分の前に一妃《いちひ》に体を預けていた夢見も、同じように思っていたのだろう。だから二人は何十年も一緒に生活していたし、その暮らしは穏やかなものだった。

もし花乃《かの》が【白線】に捕まらなければ、二人は今でもそうして一緒だったのかもしれない。夢見が自分のために一妃《いちひ》の庇護《ひご》を譲ってくれたことを思うと胸が痛む。いつか自分も誰かのために、そんな決断ができるだろうか。

「変わらな、い……こと……嫌じゃ……ないの」

自分の寝言で、花乃《かの》は浅い眠りから目を覚ます。

夢の中身は覚えていない。ぼんやりとした視界に紫色の空を仰ぐ。

兄たちはまだ帰ってきていないようだ。家の中に気配を感じない。

花乃《かの》が小さな欠伸《あくび》をした時――階下で電話が鳴った。

「え……？」

とぅるるる、とぅるるる、と。

少し濁り気味の、詰まった音がドアの外から聞こえる。

どうして家の電話が鳴っているのか。あの電話は花乃《かの》が体を失って以来、兄が契約を切ったはずだ。だから誰もかけてくるはずがない。鳴るはずが、ない。

「お、おにい、ちゃ」

忘れかけていた恐怖がこみあげる。耳を塞げる手はない。一妃《いちひ》は傍《そば》にいない。

花乃《かの》はがくがくと震える口内を感じながら、一刻も早く音が鳴りやんでくれるように祈る。

いつまでも鳴りやまないように思えた電話は、やがて十数回の呼び出し音の後にようやく止まった。息を止めていた花乃《かの》は、気が遠くなるほどに安堵《あんど》する。

代わりに、留守番電話の電子音が鳴った。

「ど、どうして……」

そんな機能は電話機になかったはずだ。

深度を増していく恐怖に花乃《かの》は意識を失いたいと願う。ドア越しに知らない女の声が響く。

『床辻東高校です』

「っ、そんな」

もう存在しないはずの学校。

兄がかつて通っていた、一年前に《血汐《ちしお》事件》で失われてしまったはずの校名だ。

『行方不明者のお知らせです。床辻東高校二年、読谷《よみや》紀子《のりこ》さんの行方が分からなくなっています。最後に目撃されたのは、五月十二日の朝、学校に向かう途中です』

「き、きたく、ない……！」

『いなくなった時の服装は、高校の制服にローファー、紺色の制鞄《かばん》に白いクマのマスコットをつけています』

知らない名前。知らない生徒。

女の声は高くなったり低くなったりしながら、ノイズ混じりのアナウンスを続ける。

『見つけた人は、床辻東高校までご連絡ください。電話番号は――』

読み上げられた番号は、花乃《かの》の記憶にもあるものだ。

それは一年前の《血汐《ちしお》事件》で、花乃《かの》を床辻東高校に呼び出した、あの電話だった。

# 三――相談箱

「やっぱりよくないよ、こんなこと……」

トラックだけが時折通る深夜の国道を、ぽつんと立つ街灯がオレンジに照らし出している。

ようやく絞り出せた声は、他の三人の馬鹿にしたような視線の前に溶け消えてしまった。

菜々子はうつむいてじっと耐える。自分の発言をなかったことにできないかと願ったが、もう遅い。梨花《りか》が引っ越してきてから、こんなことをもう何度も繰り返している。

夏休み中に、梨花《りか》を紹介された時は、こんなことになるとは思わなかった。

父親同士が同じ会社だという梨花《りか》は、華やかで自信に満ちた少女だった。憧れはするが、地味な自分とは仲良くはなれなそうだと思っていたところ、学校が始まって当然のように梨花《りか》の作ったグループに組み入れられてしまった。それ以来菜々子はすっかり召使だ。梨花《りか》の父親が会社で持っている権力は、子供の教室内にまで及んでいる。誰も表だって梨花《りか》に逆らわない。

もちろん菜々子もだ。

だが、それも行きつくところまで来てしまった。

まさかこの街で、自分から禁忌を侵すことになるなんて。

「ほら、さっさと歩きなさいよ」

後ろから小突かれて、菜々子は再び歩き出す。

否、さっきから厳密には一度も立ち止まってはいない。歩幅を数センチにしたり、わざとゆっくり歩いたりして立ち止まらないよう調整し続けている。そうして街灯だけが照らす夜の道を、西へ西へ進んでいるのだ。

二十三時過ぎに、中学生女子四人だけで外を歩こうなんて、まともな床辻市民ならやろうとも思わないはずだ。それとも、みんな一度くらいは禁忌破りをするのだろうか。

【街の東西と南北を結ぶ道路を、一度も立ち止まらず歩ききってはならない】

ただ歩け、とそれだけの禁忌破り。

時間がかかることさえ気にしなければ不可能ではない。だがそもそも破ってはいけないから禁忌なのだ。菜々子は「誰か大人が見つけて止めてくれないか」と祈る。

その時、後方から派手にクラクションを鳴らされ、菜々子は飛び上がった。トラックが四人の脇を大きく避けて通り過ぎていく。ナンバーは県外のものだ。だから単に、こんな夜中に国道を歩いている子供へ注意しただけだろう。菜々子の両親も今日は梨花《りか》の家に泊まると思っている。まさか娘が禁忌破りをしているなどとは想像もしていないはずだ。

菜々子はうなだれて歩いていく。西の終わりと言われている交差点には、あと二キロほどでつくはずだ。まだそれだけの猶予があるにもかかわらず、先ほどから足下に時折、冷たい風が吹きつけてくる。自分がどことも知れない場所へと向かっているような、嫌な予感だけが募ってくる。

「……おばあちゃん」

口の中で小さく祖母を呼ぶ。いつでも優しかった、今はもういない祖母を。

菜々子は肩を落としながら顔を上げ……視界の隅、対向車線の街灯の下に、誰かが立っていることに気づいた。

がっくりと首を前に垂れて立ち尽くしている人影。

どうやらその人物は、制服を着た女子高生のようだ。こんな時間に路上で何をしているのか、反射的に目を凝らそうとした菜々子はしかし、次の瞬間悲鳴を上げそうになって口を押さえた。その制服がどこの学校のものか、分かってしまったからだ。

「ちょっと、どうしたのよ」

思わず足を止めかけた菜々子を、後ろから梨花《りか》が軽く小突く。

その声はあまりにも不用心なもので、菜々子は泣きそうになりながら首を横に振った。振り返ると、震える手で小さく女子高生を指さす。

「あ、あのひと……」

「何?」

訝《いぶか》しげな梨花《りか》にならって、菜々子は視線を戻す。

そしてぎょっと青ざめた。

オレンジの光の下には既に女子高生の姿はなく――ただ彼女が立っていた場所には、薄ピンク色に見える小さな水溜《みずた》まりだけが残っていた。

※

床辻にある高校は全部で四つ。

そのうち床辻東高校が俺の最初に通っていた高校だけど、《血汐《ちしお》事件》で廃校になった。

残っているうちの一つは床辻城北高校で、ここが俺の転校先。三十年前は工業科もある男子校だったらしいけど、少子化のせいか普通科だけになり共学になって今に至るという。

校風は割と緩くて、制服はあってないようなものだし、遅刻欠席も多い。

「そういう校風、俺は割と助かってるんですよね。クラスメートもあんまり他人を気にしないし、勉強も厳しくないし」

「……それはよかったね」

苦い顔で相手は答える。うーん、話が弾まないな。せっかく一妃《いちひ》に手伝ってもらって二人分の弁当を用意したんだけど。加月《かつき》くんに報告したら「だから言ったじゃないですか……」ってダンゴムシを見るような目で見られそうだ。

普段は生徒が立ち入らない資料展示室で、俺は地柱の墨染雨《すみぞめあめ》さんと向かい合って弁当を広げている。

この資料室って本当面白いな。古文書みたいなのが展示されてるし、普通に壁に注連縄《しめなわ》が飾られてるし、なんか怪しい古い箱とかあるし。山上くんは「校内を見て回るといいよ」って言ってくれたけど、この部屋だけは鍵がかかって入れなかったんだよな。でもこれは確かに常時オープンにはできなそう。オカルトっぽいものだらけだ。

その最たるものである墨染雨《すみぞめあめ》さんは、探るように俺を見た。

「で？　ぼくへの本題はなんだい？　地柱同士は不干渉だと言っただろう」

「ああ、すみません。おにぎり美味《おい》しいですよ。俺一人じゃ食べきれませんし」

そう言うと、墨染雨《すみぞめあめ》さんはしぶしぶといった様子で俵形のおにぎりを一つ箸で取る。

焼いた鮭《さけ》をほぐして具にして、醬油《しょうゆ》をつけた海苔《のり》で巻いてゴマを振ったおにぎりはめちゃくちゃ美味《おい》しい。おにぎり以外は茹《ゆ》で鶏ムネ肉とブロッコリーとプチトマトしかないんだけど。こっちは俺が作った。味付けはしてないから、食卓塩の瓶も持ってきている。墨染雨《すみぞめあめ》さんは赤い蓋の食卓塩をちらっと見ただけで現状無視。おにぎりはちゃんと味ついてるしな。

「本題って言うか、この学校って相談箱置いてあるじゃないですか。『秘密厳守・ささいなことでも構わない・教師には伝わらない』って。教師が読まないなら誰が読んでるのかなと思って投函《とうかん》してみたんです」

「帰っていいかい？」

「あ、すみません、本題はあるんですよ」

クラスの人にも聞いたところ、ひっそりと廊下の奥に置いてあるその相談箱は結構前からあるらしい。生徒たちは気軽に悩み事などを投じているそうで、それで状況がよくなった生徒もいれば何も変わらなかった生徒もいる。普通の学校なら面白い慣習でスルーするところだけど、この学校には墨染雨《すみぞめあめ》さんがいるから、念のため「相談に乗ってください」と入れてみた。

で、その日の放課後には下駄《げた》箱に「明日の昼時なら話を聞ける」と返信が来たわけだ。

俺は自家製サラダチキンを食べながら切り出す。

「墨染雨《すみぞめあめ》さん、【白線】ってどうやって防いでます？　俺は今のところ、察知してから意識を集中して地上に達するまでにカットするって感じなんですけど、夜中寝てる時に来たらどうしようかな、ちゃんと気づいて起きれるかなって」

地柱の役目はいくつかあるけど、【白線】からの防衛が最重要課題だ。何しろ失敗したらどうなるのかは、他の消失した自治体を見れば明らかだ。

でも床辻は【白線】の襲撃が多い割に、地表まで到達させた例がほとんどない。《血汐《ちしお》事件》だって、俺の前の地柱が意図的に【白線】を見逃したからああなったんだ。

なら墨染雨《すみぞめあめ》さんはどうやって防いでいるんだろう、という先人のアドバイスを聞きたい気持ちで相談してみました。

墨染雨《すみぞめあめ》さんは、二つ目のおにぎりに箸を伸ばす。

「そんなもの、参考にならないぞ。ぼくは眠らないからな」

「まさかの」

「ただぼくとしてもいちいち狙い撃つのは面倒だからな。網を張ってる」

「網？」

墨染雨《すみぞめあめ》さんは頷《うなず》くものの答えない。おにぎりをもぐもぐしているからだ。俺は待っている間、水筒から熱いほうじ茶を紙コップに注いで墨染雨《すみぞめあめ》さんの前に置く。最近、一妃《いちひ》は自分で茶葉を焙《ほう》じるのに凝っているらしい。俺はこれをお茶漬けにするのが好き。

おにぎりを食べ終わった墨染雨《すみぞめあめ》さんは、ほうじ茶に口をつける。

「君は、男子高校生らしくないな」

「半分人間じゃないですからね」

「そういう意味じゃない。年寄りくさいし変に肝が据わっていて気味が悪い」

「…………」

「まあ、そういう人間だからこそ地柱を継いだりしたんだろう。そうでなければとっくに死んでるかこの街を出てる」

墨染雨《すみぞめあめ》さんもめちゃくちゃはっきり言うな……。けど俺の質問にはちゃんと答えてくれる。

「君が『地上に達するまでにカットする』と言っているということは、感知から【白線】の発現までにある時差を、距離として把握しているんだろう」

「あ、そうです」

「なら、その距離の間に自分の力を網にして張っておくよう意識する。不可能なことじゃない。地柱は常にこの土地と繋《つな》がっているからな。【白線】の来訪を察知できている以上、君の力はそこまで広がっているはずだ。それを意識的に攻性防御にまで高める。高めて無意識のうちに常時展開できるようにする」

「え、あ、はい」

うお、急にたくさん言われたし難しい！

でも墨染雨《すみぞめあめ》さんの言わんとするところは分かった。俺は自分の足下を見る。

「自分の足から根が地中に広がってて、それが【白線】を食い止めるって感じですか」

「それが君にとって分かりやすい感覚ならいいと思う。力は常にこの土地に根差している。それを無意識に垂れ流しているか統御しているかの違いだ」

うーん、そういう肉体から離れてふわっとした力の使い方、俺は苦手なんだけど、いつまでもできないじゃ駄目だしな。【白線】感知はできているんだし、ちょっと意識してみよう。

墨染雨《すみぞめあめ》さんは、お茶の紙コップを置くと俺を見据える。

前髪の下から覗《のぞ》く大きな黒目は、人間とあんまり変わらない。

「そちらの用件が済んだなら、ぼくからも一つ言わせてもらおう」

「あ、どうぞ」

「君は、【迷い家】の主と一緒にいるそうだが、あの女はよくない。人間じゃないぞ」

「あぁ—」

一妃《いちひ》のことは、監徒なんかは【迷い家】っていう怪奇避難所の今代の主人だと思っている。その主人が実際は一妃《いちひ》のままでずっと代替わりしてないし、一妃《いちひ》の正体が異郷の存在だっていうのも監徒の中で知っているのは加月《かつき》くんだけだ。そして加月《かつき》くんはその報告を監徒に上げないでくれている。

でもさすがに地柱は、一妃《いちひ》が人間じゃないと気づいているのか。

墨染雨《すみぞめあめ》さんは苦みを帯びた視線で壁を撫《な》でた。

「ぼくも何回かあれに出くわしたことがあるが、あれは話が通じるようでいて通じない。人間の心を理解できない。信じて辛《つら》い思いをするのは君の方だ」

その言葉は、できるだけ感情が抑えられていて、ちゃんと忠告の体裁を取っていた。

だから、純粋な善意でのものだっていうのはよく分かる。

よく分かるんだけど——

「墨染雨《すみぞめあめ》さん、ありがとうございます。でもすみません、俺はあいつの正体を知っていて、でも家族だと思ってるんです」

そう返した時の墨染雨《すみぞめあめ》さんの顔は、多分彼女にしては珍しいんだろうなって感じのものだ。きょとんと目を丸くして、言われた意味がよく分からないって顔。その気持ちは理解できるし申し訳ないから補足する。

「実は俺、子供の頃から一妃《いちひ》によく遊んでもらってて、何度も助けられてるんです。あいつのいいところも人と違うところもよく知ってますし、墨染雨《すみぞめあめ》さんが忠告してくれる意味も分かります」

もしこの忠告を、一妃《いちひ》の正体を知る前に聞いていたら、何かが変わっていたかもしれない。

いや、それでもやっぱり結果は変わらなかったのかも。あいつのことを知るのがいつであっても、あいつ自身が変わるわけじゃないから。

墨染雨《すみぞめあめ》さんは、驚きから覚めると、氷みたいな目で俺を睨《にら》む。

「あれの正体を知っていてそれとは、君はどうしようもない愚か者かな？」

「俺は実際賢くはないですけど、それだけじゃなくて」

俺は箸を置く。失礼にならないといいなと思うけど、これは言わなきゃ駄目なことだ。

「墨染雨《すみぞめあめ》さん、一妃《いちひ》は確かに人の心が分からない挙動をしているんですけど、実は少し違うんです」

「違う？」

「はい。あいつは、人の心がまったく分からないわけじゃないんです。何をすれば喜ぶか、何をすれば悲しむかは、多分おおよそ分かってるんです」

一緒に暮らしているとそれは見えてくる。一妃《いちひ》は細やかなことに気が利《き》くし、俺や花乃《かの》の喜ぶことをよく分かっている。基本的に嫌がることはしないし、一緒に暮らしていく上での話し合いも機能している。

じゃあ何が違うかっていうことなんだけど――

「ただあいつは『自分が嫌われたり敵意を持たれたりすること』を何とも思ってないんです。何とも思っていないから、俺たちの感情を無視して動ける。俺たちに嫌がられても『そっちの方がいい』って思ったら平気で実行するんです」

「……それは、人の心が分からないという意味じゃないかな」

「そうかもしれませんけど、俺はただ分からないだけとは違うと思ってます。一妃《いちひ》は俺の話聞いてくれますから」

希望的観測すぎるって言われるかもしれないけど、俺はそうだと思いたい。

そうじゃなくても、裏切られるのはどうせあいつに譲って欲しいと思っている俺だけだ。一《いち》妃《ひ》はこの街で千年も普通に暮らしていた。【迷い家】の主人として時々人間を助けてきたくらいで、怪奇にもなってない。

そんなあいつのことだ。将来俺が「裏切られた」って思う日が来るとしても、それは俺の心情的なものにしかならないだろう。

「でも、ちゃんとご忠告の意味も分かってます。こんなこと言っといてなんですけど、俺もよく『あ、こいつ人の心が分かってないな』って思ったりしますし。でもそういう時の『人の心』って、結局『俺の心』でしかないんですよ。あいつ、妹とは仲いいですし」

俺が苦笑してみせると、墨染雨《すみぞめあめ》さんは理解しがたいものを見る目になる。

「……君たちは変わっている」

「そうかもしれないです。俺も最初、一妃《いちひ》のことを怪しんで【禁祭事物】かけちゃったんで、全然人のことは言えないんですけどね」

「え？　【禁祭事物】？」

「はい。俺と妹を傷つけないって縛りで一妃《いちひ》はあれと契約してるんです」

加月《かつき》くんに調べてもらったけど、やっぱり【禁祭事物】のキャンセルって効かないらしい。これに関しては本当に後悔。一妃《いちひ》は気にしてないけど、俺の方には負い目がある。

「信じられないことをするな……あれに【禁祭事物】をぶつけようとするなんて。どんなことになるか分からないぞ」

「多分発動しません。一妃《いちひ》が家族なのは本当なんです。最近、例の電話で妹がすごく不安定になってるんですけど、一妃《いちひ》はずっとそれに付き添ってくれてますし」

墨染雨《すみぞめあめ》さんが、それを聞いてびくりと震えたのは、半ば予想できていたことだ。

――一週間前、市内在住の高校生がいる全家庭にある電話がかかってきた。

今はもうない床辻東高校の電話番号から、行方不明の女子生徒を探す【連絡網】。

その女子生徒は《血汐《ちしお》事件》で行方不明になったままだ。たちの悪い悪戯《いたずら》ってことで警察も動いたけど犯人は見つかってないし、おかげで床辻には新しく禁忌が作られた。

【行方不明の子供を探す電話がかかってきても、受け答えをしてはいけない】

これ禁忌っていうより単なる実話怪談じゃないかって思うんだけど。正体が知れないから用心してくれるに越したことはない。花乃《かの》は電話に出なかったけど、電話に出てやりとりした人間のほとんどが、原因不明の高熱と悪夢にうなされているらしい。まるで怪奇感染だ。

俺は墨染雨《すみぞめあめ》さんの顔色を窺《うかが》う。墨染雨《すみぞめあめ》さんはほんの数秒表情を失《な》くしていたけど、我に返ると箸を取った。何食わぬ顔で新しいおにぎりを取る。

「その電話の話ならぼくも知っている。学校中の噂《うわさ》になっているからね」

「墨染雨《すみぞめあめ》さんは、あの【連絡網】が来ることを知ってたんですか？」

【連絡網】が捜していた女子生徒は「読谷紀子《よみやのりこ》」。墨染雨《すみぞめあめ》さんが「知っているか」と聞いてきた名前と同じだ。読谷紀子《よみやのりこ》は何者なのか――俺が答えを待つ間に、墨染雨《すみぞめあめ》さんはおにぎりを食べ終わる。冷めかけたほうじ茶を飲むと、口を開いた。

「読谷紀子《よみやのりこ》は、普通の人間だ。ただ『見える』人間ではあった」

過去形で語られる、知らない女子生徒の話。

墨染雨《すみぞめあめ》さんは、ぽつりと付け足す。

「ぼくの友人だ。子供の頃から知っていた」

そこには微量の、けれど拭い難《がた》い感情があった。

俺は思わず息を詰める。《血汐《ちしお》事件》で消えた、名前も知らなかった生徒を大事に思う存在がいるなんてことは、当たり前だ。でもそれを目の前に突きつけられたことは今までなかった気がする。俺はあの事件に関わり損ねた人間だったし、当時は花乃《かの》のことでいっぱいで、他に気を配る余裕もなかった。

墨染雨《すみぞめあめ》さんは、淡々とした声音を崩さない。

「この街で、見える人間は珍しくない。ただ紀子《のりこ》は普通の子だったから、成長するにしたがってぼくの方から適切な距離を置くよう心がけた。地柱に近すぎれば『足跡付』などと言われて監徒に組みこまれる恐れもある。監徒に属する若い人間たちが苦労をしているのはよく知っているからね」

監徒が大変なのは、俺も実際に見て知っている。加月《かつき》くんがそうだし、俺が地柱を継いだ時の一件で、監徒の異能者に何人も死人が出たのは間近で見た。あの中には中学生くらいの女の子もいた。墨染雨《すみぞめあめ》さんが、友人をそういう機関に関わらせたくないって気持ちはよく分かる。

「だから、紀子《のりこ》が高校進学する際にも、うちの高校は避けるように言った。ぼくに関わるのも、監徒の多い学校に来るのもよくないと思った」

「……あ」

――この高校に来させてさえいれば、紀子《のりこ》さんは《血汐《ちしお》事件》に巻きこまれなかった。

それはきっと《血汐《ちしお》事件》で生徒を失った保護者の多くが考えていることだ。あの日、あの場所にいなければ助かったのに、とみんな思ったに違いない。

墨染雨《すみぞめあめ》さんは窓の外に視線を投げる。そこから見えるのは北側の山と森だ。この間の森林公園と違って、滅多に人も立ち入ることのない山。墨染雨《すみぞめあめ》さんも、そこに社があったりするんだろうか。

「どうして紀子《のりこ》が電話で探されているのかぼくにも分からない。何か分かったら教えて欲しい」

それが、今日俺を呼び出したもう一つの目的なんだろうか。

今更の【連絡網】に、墨染雨《すみぞめあめ》さんが落ち着かない気持ちはよく分かる。後悔しているのも。でもこれに関しては、きっと気分のいい話は出てこない。出てこないけど、墨染雨《すみぞめあめ》さんはそれを覚悟した上で知りたいって思うんだろうな。

俺はふと、昨日友人から来たメッセージを思い出す。

「そうだ、墨染雨《すみぞめあめ》さん。次の週末、俺と一緒に俺の友達に会いませんか」

「え？」

「例の【連絡網】について相談があるって呼び出されたんです。墨染雨《すみぞめあめ》さん、外に出られないって感じじゃないですよね。夏宮《なつみや》さんも外うろついてますし」

「それは……そう、だけど」

「なら土曜日の朝十時に駅前の『コラドカフェ』で。あ、これ俺の連絡先です」

その辺にあったチラシの裏に、携帯番号とメッセージＩＤを書いて墨染雨《すみぞめあめ》さんに渡す。墨染《すみぞめ》雨《あめ》さんは呆気《あっけ》に取《と》られた顔をしていたけど、それを受け取った。俺は大体食べ終わった弁当を片付けて立ち上がる。

「ちなみに、今日のおにぎり作ったのは一妃《いちひ》です」

それを聞いた墨染雨《すみぞめあめ》さんは、寝耳に滝が落ちてきたような顔になっていた。

# 四——彼岸渡し

——怖い、という感情はどこから来るのだろう。

そんなことを考えてしまうことがある。過去の恐怖からいつまでも逃れられない自分が嫌になった時などに。

「大丈夫。私がいるよ」

「いちひ、さん」

優しい手が花乃《かの》の頬に添えられる。紫の瞳が花乃《かの》を覗《のぞ》きこむ。

異郷から来た女。千年を生きる人外。

その愛は人のものとは違うけれど、間違いなく優しい。だからこそ、自分の恐怖に一妃《いちひ》を付きあわせてしまうのは申し訳ないと思う。

あの電話以来、花乃《かの》は部屋に引きこもっていた以前の時のように臆病になってしまった。ちょっとした物音や人の気配にびくびくと怯《おび》えてしまう。頭では「怖がりたくない」と思っているのに、反射で震えあがってしまう。本当に嫌になる。

そんな花乃《かの》に、一妃《いちひ》はずっとついていてくれている。厭《いと》うことなく、疲れることなく。

「いま、なんじ、ですか?」

「午前二時半くらいかな」

まだそんな時間なのか、と不安になったのが目に出てしまったらしい。一妃《いちひ》は微笑《ほほえ》むと、花《か》乃《の》の額に自分の額を触れ合わせてくる。

そうしていると自分が落ち着いていくのが分かる。自分はこの、底知れぬ美しい女と繋《つな》がっていると感じる。額が離れると、花乃《かの》はベッドの隣で横になっている女を見つめた。

「いちひ、さんは……こわいもの、ある？」

「ないよ」

一妃《いちひ》はふわりと微笑《ほほえ》む。部屋のダウンライトに照らされるその顔は見惚《みと》れるほどに美しい。

「怖いとか辛《つら》いとか悲しいとか、そういうのよく分からないんだよね。ごめんね」

「あや、まらな、いで」

それは一妃《いちひ》の在り方だ。花乃《かの》と違っても人と違っても、一妃《いちひ》が悪いわけではない。

花乃《かの》のそう思う必死さが欠片《かけら》でも伝わったのか、一妃《いちひ》は花乃《かの》を抱きしめる。

「分からない代わりに、ずっと一緒にいてあげる。怖い思いも悲しい思いもしなくていいように、私が守るよ」

一妃《いちひ》の言葉には溶けない芯がある。

怪奇にまで届いて無視させない言葉。その言葉で一妃《いちひ》は囁《ささや》く。

「怖いことは、分からないから怖いんだよ。たとえば今、ドアがノックされたら花乃《かの》ちゃんは怖いだろうけど、それが蒼汰《そうた》くんだって分かったら怖くないでしょ？」

「う、ん」

「正体が分かると『なーんだ』ってものは多いんだよ。特に床辻の怪奇は、人が死後転じたものが多いから。どういう人間だったかっていう正体が分かると、多分怖くないと思うよ」

「ゆうれい、って、こと？」

花乃《かの》からすると、幽霊も怖いのであまり解決した気がしない。

けれど一妃《いちひ》は「うーん」と首を傾《かし》いだ。

「幽霊とはちょっと違うかな。幽霊っていうのは、死んであの世に行った人のことなんだよね。──でも怪奇は、彼岸に行けてないんだ。死んだのにこの土地に留《とど》められてる」

「まちの、せい？」

「多分ね。元人間が土着神の力を運用してるから、力の流れがちょっとひずんでるんじゃないかな。悲惨な死に方したりすると怪奇になっちゃうんだよね。でも元は人間だから怖がらなくてもいいの。普通に猫が好きだったり、会社が嫌いだったり、月に一回映画見るのが楽しみだったりするただの人間だから」

「う、ん」

ただの人間でも、急に襲ってきたら怖いと思う。

だが、それもよく考えれば「分からないから怖い」のかもしれない。襲ってくる理由が、悪意の原因が、その人の人となりが、思考が、分からないから怖い。

ならばその全てを解体し理解してしまえば、一妃《いちひ》が言うように怖くなるのだろうか。

「花乃《かの》ちゃんが知りたいことは全部教えてあげる。怖いものをなくしてあげる」

子守歌のように一妃《いちひ》は優しく謳《うた》う。

揺るがない温《ぬく》もりに恐怖が少しずつ溶けていく。

そうして得られる安心感は十年前と同じだ。一妃《いちひ》はあの頃も恐ろしいものを花乃《かの》から遠ざけてくれていた。見ず知らずの兄妹《きょうだい》を庭に迎え入れてくれた時からずっと、無私の愛情を注いでくれていたのだ。

その優しさが嘘《うそ》でないと分かるからこそ、彼女がどうしてそう在れるのか分からない。

花乃《かの》は自分の体を預けた女に問う。

「いちひ、さんは、なにか、したいこと、ある？」

何故《なぜ》愛してくれるのかと聞くことは失礼だ。それは彼女の愛情を疑うことと同じで、だから花乃《かの》は少し言葉を変えて尋ねる。一妃《いちひ》は紫の目をまたたかせた。

「したいこと？　色々あるけど。明日はコロッケにしようかなとか」

「そうじゃ、なくて。……もっと、さきのこととか、おおきなこととか」

「えー？　今のままで充分だけど」

一妃《いちひ》は手を伸ばすと花乃《かの》の前髪を梳《す》く。

「二人が普通に生きてるってだけで私は嬉《うれ》しいかな。大事な人が考えて動いてるのって、いつまでも見ていられるし、二人がそうしてることが満足なの」

人の在り方を愛《め》でるまなざし。

その目を見て、花乃《かの》は腑《ふ》に落ちる。

——彼女の感情は、人が家族同然に動物を愛するのと、きっと似ている。

だとしても彼女の愛情は嘘《うそ》ではない。その愛に自分は救われている。

「花乃《かの》ちゃんがもういいって時まで、死んでもよくなる時まで、ずっとずっと一緒にいるよ」

一妃《いちひ》の手であり、自分の手でもあるものが、花乃《かの》を抱きしめる。

頷《うなず》くかわりに花乃《かの》はまばたきをする。ゆっくりと眠くなっていく。

今夜は、怖い夢を見ないで済む気がした。

※

土曜日の駅前は、午前中ということもあって人が多く活気に満ちている。

五年前に建て替えられた駅には大きな駅ビルが隣接していて、そこに向かう人も駅から出てくる人も多い。整備されたロータリーにはバス待ちの人たちが並んでいる。

こういうところだけ見ると、床辻って栄えている街だなって思う。子育て支援とか新婚家庭の住居支援とかしているらしいし。いやでも市役所は「これだけ禁忌と怪奇がありますよ」ってのもアナウンスした方がいいと思う。住みやすさの裏には理由がある。

そんなことを考えながら、俺は小さなビルの一階にあるカフェに入る。『コラドカフェ』は全国展開されているフランチャイズのカフェだけど、床辻のは地元グループが経営している。

約束の五分前だけど、奥のソファ席にはもう待ち合わせの相手が待っていた。

「蒼汰《そうた》さん、ここです」

立ち上がって手を振ってくれたのは、幼馴染《おさななじみ》の村倉綾香《むらくらあやか》だ。ちょっと前までは斜向《はすむ》かいの家に住んでいたんだけど、彼女の姉が起こした一件が問題になって隣の市に引っ越した。

綾香《あやか》の隣に座っているのは前の学校の友達の陣内《じんない》。二人に会うのは夏休み前以来だ。

俺は店員さんの前を会釈《えしゃく》して通り過ぎると、ソファ席につく。

「久しぶり。元気だった？」

「元気ですよ。新学期になったら蒼汰《そうた》さんが本当に転校しててびっくりしました」

「それは俺自身もびっくり」

一応仲がよかった何人かには「転校した」ってメッセージは送ったんだ。と言っても隣の市だし、こうやって会おうと思えばいつでも会える。

陣内《じんない》がバッグからハードカバーを一冊取り出してテーブルに置いた。

「ほら、新しい本。いい短編集が出たから持ってきた」

「これ、最近本屋でよく見るやつだ。気になってたんだ、ありがとう」

陣内《じんない》も綾香《あやか》も相変わらずみたいだ。二人は怪奇絡《がら》みの事件に巻きこまれたこともあって、ちょっと心配してたけどよかった。それを踏まえて、俺は二人に頭を下げる。

「床辻の方に来てもらってごめんな」

二人とも、床辻という土地とはあんまり相性がよくないんだ。綾香《あやか》は地柱候補として儀式に出されたし、陣内《じんない》は『見える』人間だから怪奇に近づかない方がいい。でも俺が市内から出にくい立場だから今回ここまで来てくれた。

綾香《あやか》が申し訳なさそうに微笑《ほほえ》む。

「そんなこと言わないでください。私たちが蒼汰《そうた》さんを呼び出したんですから」

それが今日集まった目的だ。店員さんが俺の前に水を持ってきてくれる。コーヒーを頼んだ俺は、ちょうど新しく店に入ってくる人に気づいた。さっき綾香《あやか》がしてくれたみたいに手を挙げて呼ぶ。

「こっちです、墨染雨《すみぞめあめ》さん」

黒いセーラー服姿の墨染雨《すみぞめあめ》さんは、居心地が悪そうにきょろきょろと辺りを見回していたけど、俺に気づくとぶすっとした顔でこっちに真《ま》っ直《す》ぐ歩いてきた。俺は隣の席を示す。

「ここどうぞ。何飲みます？　外来の飲み物飲めます？　コーヒーとか」

「ぼくを馬鹿にしてるの？　飲めるよ」

「あ、じゃあホットコーヒーもう一つ追加でお願いします！」

店員さんに声をかけて、俺は改めて向かいの二人に紹介する。

「こっちの人は墨染雨《すみぞめあめ》さん。俺の先輩で床辻市の守り神の一人」

それを聞いて、綾香《あやか》と陣内《じんない》は「何も分からない」という顔になる。墨染雨《すみぞめあめ》さんが愕然《がくぜん》とした目で俺を見た。

「君……正気か。正気じゃない紹介をしているぞ」

「信用がおける相手なので大丈夫です。俺のことも話していますし、一応話す許可は監徒にも取ってます」

加月《かつき》くんに「許可ってどうやって取るんだ？」って聞いたところ「正気ですか」と言われたけど、俺の無茶ぶりに慣れてきたのか淡々と手続きを取ってくれた。というか本来、地柱の権限って監徒より上らしい。俺は半分人間だから監徒の管理下に入っているけど、それでも監徒としては俺と揉《も》めたくないんだと。言われてみるとそうだよねって感じだ。申し訳ない。

綾香《あやか》と陣内《じんない》はそれぞれ緊張に満ちた挨拶をする。そうしている間にコーヒーが運ばれてきた。

店員さんが立ち去るのを待って陣内《じんない》がテーブル中央に置いたのは、床辻市内の地図をA４の紙にプリントアウトしたものだ。既に地図には十字に赤線が引かれている。

「今回相談するのは僕の中学生の従妹のことなんだ。少し前に、友達に誘われて床辻市内で肝試しをしたらしい。ほら、東西南北歩き続けるな、みたいな禁忌があるらしいじゃないか」

「あー、あった気がする。なんだっけ」

間の抜けた声を上げて俺が記憶を探っていると、墨染雨《すみぞめあめ》さんがコーヒーを飲みながら言った。

「――【街の東西と南北を結ぶ道路を、一度も立ち止まらず歩ききってはならない】だ。これは相当古い禁忌だぞ。把握してないなんて君たち不用心だな」

「いやでもこの禁忌って信号とかで破りようがないじゃないですか……」

床辻には東西と南北に交差する大通りがある。その交差点はここから歩いて五分くらいのところにあるんだけど、中央部は片側二車線の大通りで信号も多い。歩いていて信号に引っかからない、っていうのは無理だ。

けど墨染雨《すみぞめあめ》さんは小さな溜息《ためいき》をつくと、一口飲んだコーヒーにミルクを入れた。

「古い禁忌と言っただろう。禁忌を破られないようにあえて信号を多く配置したんだ。もちろん赤信号のタイミングも計算されているし、わざと歩道をなくしている箇所もある」

「完璧な対策だ……。いやますます破りようがないんじゃ」

「それが、肝試しで強行したらしいんだ。車通りの少ない深夜を狙ってできるだけ歩数を調整して、って」

「中学生の行動力やばいな」

俺が中学生の頃、そんなことやろうとするやついなかったよ。というか夜に外出っていうのもみんな避けていた。危ないから。

綾香《あやか》が遠慮がちに切り出す。

「私もちょっと知ってる子たちに聞いてみたんだけど、いじめがあったんじゃないかって噂《うわさ》があって。別の県から転勤で家族ごと引っ越してきた子が主導して肝試しをしたらしいの。周りの子も、その子のお父さんが会社のえらい人で、親が同じ会社だからって感じでちょっとした上下関係ができてたみたい」

「めちゃくちゃ床辻と相性悪いな、それ」

外から来て肝試しを強行できるクラスカースト上位って最悪だ。やっぱり市役所はパンフレット配った方がいい。でも話の本題はきっとここからだ。

「で、どうなったんだ？」

「僕の従妹を入れて四人で挑戦した。けど東から西へ歩ききったところで祖母に声をかけられ中断した」

「あ、セーフ？」

「いや、祖母は故人なんだ」

「うーーん……」

コメントに困るな。俺は、隣でコーヒーに砂糖を入れている墨染雨《すみぞめあめ》さんを見る。

墨染雨《すみぞめあめ》さんは察して後を引き取ってくれた。

「その祖母はなんと言っていた？」

地柱を相手に、陣内《じんない》は緊張を漂わせつつ返す。

「『半分開いてしまったから、ここでやめておけ』と言ったそうです。女の子たちはそこでパニックになってなし崩し的に解散しました。全員ちゃんと家には戻ったんですが、日が経《た》つにつれて全員が眠ったまま起きなくなったんです」

「私が聞いた話だと、一応病院にも連れて行ったけど異常なしだそうです。その中学校ではすっかり呪いのせいだって話が広がっちゃってて。女の子たちの意識がどうすれば戻るかも分からないし、蒼汰《そうた》さんに相談してみようってことになったの」

「それは俺も分からないから墨染雨《すみぞめあめ》さん来てくれてよかったよ」

もらったメッセージでは「禁忌絡《がら》みで意識不明になった子がいるから相談したい」ってことだったんだけど、思ったより深刻そうだ。墨染雨《すみぞめあめ》さんがいなかったら、持ち帰って一妃《いちひ》に相談するところだった。一妃《いちひ》は今、花乃《かの》の傍《そば》を離れたがらないから基本家から出ないし。

話を回された墨染雨《すみぞめあめ》さんは、砂糖を溶かしながら渋い顔だ。

「君たちは床辻の旧名が『常世辻《とこよつじ》』だというのを知ってる？」

「あ、知ってます」

俺は夢見から聞いて知っているんだけど、綾香《あやか》と陣内《じんない》は初耳って顔だ。昔の人しか知らない話なのかも。

墨染雨《すみぞめあめ》さんは頷《うなず》くとコーヒーに口をつける。

「この街は死者の領域である彼岸との境界が薄い。だからその境界を越えて向こう側に行ってしまわないための【禁忌】がいくつかある。さっきの【禁忌】もその一つだ。【禁忌】を侵した彼女たちは、今は境界上にいるんだろう。縁のある故人に止められたのは幸運だけど、故人が出てきた時点で半分手遅れだからね」

「あれ」

疑問の声を上げてしまった俺は、三人から注目を浴びる。あわてて口を押さえた。

「いえ、なんでもないです」

「……君はもう少し己の振る舞い方を身に着けた方がいい。もうただの人間じゃないんだぞ。一挙一動に周りが畏れる」

「気をつけます」

それはそれとして、今ので自分が勘違いしていたことに気づいた。

俺は常世辻《とこよつじ》の「あの世に近い」っていう「あの世」を、異郷のことだと思っていたんだ。でも今の話だと別物だ。異郷は人間じゃない存在が普通に暮らしている別の世界で、こっちで死んだ人が行く場所じゃない。そうだよな？　俺は小さく手を挙げる。

「あの、彼岸って異郷とは違いますよね」

念のための確認に、墨染雨《すみぞめあめ》さんは綺麗《きれい》な眉を顰《ひそ》める。

「違うね。そもそも異郷はまったく別の世界だ。どこにあるのかも、何故《なぜ》床辻に【白線】を投げてきているのかも分からない。一方、彼岸はこの世界の裏側で表裏一体の存在だ。此岸《しがん》と彼岸なんて言い方があるだろう？　こちら側とあちら側。川を挟んではいるけれど、これらは合わせて一つの世界だ」

「はー、なるほど。理解しました」

つまり床辻は彼岸にも近いし、異世界からの侵略も多いわけか。すごい街だな。怪奇の火薬庫だ。そんな街に俺は永住決定してるんだけど。

墨染雨《すみぞめあめ》さんはちょっとだけ飲んだコーヒーをテーブルに戻す。

「で、だ。話を戻してもいいかい？」

「あ、脱線させてすみません。お願いします」

俺が先を促すと、墨染雨《すみぞめあめ》さんは頷《うなず》いて陣内《じんない》に視線を移す。

「相談してもらってこう返すのは気が引けるけど、ぼくたち地柱は彼岸に干渉することはできない。地柱はあくまで人間がこの世側に打った楔《くさび》なんだ。その地柱が彼岸に踏みこめば、彼岸が今の街として固定されることになるかもしれない」

「それはまずい……ですね」

固さが色濃い表情で言ったのは陣内《じんない》だ。ごめん、俺はちょっとついていけてない。っていうか陣内《じんない》がすごいのか？

墨染雨《すみぞめあめ》さんは俺をちらっと見ると肩を竦《すく》めた。ソファの背もたれに細い体を預けて顎を逸《そ》らすと、店全体を逆さに見る。なんか、墨染雨《すみぞめあめ》さんみたいな超然としている人がそういう行儀悪い姿勢しているのって、ざわっと来るものがあるな。落ち着かない。

けどすぐに墨染雨《すみぞめあめ》さんは元のように座り直してくれた。

「ちょうどいい機会だから新米に説明しておいてあげよう。地柱というのは、この国の土地がもともと持っている力を、人間が強奪解析しようとした結果生まれたものだ」

「言い方がストレート」

「繕ったって仕方がないだろう。だからね、床辻のケースを踏まえて別の土地でも同じことをしようだなんて馬鹿げてる。むしろ悪《あ》しき前例として忌避すべきだ。――聞いてる？　国の下《した》っ端《ぱ》役人たち」

墨染雨《すみぞめあめ》さんの最後の言葉に、店内の他の客が三人くらいびくっと震える。

あー、国の人がつけてきていたのか。前回の践地《せんち》の儀が散々な結果で終わったのに、まだ地柱をモデルケースにしたいのかな。でも他の自治体のことを考えると仕方ないというのも分かる。今日ついてきたのも、地柱の話を聞ける機会なんて滅多にないしな。

そんな招かれざる聴衆に釘《くぎ》を刺してから、墨染雨《すみぞめあめ》さんは続ける。

「ぼくも一番初めの土着神殺しに立ち会ったわけじゃないからね。穿《うが》った見方であることは否《いな》めないよ。でも、土着神の力を奪ってまでこの土地に残ることを選んだのは人間の業と欲だ。人間は、神の力を自分たちが自由に使えるものにしたかった。今の君たちと同じだ。身の程を弁《わきま》えない」

うわー、痛烈過ぎて他の客がぺこぺこになっている気配がする。目の前の綾香《あやか》と陣内《じんない》も、先生に怒られる子供みたいにうつむいているし。空気が重い。これ、俺はどっちの立場でいればいいんだ？　俺は俺で別の気まずさを抱えている。

「でも、神の力……土地の力と言った方がいいかな？　それは結局のところ、人の身に余るものだった。四人で分割してもなお扱いきれない、解明できないものだった。人間は、なんだかよく分からない力をなんだかよく分からないまま使うしかなかったんだ。その上、得た力は扱いづらすぎて、使う人は神の側に寄ることを余儀なくされた。人の精神は脆弱《ぜいじゃく》過ぎて、人のままではその力を扱えなかったのさ」

俺を見て墨染雨《すみぞめあめ》さんは皮肉げに笑う。でもこの皮肉は、俺に向けられているってより墨染雨《すみぞめあめ》さん自身に向けられているものに感じる。

――神の力を取りこもうとした人間は、逆に人間を人柱に出さざるを得なくなった。

そこまでしてもなお、地柱は時に耐えきれず人に祟《たた》る。

このやり方を変えたい、と言った俺に墨染雨《すみぞめあめ》さんは冷ややかだったけど、それは墨染雨《すみぞめあめ》さんが地柱を「いいと思っていないけど必要悪だと受け入れている」からかもしれない。そんな墨《すみ》染雨《ぞめあめ》さんが地柱スタイルをなんとか取り入れたいと思っている国に対して、零下十度みたいな態度になるのは仕方ない。

墨染雨《すみぞめあめ》さんは、背後に向けている冷たい圧力をしまうと、陣内《じんない》に説明する。

「今回の件で問題なのは、地柱は神の力を限定的にしか使えないということだ。それは『この街を守る』という需要に合わせて特化したもので、だから彼岸側には及ばない。そちらは人間がこの土地で暮らすために切り捨てて遠ざけたものなんだ。もし地柱が彼岸側を選んだら、床辻のこの世とあの世が入れ替わる可能性だってある」

「え、そこまで？」

つい口を挟んだ俺に、墨染雨《すみぞめあめ》さんは呆《あき》れ混じりの目を向ける。

「そこまでのことなんだよ。君が分かりやすいようにたとえ話でいうと、ぼくたち四人は、この街に敷かれたレジャーシートの四隅を押さえる石だ」

「めちゃくちゃ分かりやすいたとえだ」

「この石が、レジャーシートを捲《めく》って裏側を表にして押さえたら、そこは泥だらけで座れなくなるだろ。石は石の役目を果たすべきなんだ」

「とてもよく分かりました」

分かったけど、つまり陣内《じんない》の相談事に俺は役に立たないっていう結論だな……。従妹の子もこの世とあの世の境界上にいるわけだし。できることと言ったら――

「墨染雨《すみぞめあめ》さん、そのレジャーシートってちょっと捲《めく》ってすぐ戻すとかできないんですか」

「君のその柔軟な思考、今すぐ地柱辞めた方がいいよ。辞める時は死ぬ時だけど」

俺の先輩は厳しいな……。墨染雨《すみぞめあめ》さんは眉間に皺《しわ》を作ると残るコーヒーを一息に飲み干す。

「そういう話なら、監徒に所属している家の中に、彼岸に強い家があるから君が紹介してあげるといい。ぼくはあまり監徒に関わりたくないからね」

「あ、了解です。ありがとうございます」

「他に用件がないなら、ぼくはこれで失礼するけど」

「いや、本題はまだあって」

俺が綾香《あやか》を見ると、綾香《あやか》は頷《うなず》いて姿勢を正す。

「その子たち、歩いている途中で、女子高生を見ているらしいんです。車道の真ん中に立って様子がおかしかったけど、肝試しの最中だから通り過ぎたって……。で、その女子高生が、この間の【連絡網】で探されてた人じゃないかって話なんです」

墨染雨《すみぞめあめ》さんの両目が限界まで見開かれる。

その目は、期待よりも不安が色濃いものだった。

※

「うーん、関わらない方がいいと思うよ」

駅ビルでケーキをお土産に買って、帰ってきた俺に一妃《いちひ》が口にしたのはそんな意見だ。

ダイニングテーブルの上には、チョコレートシフォンとショートケーキとイチゴタルトが出されている。それに合わせて紅茶を淹《い》れてくれた一妃《いちひ》は、花乃《かの》の隣の椅子に座った。

二人がケーキを選ぶのを待って、俺は残ったショートケーキの皿を取る。

「関わらない方がいいって、禁忌破りの方？　女子高生の方？」

花乃《かの》が一瞬不安げな目を見せる。

噂《うわさ》の【連絡網】がうちにかかってきた時、花乃《かの》は家に一人だった。

久しぶりに怪奇に直面して耳も塞げなかった花乃《かの》に、それはかなりのショックだったらしい。しばらく一妃《いちひ》と離れられないでいたんだけど、本人曰《いわ》く「もう大丈夫」だそうだ。ただそれでも俺が気を遣わないってのはないから【連絡網】は今のところ俺の中で禁句。

一妃《いちひ》はチョコレートクリームをスプーンで掬《すく》って花乃《かの》の口に運ぶ。

「女子高生の方。だって【白線】で行方不明になった人間が戻ってくるなんて、相当力がある存在が関わってなきゃ無理だもん。人間には無理だよ。もっと言っちゃうと私だって異郷に連れていかれた人間は取り戻せないんだから。目撃されたのは別人か別の怪奇だと思うよ」

「確かに」

花乃《かの》が助けられたのも【白線】にのみこまれる前に一妃《いちひ》の一部になったからだ。一妃《いちひ》自身が異郷に渡れない以上、異郷から人を引き上げることもできない。つまり「読谷《よみや》紀子《のりこ》が本当に【白線】にのまれたなら、今街で目撃されているのは別人」ってことだ。

「その、ちばしら、のひとは、なんて？」

「ちょっと分からない。何も言わなかったし。期待二割の疑い八割、くらいかな」

墨染雨《すみぞめあめ》さんは一通りの話を聞くと帰ってしまった。来てもらったのはよかったのか悪かったのか。でも実際、その女子高生の目撃情報は街中でもぽつぽつ出ているらしい。【連絡網】の直後は、床辻東高校の電話に実際かけてみる人も多かったとかで、市の広報に「悪戯《いたずら》電話につき相手にしないように」と注意書きが掲載された。

けど今は市役所に「似たような女子高生を見た」って電話が入っているらしい。見間違いかもしれないし、床辻東の制服を持っている人間はいるだろうから悪戯《いたずら》かもしれないけど、まるきり無視もしにくい話だ。

「なら一応、俺も気をつけとくかって感じかな。墨染雨《すみぞめあめ》さんにはお世話になったし」

「それくらいがいいと思うよ。その禁忌破りの方は誰か見つかった？」

「加月《かつき》くんに言って適任者を探してもらってる。監徒って普通に霊媒の人とかいるっぽいよ」

「そりゃいるだろうね。床辻の怪奇って人が死後変じるものがほとんどだから、霊媒のアプローチで成仏《じょうぶつ》させよう、ってのは普通の発想だと思うよ。蒼汰《そうた》くんみたいにぶんなぐっちゃった方が早いは早いけど」

「身も蓋もないけど早いもんな。でも今回は俺が関わると、この街の現世とあの世がレジャーシート裏返しになるっていうからさ」

「別に彼岸に裏返してもよくない？　あとから戻せばいいんじゃないかな？」

「うん、一妃《いちひ》も地柱向いてないな。一緒に墨染雨《すみぞめあめ》さんに怒られそうだ」

俺より大雑把な発想の一妃《いちひ》が、ただのんびり暮らせればいい、ってスタンスなのは床辻にとってきっと幸運だ。

その一妃《いちひ》は自分の口にスプーンを運ぼうとして、膝上にイチゴジャムを取り落とす。

「っと。ごめん。ちょっと洗ってくるね」

「はーい」

一妃《いちひ》が離席すると、俺は花乃《かの》を自分の方へ抱き上げて移動させる。花乃《かの》のスプーンにクリームを掬《すく》ったところで、花乃《かの》がぽつりと言った。

「いちひ、さんの、ことなんだけど」

「ん？　どうした」

「わたしたち、が、いきてる、だけで、いいんだって」

「あー、一妃《いちひ》は言いそうだな。そっか」

生きているだけでいいって、お祖母《ばあ》ちゃんが孫に言うみたいだな。でも一妃《いちひ》と人間の差はそれ以上だ。俺たちに対して同じように思っていても違和感はない。まあまあ予想の範囲内だ。

「でも、わたしは、なにか、かえしたい」

花乃《かの》のその言葉は、いつになくきっぱりしたものに聞こえた。

茶色がかった目が、強い意志を持って何もない宙を見つめている。

「やくに、たちたい。なにか――」

俺は思わずその目に見入る。

花乃《かの》のこんな顔を見るのは初めてだ。

体を失ってから花乃《かの》は、いつも申し訳なさそうに、遠慮がちになっていた。

それ以前にも、常に無理をしているような、追ってくる何かから顔を背けているような陰があったんだ。両親を亡《な》くした後も、花乃《かの》は「二人で頑張ろうね」と言いながら、俺に見えてないと思っているところでは不安そうだった。

その花乃《かの》が「一妃《いちひ》の役に立ちたい」と引け目なしに言うんだ。

何も言えないでいた俺を、花乃《かの》が気づいて見上げる。

「おにい、ちゃん?」

「……ごめん、驚いてた」

一妃《いちひ》に体を預けた花乃《かの》は、中学二年生のまま体は成長しない。

でも、今の花乃《かの》の変化を「成長した」って思うのは違うんだろうな。花乃《かの》が怪奇に脅《おびや》かされる体質じゃなかったら、もっと早くこういうところが出てきたのかもしれない。

でも実際の花乃《かの》は、常に自分が脅《おびや》かされているっていう怯《おび》えとか、家族に迷惑をかけているって負い目から離れられなくて。俺はそういうのを花乃《かの》が気にしなくていいようにしたいって思っていたけど、結局それを叶《かな》えてくれたのは一妃《いちひ》か。

ずっと花乃《かの》と一緒にいて、ずっと花乃《かの》と当たり前に過ごしているんだもんな。人じゃないからってのもあるんだろうけど……俺ができなかったことをやってくれた。素直にありがたいと思う。

複雑な感慨を味わって、俺は花乃《かの》に苦笑する。

「分かった。何か思いついたらお互いどんどん案出ししてこう」

「ありが、とう」

「一妃《いちひ》はきっと『花乃《かの》ちゃんが幸せでいてくれるならそれが嬉《うれ》しいよ』って言うだろうけど」

「いうと、おもう。けど、いまの、にてない、よ……」

「本当ごめん……」

自分でもちょっと気持ち悪かった。

そうしているうちに着替えた一妃《いちひ》が戻ってくる。

「お待たせー。あ、テレビつけていい？」

「はいよ」

リモコンを取ってテレビをつけてから、そのリモコンを一妃《いちひ》に渡す。一妃《いちひ》たちが見ているのは基本、地元のケーブルテレビか映画チャンネルだ。

そう、この床辻には地元ケーブルテレビがある……怪奇チャンネルじゃなくて、普通に小学校の運動会とか地元サークルの活動紹介とかが流れている。誰が見ているんだ、って感じだけど一妃《いちひ》と花乃《かの》が見ている。なんでも市内の飲食店がレシピを紹介している料理番組とかあるんだそうだ。

今日もそれを見るつもりなのか、一妃《いちひ》がチャンネル切り替えをしようとした時、ぱっとニュース画像がテレビに映し出された。

「あれ、市役所じゃん」

「ほんとだ。燃えてるー」

「え。もえてる、よ」

花乃《かの》の感想が一番驚きと緊迫感があるな。……いや、本当に燃えてるし！

「これ生中継？　やばくない？」

床辻の市役所はでかいビルなんだけど、その玄関に二トントラックが突っこんで燃えてる。市政への抗議だとしたらちょっと派手過ぎるな。中継している方も状況がよく分かってないみたいでリポーターもいない。周囲の「なんだ!?」「消防は！」って混乱の声が入ってくる。生中継であることを証明するように、うちの窓の外でも、遠くの方からいくつもサイレンが聞こえ始める。

「土曜日だから職員さんもそんなにいないだろうけど……っと、電話だ」

花乃《かの》がびくってしたけど、家電じゃなくて俺のスマホ。発信者は加月《かつき》くん。俺は立ち上がりながら通話ボタンをタップする。

「はい、なんか緊急？」

『先輩、市役所が燃えているんですけど知ってます？』

「今ちょうどテレビで見てる。え、これ怪奇絡《がら》み？」

『違います。普通に燃えてます。トラック運転手がハンドル操作を誤って市役所に突っこんだんです』

「運転手の人生きてる？」

『重傷ですが命に関わるほどではないそうです』

「それはよかった」

テレビの中では消防車が到着して、カメラを回している人が警察に追いやられている。幸い、燃えているのは玄関だけでそれ以上広がる前に消し止められそうだ。

『それで先輩、トラックがハンドル操作を誤ったのは、路上に立っていた女子高生を避けたからだそうで――』

あ、そこに繋《つな》がって俺に連絡が来たのか。目撃された読谷《よみや》紀子《のりこ》さんらしき人を捜索しようってってことだな。

『その読谷《よみや》紀子《のりこ》らしき人間を国の職員が確保したそうですが、こちらに引き渡す条件として地柱と交渉させて欲しいと』

「予想外すぎる」

何それ。一段抜かしの話だな。ってか、女子高生は確保されたってことは実体があるのか。

振り返ると一妃《いちひ》が眉を寄せて、花乃《かの》が心配そうに俺を見ている。持ち帰って判断するって言いたいところだけど、ここが家だな。どうしよう。

「地柱の中じゃ確かに俺を出すのが無難だけど、交渉って何をすればいいんだ？」

俺に何かを決定する権利とか多分ないし、新米地柱だから事態の軽重とか可能不可能が分からない。隣に加月《かつき》くんか墨染雨《すみぞめあめ》さんがいて欲しい。

俺の疑問に、加月《かつき》くんは数秒沈黙する。苦い顔が見えるような空気だな……何だろ。

『向こうはおそらく、先輩のデータが欲しいんです。人体実験をしたがってます』

……うん、それも予想外だな。

# 五——捧げもの

加月《かつき》くんに呼び出されたのは市内にある旅行会社のビルだ。一階が旅行代理店になっている監徒の持ちビルで、前にも来たことがある。

「そんなの絶対言うこと聞く必要ないよ！」

エレベーターのボタンを押す俺の後ろで怒っているのは一妃《いちひ》だ。花乃《かの》は留守番。一妃《いちひ》は話を聞いてからずっと怒っていて「行く必要ない」って強硬姿勢だ。正直に「人体実験を希望されてる」って言っちゃったのがまずかった。いや俺も、立場が逆だったらそう言うと思うけど。

「さすがに俺も解剖とかされるなら断るよ。でも確保された女子高生の話とか知りたいし、ある程度交渉して情報を引き出したい気持ち」

「放っておけばいいよ。蒼汰《そうた》くんには関係ないことでしょ。その子を確認したいなら、北の地柱が出てくればいいじゃん」

「いきなり墨染雨《すみぞめあめ》さんを出して国と決裂したら困るだろ。床辻が独立国家になっちゃったらどうするんだよ」

「私は別に困らないかなー。この国が統一されたのってつい最近じゃない？」

「時代感覚がでかい」

今の日本で独立は無理だろ……。床辻って第一次産業そんなに盛んじゃないし。

エレベーターが到着して、俺たちは五階に移動する。そこのエレベーターホールで待っていた加月《かつき》くんは、俺の顔を見るなり嫌そうに言った。

「何で来たんですか。電話を切ってすぐ僕の番号を着拒すべきでしょう」

「加月《かつき》くんの中の俺、勢い良すぎじゃない？」

「そうだよ、着拒しよ！」

「一妃《いちひ》……悪いの加月《かつき》くんじゃないから。陣内《じんない》からの相談事にも手配かけてもらったし」

「そちらについてはご心配なく。今日の夕方には術者が対応に動きます」

「ありがとう、助かる」

「ぶー」

一妃《いちひ》め、めちゃくちゃ不満顔だ……。人体実験って響きが悪すぎるんだろうな。俺の周りの人が過激だ。ちなみに一番温和な花乃《かの》は「行かなくていいとおもう。いちひさん、よろしくおねがいします」って不満げな顔してた。あれは花乃《かの》としては結構怒っていたのかもしれない。

「で、国の人は中？」

「いえ、下の階の会議室です。先に先輩と意見をすり合わせようと思いまして」

「助かる、ありがとう」

「ちなみに監徒の上層部は『つっぱねて追い返せ』だそうです。地柱は床辻の肝ですからね。

さすがにそれは認められないという」

「こっちサイド、全員徹底抗戦なんだな……」

とは言え、一応俺のところにまで話が来たってことは、相手が相手だから検討する姿勢は見せたいって感じか。

「ちなみに、墨染雨《すみぞめあめ》さんには言った？」

「伏せてます。さすがにそんな危ない橋は渡れません。地柱って基本的に話は通じないんですよ。先輩があの方と話が通じていると感じてるのは、地柱同士向こうが譲ってるからです」

「あー、なるほど……」

こっちの状況は分かった。じゃあ肝心の方を。

「で、国が確保してるっていう読谷《よみや》さんらしき人について、分かる範囲で意見お願いします」


――そうして加月《かつき》くんから教えてもらったのは、国の話と監徒の情報を合わせたものだ。

国は、日本の自治体消失事件をここで食い止めるために床辻から解決方法を学びたいと調査員を送りこんできてる。それは「地柱による異郷浸食防衛」ってスタイルの学習なんだけど、満を持してデータを取ろうとした践地の儀は散々たる結果だった。

そこまでは既知のことなんだけど、それでも国はもっとましな成果が欲しいと粘って人員を床辻に置いていたわけだ。墨染雨《すみぞめあめ》さんの尾行もその一環かと思っていたけど、あれ張られていたの俺の方なんだと。そりゃ神出鬼没の地柱より、普通に持ち家があって学校通ってる俺の方が調べやすいよな。

ただ同時に国は、墨染雨《すみぞめあめ》さんと俺たちのカフェでの話を聞いて「読谷紀子《よみやのりこ》は地柱との交渉材料になり得る」って思ったらしい。だから俺を張るのとは別に、行方不明のはずの女子高生の情報を集め、その目撃情報が市内中央部の幹線道路付近に多いと分析した。

で、ちょうど今日、トラック事故が起こったのに気づいて近くにいた調査員が急行し、道路上に立ち尽くしていた女子高生を保護した、と。

女子高生は、トラックのドライブレコーダーと近くの監視カメラから「突然道路上に現れたように見える」らしい。今は隣の市の総合病院にいるそうだけど、こっちとの面会は禁止。

ただ保護した女子高生の写真は提供された。


俺は、その写真と監徒が入手した「読谷紀子《よみやのりこ》」さんの写真を見比べる。

「同一人物、だよな……」

「そう見えますね」

病衣姿でベッドに座っている女子は、読谷《よみや》さんと同じ顔だ。多少やつれてる感じはあるけど、一年以上前に行方不明になったまま、というには痩せ細ってもいない。

「これ、読谷《よみや》さんのご家族は面会できないの？」

「読谷《よみや》紀子《のりこ》の家族は父親だけなんですが、《血汐《ちしお》事件》が相当ショックだったようで、事件後しばらくして床辻から九州に転出してるんです。で、そこからさらに海外に出張しているらしくて連絡が取れませんでした。更に手を尽くすこともできるんでしょうが、保護された読谷紀《よみやのり》子《こ》がまだ本物か分からない以上、そこまでして父親を呼んでから偽物《にせもの》だと判明しました、ではいたたまれませんからね」

「それは確かに……」

そんなことになったらもうお父さん立ち直れないだろう。ならやっぱり俺たちが国と交渉するしかないってことだ。

「でも、突然道路に現れたって割には生身なんだな」

「それは思いましたね。それくらいしか分かりませんが」

写真が偽物《にせもの》の可能性もあるけど、国とそこまで敵対関係じゃない気がする。向こうも地柱を敵に回すのは嫌だろう。

「人体実験は何をしたいかっていうのは聞いてる？」

「一通りの病院で可能な検査……これは人間ドックの詳細版ですね。それと運動能力検査、霊的エネルギーによるアプローチなどですか。はい、これがリストです」

「健康診断書類みたいなのがきた」

Ａ４の用紙三枚分のリストは、霊的エネルギーとかいう三枚目がよく分からないけど、それ以外はまあなんとかいけるかな、って感じだ。隣から一妃《いちひ》が覗《のぞ》きこんでくる。

「こんな検査で地柱のことなんて分かんないよ。運動能力がちょっと逸脱するかもしれないけど、それだって足跡付と変わらないと思う」

「そうかもしれないけど、向こうはこっちの申告じゃ納得しないだろ」

あとは俺次第か。なかなか悩ましいな。

俺は二人を見る。一妃《いちひ》と加月《かつき》くんはどっちも「反対」って顔をしてる。

そうだよな、気持ちは分かるしありがたい。けどな。

「――よし、じゃあこうしよう。俺は、向こうの希望する検査を少しずつ受ける。その代わり向こうからは読谷《よみや》さんの状態を少しずつ教えてもらったり、面会させてもらおう。俺が『これ以上の検査は嫌だ』って思ったり『読谷《よみや》さんの情報はもう充分だ』って思ったらそこでストップ。これでどう？」

いきなり百と百を交換するんじゃなくて、小出しに十ずつ交換する。

これなら解剖される前に止められるし、検査を受ける励みにもなる。一妃《いちひ》の感じから言って、これらの検査で地柱の特異性は分からないみたいだし、多少なりとも国が検査して諦めてくれるなら無駄にもならない。

俺の提案に、加月《かつき》くんはめちゃくちゃ渋い顔で考えこむ。けど二、三秒の逡巡《しゅんじゅん》で頷《うなず》いた。

「それが無難なラインかもしれませんね……。あまり喧嘩腰《けんかごし》も現実的ではありませんし」

「私は反対するー。向こうからもらえるものに価値がないもん」

やっぱり一妃《いちひ》はそう来るかー。いやでも、一妃《いちひ》と話し合うことが俺の半生のテーマみたいなものだからな。説得チャレンジはしてみよう。

「一妃《いちひ》の意見も分かるけどさ。読谷《よみや》さんも、誰かの大事な家族で友達なんだよ」

「でも私の友達じゃないし。それ今関係なくない？」

腰に両手をあてて、一妃《いちひ》は首を傾《かし》ぐ。

うーん、一般論はやっぱり通用しないか。一妃《いちひ》のライン取りは自分が基準で、それ以上広がらない。隣で加月《かつき》くんが無の顔をしてるけど、これは「家庭のことに踏みこまない」ってやつだな。ありがとう、ちょっと待ってて。

「関係はある。一妃《いちひ》にとっては違っても、人間はそういう『別の人間の感情や事情を配慮する』ってやり方で集団生活をしている。当然俺もそういう風に育ってるし、だからここで読谷《よみや》さんを見て見ぬふりするっていうのは俺の感情的にとても落ち着かない」

「蒼汰《そうた》くんがそういうスタイルなのは分かってるけど、だからその分、私が蒼汰《そうた》君を守るよ。その観点で言うとダメー。第一、感情より命の方が大事じゃない？」

「感情と命に絶対的な序列はないと、俺は思うよ」

これは「なんで？」って言われても「そう思ってるから」としか言えない。一妃《いちひ》は俺たち人間に関しては完全に「命優先」ってスタイルだし、だから花乃《かの》をああやって助けたんだろうけど。俺自身にとってはケースバイケースだ。

「第一、今回はいきなり命には関係ないだろ。その分俺の感情に譲って見守ってくれよ」

「蒼汰《そうた》くんの感情に任せると、普通の人間よりライン越えするでしょ」

「いやそんなことないよ」

「そんなことあると思いますよ」

ぼそっと加月《かつき》くんが口を挟む。え、口を挟むの？　しかも一妃《いちひ》側？

これはまずい。仕方ないので、俺はもう一つ考えていたことを開示する。

「読谷《よみや》さんについては、墨染雨《すみぞめあめ》さんのこととは関係なく俺も知りたいことがあるんだ。もし読《よみ》谷《や》さんが【白線】……異郷から帰還したなら、その謎を知りたい。異郷に行って戻って来られる手段を知りたいんだ」

それを聞いて、一妃《いちひ》が紫の目を細める。

俺が何を考えているか分かったんだろう。つまり、俺は異郷に行って一妃《いちひ》の体を取り戻したい――そのための方策が読谷《よみや》さんから得られないかって思っている。

一妃《いちひ》は「私のことはどうでもいい」って言うだろうけど、それは俺もそうなのでお互い様のダブスタだ。

「異郷から戻ってなんてこれないってば……」

一妃《いちひ》はぷーっと頬を膨らませる。子供だ。でもこれくらいの状況だとちゃんと通じるはず。

予想通り一妃《いちひ》は不服そうながらも、腰に当てていた手を下ろした。

「じゃあ蒼汰《そうた》くんに任せるけど、いざとなったら手出しするからね。花乃《かの》ちゃんにも頼まれてるし！」

「ありがと。助かるよ一妃《いちひ》」

お礼を言うと一妃《いちひ》はぱっと照れたように顔を赤らめる。

「毎回譲るわけじゃないからねー」

「覚えとくよ」

これであとは、監徒と折り合いをつけて国の人と交渉するだけだ。

「じゃあ加月《かつき》くん、こっちはまとまったんで監徒との折衝と案内お願いします」

「折衝は不要です。先輩の決定が優先でそれに従うってことになってますから」

加月《かつき》くんはそう言って廊下の突き当りに向かうと、そこの非常ドアを開ける。

このビルの他の階に降りるのは初めてだ。四階で階段から中に戻った俺は、案内された部屋に入る。会議机しかない広い部屋には、スーツの人が一人待っていた。髪をオールバックにしたその人は俺より十歳くらいは年上で、俺を見るなり真顔のまま立ち上がって一礼した。

「初めまして、青己《あおき》蒼汰《そうた》さん。高杉と申します。本名ではないのですが、職務上この名を名乗ることになっておりまして」

「あ、はじめまして」

受け取った名刺には本当に「高杉」と携帯番号しか書いてない。めちゃくちゃ怪しい名刺だ。高杉さん自身もこう、表情が微動だにしないから印象がいかついな……。

俺たちはそれぞれパイプ椅子を引いて座る。加月《かつき》くんは俺の隣に、遅れて入ってきた一妃《いちひ》はそもそも座らずにドアの隣の壁に寄りかかった。

高杉さんは早々に切り出す。

「こちらの申し出はお聞きになられたと思います。よいお返事を頂けたらお互いのためになるかと思いますが」

「俺もやらなきゃいけないことがあるので、そんなには付き合えないんです。簡単な検査やテストは受けるので、それに見合うだけの情報をください。あ、もらえる情報が不均衡だなって思ったら、そこで取引は終了です」

ちょっと厳しい言い方だけど、舐《な》めてかかられたら嫌だからこれくらいで様子見。どうかなーって思ったけど高杉さんは表情を変えずに頷《うなず》いた。

「分かりました。ではこちらのリストに今日実施可能な検査がありますので、この中から受けたくないものをチェックしてください。分からないものがあったら聞いてください」

高杉さんはそう言って、さっきもらった資料に似た検査リストをくれる。話がスムーズでいいな。リストを見ると専門用語でよく分からないものがあったりするけど、六割くらいが血液検査だ。アレルギー検査がすごい量ある。花粉症とか食べ物アレルギーとかも調べてくれるのか。これ、あとで検査結果俺にも欲しいな。

チェックし終わると、高杉さんがどこかに電話して、しばらくすると看護師さんが二人入ってきた。加月《かつき》くんが「一人は監徒の人間です」って付け足したのは、細工防止のためかな。

そんな感じで、種類の違う試験管に七本くらい血を取られる。ちょっとした献血だな。

採血が終わるとちょっとした問診があって、明日の検査予定を教えられて終了。

高杉さんは「ありがとうございます」って言ってホチキス止めした二枚の紙をくれる。

「まずは読谷《よみや》紀子《のりこ》が同様に受けた血液検査の結果です」

「ありがとうございます」

いやでもこれ、見方がよく分からないな……。隣にいる加月《かつき》くんに手渡す。

「分かる？」

「僕に医療系の知識があると思わないでください。でも隣にちゃんと基準値が書いてありますよ。この数字内だと正常だってことですね」

「なるほど。正常範囲になってる項目と高い数字になってる項目が混ざってるな」

あとよく見るといくつか「検査不能」ってあるな。あとで詳しい人に教えてもらおう。

高杉さんはアタッシュケースに荷物をまとめて立ち上がる。

「では、また明日よろしくお願いします。ああそれと、話の分かる方なので先にお伝えしておきますが――」

高杉さんはその時初めて表情を変えた。眉間に二本深い皺《しわ》ができる。

「読谷《よみや》紀子《のりこ》は記憶喪失です。自分が何者かも、この一年間どこで何をしていたかも覚えていません」

それが【白線】に巻きこまれた彼女についての、一番分かりやすく、ありがたくない情報だった。

※

鈴が鳴っている。

シャンシャンと、黄昏《たそがれ》時の窓の外から小さな鈴の音が聞こえる。

花乃《かの》はそれに気づいて瞼《まぶた》を上げたが、恐れる気持ちは湧かなかった。あらかじめ兄を通じて教えてもらっていたのだ。「監徒の術者が鈴を鳴らしながら通るけど、陣内《じんない》の従妹のためのものだから」と。

この街は彼岸に近しく、禁忌を破った少女たちはその境界で眠ったままだという。それを術者は連れ戻しにいくらしい。怖いというよりも神秘的な話だ。

ただ一つ、花乃《かの》がその話で気になったのは「禁忌を破った少女が亡《な》くなった祖母に声をかけられた」という点だ。彼岸に亡《な》くなった人たちがいるというなら、そこに花乃《かの》の両親もいるのだろうか。もし両親に会えたなら、事故の日の電話が本物かどうか確かめられるのだろうか。

——考えることは好きだ。想像をするのも、反芻《はんすう》するのも。

物語を見て聞いて、その先を考える。或《ある》いは新しい話を作ることも手慣れた遊びだ。色々な可能性を考えて、思考を枝葉のように広げていく。

けれど「分からない」ことはその中にあって、動かない石のように残り続ける。

それが分かったなら、一妃《いちひ》の言うように恐怖はなくなるのかもしれない。

ただ両親のことについては「知りたい」と思う以上に、知るのが怖いのだ。きっと自分はこのことを一生、「分からない」と思いながら恐れていくのだろう。

鈴が遠ざかる。再び部屋に静けさが戻ってくる。

兄と一妃《いちひ》はどうなっただろう、と思った時、玄関を叩《たた》く音がした。

コン、コンコンコン、と家族だけが知るリズムで木のドアが鳴る。すぐに鍵が開けられる音がして、一妃《いちひ》の声が聞こえた。

「ただいまー！」

「お、かえり、なさい」

花乃《かの》の声は、どれほど小さくてもこれくらいの近さなら一妃《いちひ》に届く。階段を駆け上がってくる音がして、二度目のノックと同時に一妃《いちひ》が入ってきた。

「遅くなってごめんね。買い物もしてきたから」

「だいじょ、ぶ。おつかれ、さま。おにいちゃ、は？」

「一緒に帰ってきたよ」

一妃《いちひ》は花乃《かの》を抱き上げて部屋を出る。階段を降りるとちょうど兄が玄関から入ってくるところだった。

「ただいま、花乃《かの》。国の役人っぽい人と話してきたよ。明日も検査とスポーツテストっぽいものに行ってくる」

「行く必要ないのに。だって記憶喪失なら意味なくない？」

「意味は減じたけど、じゃあいいやって放置はできないの」

スニーカーを脱ぎながら言う兄に、花乃《かの》は大体の事情を察する。

見つかったという読谷《よみや》紀子《のりこ》は記憶を失っていたのだろう。それでは何の情報も得られない。

蒼汰《そうた》自身を引き換えにするには釣り合わない。一妃《いちひ》が不満げなのももっともだ。

ただ兄は、だからと言ってそこで退けるような人間ではない。「全ての人間を助ける」などとは言い出さないが、一度意識した相手を自分から手を放したりしないはずだ。だからこれに関しては、またもや一妃《いちひ》と平行線になるし、兄自身の身も心配だ。

花乃《かの》はリビングへ連れていかれながら考える。

「そのひとは、ほんものの、よみや、さん？」

「私は後ろで聞いてただけだけど、歯医者のカルテと治療痕が一致してるんだって。でも血液検査だと溶血反応？　とかいうのが出てたり、あんまり元気って感じじゃないみたい。向こうはまだ何か隠してそうだけどねー」

「明日俺が行ったらまた教えてくれるだろ。そこから決めたっていいんだし」

「いいことないと思うけどなー。異郷に連れていかれた人間は溶けちゃうんだって、異郷から来た私が言ってるのに」

「ほんとうに、【はくせん】に、のまれたの、かな」

　思いつきで口にした言葉だ。だが兄と一妃《いちひ》は二人とも花乃《かの》を見た。花乃《かの》はできるだけ深く息を吸って続きを口にする。

「【はくせん】、じゃ、なくて、べつの、かみかくし、だったら？」

　一妃《いちひ》自身も、そういう床辻にある神隠し系の怪奇を引き起こせる一人だ。彼女に体を預けた少女たちは、いわば神隠しにあったと同じ扱いになる。同様に別の怪奇に引っかかったのでは、という花乃《かの》の指摘に、台所に行きかけていた蒼汰《そうた》が尋ねた。

「一妃《いちひ》、《血《ち》汐《しお》事件》で実際に誰が【白線】にのまれたか分かる？」

「え、むりむり。全然わかんないよ。人間なんて友達以外区別してないもん。わかってぎりぎり蒼汰《そうた》くんたちに近い人だけだよ」

「読谷《よみや》さんが当日登校してたってのまでは間違いないんだ。直前で【白線】から逃げられたりとかは可能か？」

一妃《いちひ》は花乃《かの》を抱きしめたまま複雑そうな顔になる。

「うーん、【白線】は展開開始から閉じるまで普通に白い線として見えるから、ちょうど近くにいて禁忌を知ってれば、走って出られると思うよ。あとはもともとすごく感覚の鋭い人間なら『何か嫌な感じがする』って展開前に逃げられるかも」

「そうやって逃げてから別の怪奇にぶつかった可能性か……なくはないんだろうけど」

異郷から生還が不可能な以上、ほんのわずかな差でこちらの方が可能性はあるが、本当にほんのわずかな差だ。言ってしまえばどちらもあり得ない。

それでも真剣に考え始める二人に、花乃《かの》は「そこまで真剣に考えないで」と言おうとして、何かが思考の隅に引っかかった。もっと違うことに気づきそうで、でも材料が足りない。

その欠片《かけら》を得るために、花乃《かの》は兄に聞こうとした。

「おにい、ちゃ、あの、【れんら――】」

そこでインターホンが鳴った。

ピンポーン、という軽い音に、同じ音がいくつも重なる。誰かが連打しているのだ。

異様な音に花乃《かの》は青ざめ、蒼汰《そうた》が眉を上げた。兄はリビングの壁にあるモニタを見やる。

「……誰も映ってないんだけど」

「怪奇だねー」

その間にもインターホンは連打され続けている。花乃《かの》が体を失ってから家に直接怪奇が来るのは初めてだ。蒼汰《そうた》は溜息《ためいき》をつくと呪刀を取り出した。

「ちょっとしばいてくる。一妃《いちひ》は花乃《かの》を頼んだ。あ、アイスを冷凍庫入れといて」

「はーい」

まったく恐れなさすぎる二人だが、怪奇を恐れる必要がない二人なので仕方がない。一妃《いちひ》と台所に入った花乃《かの》は、玄関に聞き耳を立てた。

ドアを開ける音がして、インターホンがようやく止《や》む。

兄の「あれ⁉」と驚く声が聞こえた。実体がないタイプの怪奇だったのだろうか。花乃《かの》がダイニングテーブルに下ろされ、一妃《いちひ》が冷凍庫にアイスを入れ終わった頃に蒼汰《そうた》が戻ってくる。

彼は小学生くらいの、インターホンのモニタに映らない身長の少女を連れていた。

黒いキャスケットをかぶったショートカットの少女。少年探偵のような格好の彼女を見て、一妃《いちひ》が「えー？」と嫌そうな顔になる。

「蒼汰《そうた》くん、なんで地柱が来てるの？」

「いや、夏宮《なつみや》さんがなかなかにやばいお知らせを持ってきてくれて……」

「——墨染雨《すみぞめあめ》が、お前たちの調べている娘を攫《さら》って逃げたぞ」

その知らせに驚いて、花乃《かの》はさっきまで摑《つか》みかけていた何かの欠片《かけら》を手放してしまった。

# 六――追憶

――北の山には踏み入ってはいけないよ。

それは禁忌というほどではない、軽い戒めだ。近所に住む子供たちに親が軽く釘《くぎ》を刺す程度のもの。それを聞いても子供たちは大人の目から隠れて山へと遊びに行くが、しょせん子供の足だ。神域まで行くことはできない。

ただ時折、そういった悪戯《いたずら》とは別に山の奥まで入りこんでしまう者がいる。

人の社会から、家族との暮らしから、己の生から逃げ出したくて、神域に踏み入ってくる。

それは覚悟だったり、自暴自棄だったり、未成熟さから来るものだ。

読谷《よみや》紀子《のりこ》のそれは、ただの無垢《むく》な好奇心だった。

「君、どこの子だい？　どうやって来たの？」

大振りの枝で草を払いながら、虫刺されやかすり傷を気にもせず神域まで踏み入ってきた子供。途中に道などなかっただろうにどうしてこんなところにいるのか。まさか捨て子なのか。

そう危ぶんで墨染雨《すみぞめあめ》が聞くと、子供は当然のように答えた。

「シカをおいかけてきた」

「……………そうかい」

豪胆な子供は、墨染雨《すみぞめあめ》が麓まで送っていってやった後も時々現れた。

母親が早くに亡《な》くなったというその子は、ずいぶん放任で育てられているらしい。「自分なりの道を見つけた」と言って、自ら獣道を作って墨染雨《すみぞめあめ》に会いに来た。

非常に鋭敏な感覚を持っている子だった。危険なものに気づきやすく、それを恐れず避ける本能があった。人ならざるものを見聞きできる能力は、多くの場合子供の頃に現れ成長と共に消えていくが、その子は十歳を過ぎても変わらなかった。むしろ受け流す胆力がつき、夜の山も一人で登ってこられるようになった。

「きみのその力と性格、床辻に向いているか向いていないか微妙なところだね」

「どうして？　見えた方が面倒なものを避けられるじゃない」

「見える方がよくないものを呼び寄せてしまったりするんだよ。避けられるものばかりとは限らないからね。追ってくるものだっている」

だから本当は、この街で暮らすならまったく怪奇を感じ取れない人間の方がいいのだ。何も見えず、何も気づかず、ただ数多《あまた》ある禁忌をなんとなくで避けて面倒事を免《まぬが》れる。そんな人間にとって、この街は住みやすい街だ。本来荒ぶる神が守るはずの土地を、その力を奪った人間たちで守っている。そういう特殊な体制が敷かれている。

けれど彼女にとっては、その鋭敏な感覚と豪胆さがよくない方向へ働くかもしれない。

この街には、そういった人間を必要としている機関があるのだから。

「見えないふりをするといい、紀子《のりこ》」

監徒に入ってしまえば、命の危険は増える。怪奇に対処しなければならないこともあれば、下手をしたら傾いた地柱の相手に回らされるかもしれない。

「見えないふり？　いつもしてるけど」

「知能を失った怪奇相手にだけじゃなく、君と同じように見える相手にもだ。この街には恐ろしい人間がたくさんいるからね。人の身には余る重みを限られた人間で押しつけ合っている」

墨染雨《すみぞめあめ》自身も、そうやって地柱になったのだ。

幼い頃から屋敷《やしき》の奥で大切に育てられた。

神と崇《あが》められ、里の人間のために生きるのだと教えこまれた。

穏やかに、心安らかに、清く、正しく、そんな少女に育って。

彼女を待っていたのは、地柱という土地の人柱だ。

会ったことも見たこともない人間たちのために、山の奥で一人土地を守り続ける。そうしているうちに数少ない身近だった者たちが亡《な》くなり、里の景色は変わっていく。

夜に眠らない彼女にとって、一日一日はとても長い。それでも「人のために生きなさい」と言われた教えを守る。守る。守る。

それが愚かしい人の保身で、それでも切なる願いなのだといつしか理解しながら。

だから、この娘にはそんな思いを味わわせたくなかった。いつの間にか愛《いと》しくなっていたのだ。神域に長くこもっていた墨染雨《すみぞめあめ》にとって、娘は久しぶりの、顔を見て言葉を交わす愛し子《いとご》だった。

娘は言われて首を傾《かし》げる。

「そんなこと言って、黒雨《くろあめ》は私以外と話さないじゃない」

「……そうだけど」

娘だけが呼ぶ「黒雨」という名は、墨染雨《すみぞめあめ》につけられた愛称だ。中学校に入ってから何かを習ったらしく「墨染《すみぞめ》だと地味な印象だけど、黒だと綺麗《きれい》でしょ？」と呼ぶようになった。

もともと「墨染雨《すみぞめあめ》」も、地柱を継いだ時に元の名と交換でつけられた名だ。親からつけられた名でも、自分で望んで得た名でもない。墨染雨《すみぞめあめ》にとって自分の名前とはその程度のものだ。

だと思っていたのに、自分のためだけに新しくつけられた名は……心地よかった。

「人と話すのが嫌なら、ちらっと見るだけ見てみたら？　もう時代も違うんだし」

そんなことを言いながら、娘は墨染雨《すみぞめあめ》と並んで携帯ゲーム機で写真を撮って見せてくる。画面の中の自分は呆気《あっけ》に取《と》られた顔で、墨染雨《すみぞめあめ》はつい笑ってしまった。

娘は何ということのないように続ける。

「一人で引きこもってると悪い想像ばっかり膨らんでいくこととかない？　私はそうだよ。だから黒雨と話せるとちょっとほっとする。いつもありがとう」

彼女は、心根のよい娘だった。素直で善良であろうとしている子だった。

人間を信じさせてくれる子で、だから墨染雨《すみぞめあめ》は少し迷ったが、監徒に「近くの高校で生徒を見てみたい」と申し出た。時代が変わったというのは本当なのか、承諾はすぐに取れた。

そうして学《まな》び舎《や》に通う子たちを見ていると、人は思っていたよりもずっと様々だった。善良であれば狡猾《こうかつ》でもあった。怠惰で臆病でもあれば、勤勉で大胆でもあった。

同時に、監徒所属の生徒が多い学校を見ていると、やはり「見える」人間たちは子供であっても変わらず苦労を負わされていると分かった。だから渋る娘に、自分のいる学校には来ないように言った。監徒が多い学校に来ては、娘の見える能力や気立てのよさや判断力の高さが見いだされて、要らぬ責を負わされかねない。ただでさえ東の地柱の状態が不安定で、次代の選定が行われているなどという噂《うわさ》も聞く。娘を自分と同じ境遇には立たせたくない。決して。

「紀子《のりこ》、たいていの禁忌破りは助けてあげられる。内緒だけど加護もつけとく。でも【白線】にだけは気をつけるんだ」

床辻の【白線】は多くが生じる前に防がれる。

けれど何事にも例外はある。住宅街から遠い山の中や、市内にたくさんある川の真ん中になど出る【白線】は、状況によっては見逃されることもある。

だからそれだけは用心せねばならない。それ以外ならいくらでも助けてやれる。

この娘が大人になり、家族を持ち、幸福に暮らす……その街を、ずっと守ることができる。

だから、どうか。

——そんな風に願ったことが、間違いだったのだろうか。

※

インターホン連打に俺が出てみたら、小さい先輩地柱が立っていた。

どうやら小さくてモニタに映らなかっただけらしい。危なく玄関開けた直後に呪刀で夏宮《なつみや》さんの頭を叩《たた》き割《わ》ってしまうところだった。

これ夏宮《なつみや》さんだったからよかったけど（よくない）、近所の悪戯《いたずら》小学生とかだったら事件になってしまうから気をつけないとやばいな。真に怖いのは怪奇よりも人間だ。

「で、神出鬼没の夏宮《なつみや》さんが急に来たと思ったら、ひどい知らせなんだけど……」

「妾《わらわ》を疫病神《やくびょうがみ》のように言うな！　面倒なことになる前に教えてやったのじゃぞ！」

リビングのソファに座り、アイスを出された夏宮《なつみや》さんは足をばたつかせて抗議する。

いや確かに教えてもらってありがたいけど、墨染雨《すみぞめあめ》さんが読谷紀子《よみやのりこ》を攫《さら》った、ってもう既にまずい事態なんじゃ。まずすぎて思考停止してる気がする。

一妃《いちひ》は地柱が好きじゃないらしく、花乃《かの》と一緒にダイニングに避難してる。だから来客にお茶を淹《い》れるのは俺。

「えーと、墨染雨《すみぞめあめ》さんには読谷《よみや》さんの情報は伏せられていたはずなんですが」

「お前や監徒の動きを見張っていたのじゃろ。それで居場所が分かったから強襲した。向こうの病院はまだ何が起きたか分かっておらぬ。まっさきに疑われるのはお前だ」

「え、そうなの？　俺、国家の敵になりそう？」

「別にいいんじゃない？　私は困らないよー」

「いや俺は困るよ」

濡《ぬ》れ衣《ぎぬ》で国に追われるのはちょっと。ってかアリバイとかチェックしてくれないかな。普通に一妃《いちひ》と公共交通機関で帰ってきて、スーパーにも寄ってるんだけど——じゃなくて。

「とりあえず、見つけないとまずいよな。国相手はともかく読谷《よみや》さんは入院してたんだし」

「んー、検査入院って感じだったから平気じゃない？　むしろ蒼汰《そうた》くんは『何も知りません、関係ありません』って感じでいるとか。向こうがいなくなっちゃったなら取引材料もないから人体実験も終了でしょ」

「ルート分岐が多い」

え、どうすりゃいいんだ。加月《かつき》くんから連絡が入ってないってことは向こうもまだ把握できてないのかも。情報が足りない。まず情報を整理。

「夏宮《なつみや》さんは何でそれを知ってるんですか」

「墨染雨《すみぞめあめ》が市外に出たのを察知して追ってみた。そうしたら病院に入っていって、渦中《かちゅう》の娘を連れ出したのじゃ。窘《たしな》めようと声をかけたら相当殺気立っておったから退いてきた。あれは下手すると《祟《たた》り柱》になるぞ」

「げ……それはまずい」

地柱は、元が人間だけあって己の役目に精神が耐えきれなくなる時が来る。そうして《祟《たた》り柱》になってしまえば、街に怪奇が溢《あふ》れ、一般市民にも犠牲が出る。だから《祟《たた》り柱》になったら、その地柱は排して新たな人間に土地と力を継承させるしかない。俺もそうして地柱を継いだ。

でも今は駄目だ。人間側にまったく準備がない。余力もない。国と対決する前に市が滅ぶ。

俺はお茶を淹《い》れていた手を止める。

「居場所分かります？」

「分かる。けど行ってどうするのじゃ？　墨染雨《すみぞめあめ》を叩《たた》きのめして渦中《かちゅう》の娘を連れ戻すのか？」

「それやっちゃ駄目なやつだ……。そうじゃなくて、墨染雨《すみぞめあめ》さんを落ち着かせて話を聞きますよ。国の人質になってるって状態は解消できたんで、読谷《よみや》さんの記憶喪失なりなんなりに手立てができて状態がよくなればいいんじゃないですか」

病院にいた方がいいなら墨染雨《すみぞめあめ》さんをそう説得すればいいし、そうでないならないで墨染雨《すみぞめあめ》さんと読谷《よみや》さんと落としどころを探す。これが無難だろうし、他の手段は無茶なやつしかないと思う。そう思って夏宮《なつみや》さんを見たら、無茶な奴《やつ》を見る目で見られていた。

「お前、今の状況を『なぜか国の人質状態から解放されてよかった』と言えるとは、相当面の皮が厚いのじゃな」

「『なぜか』と『よかった』は言ってないです。起きちゃったことは前向きに捉えた方がいいじゃないですか」

「……そういう性格だから、お前はそうなるのじゃ」

そうなる、って地柱のことだろうか。でも困ったどうしようって後悔してても事態は改善しないしな。どっちに進むにしろ現状を受け入れないと進みようがない。

「おに、ちゃ、」

「うん？」

家族以外がいるところで花乃《かの》が発言しようとするのは珍しい。全員の注目を浴びて、花乃《かの》は気まずそうな顔をしながらも言った。

「きおく、なら、ぐれーてぃあ、さんが、いるよ」

「あ」

そうだ。床辻には記憶屋がいるんだった。夏宮《なつみや》さんは知らないのか怪訝《けげん》な顔になる。

「グレーティア？　何者じゃ？」

「俺に武器を売ってくれてる店の子です。人の忘れちゃった記憶を思い出させたり、人から記憶を取り出したり別の人間に渡したりできるんです」

「なんじゃそれは。監徒にそんな異能者が来たのか？」

「いえ、民間人。俺の個人的な伝手《つて》なので監徒には内緒でお願いします」

グレーティアには、前に俺も忘れていた子供の頃の記憶を引き上げてもらったりしたんだ。

これは充分交渉材料になりそう。俺はお茶が入っている急須を見下ろす。

「花乃《かの》、記憶屋に連絡入れて事情話しといてくれ」

「わか、った」

「夏宮《なつみや》さん、墨染雨《すみぞめあめ》さんの居場所教えてください。交渉に行ってきます」

俺が行くのが多分一番早くて面倒なことにならない。

夏宮《なつみや》さんは、空になったアイスのカップを見つめて溜息《ためいき》をついた。

「温かいお茶をもらう時間はなさそうじゃな……。いいじゃろう、新米の心意気に免じて案内してやる」

そうして俺は、一妃《いちひ》と花乃《かの》に後を任せてあわただしく家を出た。


「新米は土地の短縮ができぬのか？　中途《ちゅうと》半端《はんぱ》に人間のままでいるからそうなるのじゃ。早く人間をやめるといい」

「俺にも俺のこだわりがあるんで。あとバスを使うと地元の経済に貢献できますよ」

俺のいい加減な反論に、夏宮《なつみや》さんは「ぬぅ」と納得の声を上げる。

と言っても今俺たちが乗っているのは市営バスじゃなくて自転車。夏宮《なつみや》さんは後ろの荷物置きにまたがっているけど、ヘルメットもしてない小学生（に見える神様）と二人乗りって、警察に見つかったら厳重注意されそうだ。その前に到着したい。

そろそろ辺りも暗くなってきている。行く先が山だったらちょっと困るな。地柱になってから夜目がかなり利くようになったけど、夜の山は未経験だ。

と、そこで後ろポケットに入れたスマホが鳴る。

「夏宮《なつみや》さん、俺は手が離せないんでちょっと見てください。誰からですか？」

「加月《かつき》くん、となっているぞ。加月《かつき》家の息子か」

「おお……着拒の使いどころ今か迷う」

十中八九「読谷《よみや》紀子《のりこ》がいなくなったそうですが、先輩関わっていますか」だな。これは下手に出ると本当のことを言っても嘘《うそ》を言っても加月《かつき》くんの立場が悪くなる。着拒はともかくスルーした方がいいな。

「もしもし、これは新米の電話じゃぞ」

「夏宮《なつみや》さん、勝手に出てる……」

「――なんじゃと？　妾《わらわ》は妾《わらわ》じゃ。こちらは勝手に何とかするから、そちらも何とかしておけ。国？　そんなつい最近できたようなものなど知ったことか」

あー、夏宮《なつみや》さんも時代のスケールが違う人か。俺の周りなんでみんなこんなに国家に対して挑戦的なんだ。戦国時代じゃないんだから落ち着いて。

「地柱同士は不可侵じゃ。だがこの新米は半端者《はんぱ》でそれを分かっておらぬ。妾《わらわ》はただの見物じゃ見物。……あ、一応次の地柱の選定はしておけよ。使わなかった候補が残っておるじゃろ」

――ああ。

それは俺が手を出すには充分な理由だ。

俺は、幼馴染《おさななじみ》の綾香《あやか》を地柱にはさせたくない。綾香《あやか》のお姉さんが、自分の立場を犠牲にしてでも綾香《あやか》の地柱継承を避けようとしたんだ。なのにここに来てまた地柱が回ってくるなんて駄目だ。

綾香《あやか》自身は前回の践地の儀の時に、地柱についての説明を受けて継承を受諾したらしいし、今もきっと事情を話せば代替わりを引き受けてしまうだろう。みんなが困っているなら自分が犠牲になってもいいと考える、そういうやつだ。

でもさすがにそれは俺の後味が悪すぎる。俺が地柱を継いだのはどさくさだけど、綾香《あやか》にやらせなくてよかったとは思ってるんだ。少なくとも土地を守護する別のやり方を見つけるまでは綾香《あやか》を関わらせたくない。墨染雨《すみぞめあめ》さんには悪いけど、もう少し地柱でいてもらわないと。

「――じゃあ切るぞ。あとは上手《うま》くやれ」

夏宮《なつみや》さんはそう言いきって、スマホを操作すると俺のポケットにねじ込み直してくる。

「よし、安心しろ。着信拒否しておいたぞ」

「そういうことは俺に聞いてからやってください」

「あそこの信号を右じゃ、新米。もっと速度を上げろ。お前ならできるじゃろ」

「これママチャリなんで。俺が全力で漕《こ》ぐと壊れるんですよ」

今度ロードバイクの中古でいいのがあったら買うか。でも多分一妃《いちひ》が乗れないんだよな。

俺は言われた通り、信号を曲がって緩やかな坂道へ。

……うん、これ道案内要らなかったんじゃないか？

緩やかに蛇行して北に向かっていく道。その先にあるのは俺が今、籍を置いてる高校だ。

「学校ですか、夏宮《なつみや》さん」

「新米は気配を感じとれぬのか？」

「さっぱりですね。墨染雨《すみぞめあめ》さんと初対面の時も急に声をかけられてびびりました」

「新米、地柱を辞めたらどうだ？」

「それ墨染雨《すみぞめあめ》さんにも言われました。辞める時は死ぬ時なんじゃないですか？」

「なんだ、知っておるのか」

ちっ、と舌打ちされても。自然に人の命を終わらせようとしないで欲しい。

そうこうしているうちに学校の正門が見えてくる。うん、土曜日の夜だからか何の照明も点《つ》いてないし、当然門は閉まっている。

ただ校舎の中で三階に一つだけ明かりがついている教室があって、その明かりは不思議なことに薄く緑がかっていた。

「あれ、肝試しに来た学生だったら速攻引き返したくなりそうですね」

「肝試しに来るような馬鹿者どもは、むしろ喜び勇んで侵入してくるじゃろうよ。そういう輩《やから》が惨死《ざんし》して怪奇になるのじゃ」

「迷惑な死に方で死後も迷惑なやつだ……」

俺は校門前にママチャリを横づけすると、夏宮《なつみや》さんをおんぶして校門を乗り越える。どうせ鍵も開いてないから比較的安そうなガラスを割って侵入するしかない。警報とかついてないことを祈る。

俺におんぶされたままの夏宮《なつみや》さんが背中でぼやく。

「新米、お前はよく弁《わきま》えておけ。人はな、死ぬものじゃ。だから決まった人間に思い入れを作るな。そこに人間らしい救いを求めようとするな。妾《わらわ》たちはもう人間ではないのだからな」

「………」

夏宮《なつみや》さんが長く地柱をやれているのは、きっとこういう割り切りのおかげなんだろう。

人間らしい執着は、人でなくなった地柱の脆弱性《ぜいじゃくせい》になりうる。

でも、人を助けたいって気持ちがないと、そもそもこんな役目はできないんじゃないだろうか。俺の前の地柱が、妹のために地柱を継いだように。俺が、周りの人間を助けるために継承を受諾したように。

その気持ち自体が危ういものなのだとしたら、俺たちは——

「新米、集中しろ。お前が交渉をするのじゃろう？」

「大丈夫です。任されます」

校庭に面した昇降口、そこの窓を割って鍵を開けると、俺は靴のまま中に入る。

暗い校内はしんと静まり返って人の気配がなく、まったく違うのに何故《なぜ》か《血汐《ちしお》事件》の朝のことを思い出した。

自然に喉が唾をのみこんで鳴る。階段へと向かう足が鈍りかけて、あの日とは違う、と自分に言い聞かせる。

——違う。花乃《かの》は大丈夫だ。一妃《いちひ》といる。

あの日俺は遅刻して学校に行ったことをめちゃくちゃ後悔したけど、でも花乃《かの》は助けられたんだ。そして一妃《いちひ》といる限り脅《おびや》かされない。だから俺は、俺のできることをすればいい。

真っ暗な階段を、俺は夜目だけで上っていく。

上るにつれ草木の匂いが鼻をつく。山の中に分け入っていくような、神域に踏み入るような感覚。

いつの間にか静まり返った校内に、誰かのすすり泣く声が響いていた。

# 七――回帰

――失われてしまった。

目が覚めて真っ先に感じたことはそれだ。ありあまるほどの喪失感が全身を浸している。

「記憶がないのか」と聞かれたが、それだけではない。何もかもがない。ほとんどが消えてしまった。今の自分にあるのは、この体だけだ。

「のりこ」

その声で、彼女は顔を上げる。

今彼女がいるのは白い清潔な部屋ではなく、噎《む》せ返《かえ》るような緑の中だ。机の並ぶ部屋は、先程までいた部屋よりもずっと広い。同じ机と椅子がずらりと向きをそろえて並んでいて、けれど部屋中にはそれらを覆い隠すほどに緑の草が生い茂っていた。

力なく椅子に座る彼女の前には、黒いセーラー服姿の少女が跪《ひざまず》いている。真っ黒な瞳で彼女は訴える。

「ぼくのことがわからないのか」

「わ、からない……」

分からない。何も分からない。失われてしまった。

そう言うと、黒い少女は悲しげな顔になる。感情のさざ波を感じる。それは心地よく、でも向けられる感情の強さに落ち着かない気分になる。

まるで、世界中で自分一人が切り離されてしまったような。

この不安がどこから来るのか、何をすべきなのか、思い出せない。

悲しい。

失われてしまった。

でも目の前にいるこの少女を見ていると、不思議と懐《なつ》かしさがこみあげてくるのだ。

「ご、ごめんなさい……」

何故《なぜ》そう言ったのか分からない。

けれどそう口にした途端、たちまち涙が滲《にじ》んだ。

——あれほど言われていたのに守れなかった。

——気をつけろと言われていたのに間に合わなかった。大事なひとを悲しませてしまった。

そんな感情がこみあげてきて、彼女はすすり泣く。

「ごめんなさい……ごめんなさい……」

記憶はない。分からない。

それでもこれだけは言わなければならないと、ただ彼女は泣き続けた。

※

俺は夏宮《なつみや》さんを背負ったまま階段を三階まで駆け上がる。

気配を殺すどころか足音も殺してないので、多分向こうはとっくに俺が来ていることに気づいている。気づいているけど何もしてこないってことは、事を構える気がないってことだろうか。だったらいいな。人生で二度も地柱と戦いたくない。

廊下の先に、緑の光が漏れている教室が見える。三年生の教室だ。

俺は構わず走ってきた勢いのまま、教室の後ろの扉を開けた。

「墨染雨《すみぞめあめ》さん、失礼します！」

開けた瞬間、草の匂いが圧力となって押し寄せてくる。下の階まで匂いが漏れているのも当然だ。中は元の教室の見る影もなく、机を超える高さまで草ぼうぼうになっていた。

「ジャ、ジャングルだ……」

「それを言うなら山の中じゃの。ご苦労。下ろしてよいぞ」

言いながら夏宮《なつみや》さんは自分で俺の背中から飛び降りる。

草だらけの教室の中央にいるのは二人だ。白い病衣で椅子に座っている女子と、その前に跪《ひざまず》いている墨染雨《すみぞめあめ》さん。病衣の方が読谷《よみや》さんだな。驚いて俺を見たその顔は涙で濡《ぬ》れていた。

「――何しに来た」

低い声。圧力を帯びたその声に教室内の草が揺れる。

両膝をついたまま墨染雨《すみぞめあめ》さんはこちらを向く。その両眼は黒目だけになっていて、ぽっかり穴が開いたみたいだ。これは……《祟《たた》り柱》寸前なんじゃ。

俺は両手を上げて敵意がないことを示す。

「二人の状態があまりよくなさそうなので様子を見に来ました。打開に関わらせてください」

「君は信用できない。何故《なぜ》ぼくに紀子《のりこ》のことを黙っていた？」

「確証が持てなかったので。俺も直接会ったのは今が初めてですし、本物の読谷《よみや》紀子《のりこ》さんじゃなかったら墨染雨《すみぞめあめ》さんをがっかりさせると思いました」

「詭弁《きべん》だね。そう補足しながらぼくに言えばよかっただけだ」

「それはそうですね。考えが至りませんでした。すみません」

確かに詭弁《きべん》だったので素直に謝る。墨染雨《すみぞめあめ》さんは一瞬、ぽかんって顔になったけど、すぐに冷ややかな表情に戻る。

「ぼくは君が信用できない。人間たちも信用できない。だから紀子《のりこ》はぼくが保護する。何か問題があるかい？」

「墨染雨《すみぞめあめ》さんが落ち着けばそれでいいと思います。今はちょっとそうじゃないみたいですね」

「おい新米、めちゃくちゃはっきり言うのじゃな。墨染雨《すみぞめあめ》を煽《あお》りに来たのか？」

「頭に血が上っている時は強い言葉じゃないと届かないかと思って」

「言っておくが、人間なら死んでおるぞ」

夏宮《なつみや》さんは呆《あき》れたように肩を竦《すく》める。確かにそうなんだろうけど、ここは人間じゃないやつが声を上げないと誰も言えないし。

墨染雨《すみぞめあめ》さんが立ち上がる。ざわっ、と草が揺れ、目に見えない圧力が全身に降りかかる。

「っ！」

俺は反射的に腕で顔を庇《かば》う。突風に似たそれは、体のあちこちを掠《かす》めて浅い切り傷を作った。座ったままの読谷《よみや》さんが青ざめる。

「ぼくが、なんだって？　人間混じりが、もう一度言ってみなよ」

「頭に血が上っていると。いや煽《あお》りにきたんじゃないですけど、読谷《よみや》さんの——」

そこまで言って俺は上体を屈《かが》めた。頭の上を二本の蔓草《つるくさ》が打ち抜いていく。

うお、立ったままだったら首が飛んだかも。いや、さすがに人間じゃないからそこまではいかないか。ってかこの感じ、ただ草だらけになってるんじゃなくて、この教室自体がもう墨染《すみぞめ》雨《あめ》さんの神域なんだな。自分がアウェイに立っているような圧迫感がこみあげてくるし、これに似たものを俺は経験したことがある。前の地柱だった吉野《よしの》の神域でだ。

「さっさと帰るといい。ぼくたちは不可侵のはずだ」

墨染雨《すみぞめあめ》さんのそれは最後通牒《つうちょう》なんだろう。話を聞く気はないと、教室の空気そのものが言っている。靴裏で何かが動く感触がして足下を見ると、草がまるで生き物みたいに蠢《うごめ》いている。俺が入ってきたドアから更に外へ草が少しずつ伸びていくのを見ると、朝になる頃には校舎全体が草に覆われているかもしれない。

「地柱同士は不可侵かもしれませんが、俺は人間混じりなんで口出しします」

花乃《かの》があああなる前の俺だったら、こんな場面に出くわしたらさっさと逃げ出していただろう。この街に生まれ育ったなら明らかに異様なものには近づかない人間の方が多い。けど今俺には、口出しできる力と立場があるから言う。

「読谷《よみや》さんの記憶喪失、なんとかできる可能性が一つあります。俺の知人に人の記憶へ触れられる異能者がいるんです」

「それをぼくに信じろと？」

「信じて欲しいです」

不意に、細い蔓《つる》が右側から俺の顔めがけてしなる。

跳んで避ける――には足下が悪い。だから咄嗟《とっさ》に右手を上げて、掌《てのひら》でそれを受けた。

「痛《い》って……」

じんじんと痺《しび》れるように手が痛い。でもそれだけだ。防げてる、多分。

続けざまに迫る別の蔓《つる》を俺は手で摑《つか》み取《と》る。摑《つか》んだ蔓《つる》を咄嗟《とっさ》に頭上へ引くと、俺を打ち据えようとする他の蔓《つる》をその一本で受けた。

隙間を縫って鋭い風が襲ってくる。肌を切り裂くそれらから目を庇《かば》いながら、俺は近くの椅子を蹴り上げた。低い位置を薙《な》いでくる蔓草《つるくさ》にぶつける。

「夏宮《なつみや》さん！　自分のことは自分で守ってください！」

「これくらいの威嚇で妾《わらわ》がどうにかなるか。泥臭いことをしてないで早く片付けろ」

厳しい言われようだ。でもやっぱりこれは威嚇程度なのか。

なら話が通じる余地は充分にあるってことだ。俺は右手に蔓《つる》を摑《つか》んだまま、強引に前へ進む。

足を取ろうとする草を、先んじて踏んで押さえこむ。

多少の怪我《けが》は気にしない。前へ進む。

墨染雨《すみぞめあめ》さんが苦々しく顔を顰《しか》めた。

「他人事《ひとごと》にどうしてそこまで首を突っこむ？　ぼくたちのことは放っておけばいい」

「俺の性分みたいなものです。放っておくのはちょっと」

明確な理由を聞かれても説明は難しい。

ただ知っている人が困っているのに、できるだけ知らない顔はしたくない。俺はもうこの街を出ないから余計にそう思う。俺の手が届く範囲は少しも広くないんだ。

踏み出した足に蔓草《つるくさ》が巻きつき留めようとするのを、強引に振り切った。

俺は摑《つか》んでいた蔓《つる》から手を放す。

墨染雨《すみぞめあめ》さんは固く絞り出すような声で警告した。

「のりこには触らせない……」

叩《たた》きつけられる風の圧が上がる。

顔を刃物のような葉が掠《かす》めていく。

それを気にはしない。気にしてはいけない。

ここで退いたら、最初から来なかったのと同じだ。

「来るな……！」

「俺はあなたの敵じゃないです」

「っ、でもきみの家族はあの時、助けられたじゃないか！」

血を吐くような叫びに、俺は虚をつかれる。

悔悟に満ちたそれは、今までで一番人間らしいものだ。

その声を、感情を、俺はよく知っている。

一年前のあの日、血塗《ちまみ》れの教室で花乃《かの》を見つけた時の、俺自身だ。

間に合わなかった。助けられなかった。失われてしまった。

あの時の絶望を、墨染雨《すみぞめあめ》さんもまた味わった。味わってそれを抱え続けていた。

「今度こそぼくも……のりこを助けるんだ。ちゃんと間に合ってみせる」

黒い瞳に涙を溢《あふ》れさせて、血を吐くような叫びで。

俺も、きっとこうだった。こうなるところだった。

あの《血汐《ちしお》事件》の裏側には、消えない後悔に苦しみ続けている人が数多くいる。

だからようやく摑《つか》めた手を離せないんだ。他の全部と対立することになったとしても。

「……墨染雨《すみぞめあめ》さん」

人を超えた存在になりながら、大事な存在を守るために必死さを隠さない彼女。

そんな人に、俺が言葉を届かせるのは難しいかもしれない。俺は助けられた側の人間で、しかも《血汐《ちしお》事件》で失われた他の人たちを最初から諦めていた。何を言う資格もない。綺麗《きれい》ごとは綺麗《きれい》ごとにしかならない。

でも、今関わっているのは過去のことじゃなくてこの先だ。

「きみには、関係ない……！」

墨染雨《すみぞめあめ》さんの周囲に、何本も蔓草《つるくさ》がゆらりと立ち上がる。

それらは放たれる槍《やり》のように、俺に向けて鋭い先端を向けた。

一本一本が人間を容易《たやす》く砕ききるくらいの力を帯びていると、俺にも分かる。教室の窓にピシピシと音を立ててヒビが走る。夏宮《なつみや》さんが低い声をかけた。

「新米、手助けが必要か？」

冗談の混ざらない確認は、あれが威嚇じゃないことを示している。

俺は前を見たまま言った。

「任せてみてください」

「わかった。せいぜい足掻《あが》けよ」

「はい！」

草の気配で満たされた教室は、読谷《よみや》さんを守るために作られた神域だ。そこに踏み入ろうっていうんだから、攻撃されるくらいは覚悟の上だ。

息を整える。体に余分な力を入れない。

俺から視線を外さないままの墨染雨《すみぞめあめ》さんは、掠《かす》れた声で言った。

「なら……後悔しなよ」

風を切る速度で全ての蔓《つる》が宙を走る。

けど五本の蔓《つる》のうち、四本までは牽制《けんせい》だ。

それらは全部顔や体をぎりぎりで掠《かす》めていく。皮膚が裂かれ、血が飛び散る。

そして一本だけが正面から俺の胸へ。

心臓を貫くための一矢《いっし》。

その蔓《つる》に向けて、俺は何も持っていない右腕を真《ま》っ直《す》ぐ上げた。

ただそれだけだ。特別なことは何もない。痛みに顔を歪《ゆが》めることもしない。

飛び散った血がスニーカーの爪先を濡《ぬ》らす。

俺は掌《てのひら》越しに墨染雨《すみぞめあめ》さんを見返した。

「……どうして、君は」

「俺は周りに助けてもらったので」

蔓《つる》が貫通したままの掌《てのひら》からは、血がぽたぽたと落ちている。

そして蔓《つる》の先端は——俺の胸の直前で止まっていた。

「助けてもらった分、誰かに返したいと思ってるんですよ」

つまるところ俺の動機はそれだけだ。助けられたという事実を、俺のところだけで終わらせたくない。だから無力で無様にすぎないとしても手を伸ばしてみる。誰かの大事な人が難を逃れられるように。そういう小さな助けが繋《つな》がって、長い命綱を形作ると思いたい。

「読谷《よみや》さんを国に引き渡すつもりはないです。なぜか人質状態から解放されてよかったなって思ってるくらいですし」

「おい新米、『なぜか』と『よかった』を言っておるぞ」

「つい本音が出ました」

一妃《いちひ》だったら全然気にしないのに夏宮《なつみや》さんはめちゃくちゃ突っこんでくるな。これが先輩か。部活とかバイトとかやってなかったから新鮮だ。

草の匂いに混ざる血の臭い。

俺の掌《てのひら》からゆっくりと蔓草《つるくさ》が引き抜かれる。

手で勢いを殺して致命傷を免《まぬが》れようとしたけど、墨染雨《すみぞめあめ》さんも俺を殺す気はなかったんだろうな。そうだったら今頃これくらいで済んでない。

俺は倒れた椅子を跨《また》いで、二人の前に立つ。

墨染雨《すみぞめあめ》さんが黒目だけの目を細めて俺を見た。

「どうせ君は、もっと大事なもののためならぼくたちを裏切るんだろう……」

「そういう言い方はちょっと。俺にも大事な家族がいますから」

もし万が一、どうしても片方しか助けられないなんてことになったら、俺は墨染雨《すみぞめあめ》さんよりも花乃《かの》と一妃《いちひ》を取る。

「でも、仮に墨染雨《すみぞめあめ》さんと対立するようなことになったら、裏切りじゃなくまず話し合います。今もそうしてるつもりです」

少なくとも墨染雨《すみぞめあめ》さんはそれが通じる相手だと思う。俺たち二人は《血汐《ちしお》事件》でまったく違う結果を得たけれど、噛《か》み合《あ》わせ次第では立場が入れ替わる可能性だって充分あった。

だから公正に。自分のところだけで助けを終わらせないように。

俺は目を逸《そ》らさず、北の地柱に向かい合う。

墨染雨《すみぞめあめ》さんは唇を噛《か》んだ。感情の分かりにくい黒い目が伏せられる。

「……長生きできない性分だな。やっぱり君は地柱になってよかったよ。命の残機が増える」

「墨染雨《すみぞめあめ》さん、ゲームやるんですね」

「紀子《のりこ》が山にまで持ちこんできてたからね。好きだけど自分は上手《うま》くないからって、時々代わりにやらされてたよ」

ほろ苦く笑って、墨染雨《すみぞめあめ》さんは隣の読谷《よみや》さんを見る。

「紀子《のりこ》、怖がらせてごめん……人を頼ろう」

ここまで動けずにいた読谷《よみや》さんは、ゆっくりと黙って頷《うなず》く。

墨染雨《すみぞめあめ》さんは微笑して、少し悲しげに肩を落とした。


掌《てのひら》の血をジーンズで拭う。

穴が開いてるから痛いけど、骨があるところは避けてるから普通に動かせる。俺はスマホで時間を確認した。

「お、まだ二十時だ。よかった」

「見たい配信でもあるのか、新米」

「夏宮《なつみや》さん、現代文化に詳しいですね。違います。記憶屋がやってるってことです」

市内中心部にある記憶屋は、アンティークショップとしては十八時に閉まるけど、それ以外の用件だと二十三時くらいまでは受けてくれる。花乃《かの》が一報入れてくれてるはずだし、今から行っても平気だろう。

俺は不安げな読谷《よみや》さんと、その隣に立つ墨染雨《すみぞめあめ》さんに説明する。

「えーっと、ここからだと五キロくらいあるんですけど、病み上がりの人をそんなに歩かせるのはまずいですね。タクシー呼べるかな」

　スマホを操作しながら俺は床辻タクシーの電話番号を思い出そうとする。確かなんかのごろ合わせだったんだよな。なんだっけ。アプリ入れとけばよかった。……あ、夏宮《なつみや》さん、本当に加月《かつき》くんを着拒してる。さすがに外しとこう。

　と、ちょうど見計らったようなタイミングで加月《かつき》くんから通話がかかってきた。

「はい、青己《あおき》です」

『なんで着信拒否するんですか、先輩』

「俺じゃないよ夏宮《なつみや》さんだよ……」

　着信拒否してもしなくても怒られるのはなんでなんだろうな。

　けど加月《かつき》くんはそれで気が済んだのか、すぐにいつもの落ち着いた声に戻る。

『妹さんから連絡をもらいました。校門に車をつけてます。早く来てください』

「え」

　言われて窓から校門を見てみると、確かに俺の自転車の隣にいつのまにか黒いワンボックスが停《と》まってる。花乃《かの》は加月《かつき》くんにも連絡してくれたのか。俺は読谷《よみや》さんに声をかけた。

「友達が迎えに来てくれたんで行きましょう。歩けますか？」

「だ、いじょうぶ、です」

　初めて聞く啜《すす》り泣《な》き以外の読谷《よみや》さんの声は、引《ひ》き攣《つ》れてざらりとしていた。墨染雨《すみぞめあめ》さんがその体を立たせて二人が廊下を出て行く後を、俺と夏宮《なつみや》さんは歩いて追いかける。

「あの教室、あとで証拠隠滅に戻った方がいいですかね」

「放っておけ。自然に戻る。あれは墨染雨《すみぞめあめ》の力が結実したものじゃからな。時間が経《た》てば枯れるだけだ」

「戻ってないじゃないですか。枯れてるだけじゃないですか」

「枯草は捨てればよいのじゃ。新米が割ったガラスの方が被害が大きかろう。弁償じゃな」

「物損保険に入ってるんで、連絡しときます」

墨染雨《すみぞめあめ》さんたちはもう階段を降りている。距離が離れたせいか、夏宮《なつみや》さんが前を見たまま声を潜めた。

「新米、分かっているとは思うが、墨染雨《すみぞめあめ》はぎりぎりだ。今はなんとか踏み留まったが、完全ではない。お前も吉野《よしの》に向き合ったなら知っているだろう。人は、大事な人間の喪失を一度は乗り越えられても二度は難しい。亡《な》くなったことを受け入れていた相手が戻ってきた時、人は安堵《あんど》する。だがその分弱くなるのだ。同じ相手がもう一度失われた時、今度は壊れてしまう」

淡々と忠告する夏宮《なつみや》さんの声に感情はない。地柱になって長い夏宮《なつみや》さんは、とっくにその辺りを越えてるんだろう。

俺たちは階段を降り始める。踊り場を曲がって先を降りていく二人が見える。

「……俺の妹は、多分俺より長生きするんです」

「そうじゃろうな」

「でも花乃《かの》がそうなったことはただの幸運で、俺はそれを当たり前のもののように感じてちゃいけないんだろうなって思います」

今こうしていられるのは、ほぼ一妃《いちひ》のおかげだ。子供の頃俺を助けてくれたのもそうだし、花乃《かの》を【白線】から拾い上げてくれたのもそう。俺自身の力でこうなったわけじゃないってことは忘れちゃいけないと思う。墨染雨《すみぞめあめ》さんを見て、そして今の話を聞いて余計にそう思った。

隣で大げさな溜息《ためいき》が聞こえる。

「幸運か。お前のその公正さこそが一番異常だ。が、お前はもう人ではないから別にいいか」

「一妃《いちひ》にもそういうの時々言われますけど、半分はまだ人間なんですよ。後輩を諦めないでください」

「言っておれ。妾《わらわ》は帰る。ああ、疲れた」

ひらひらと手で顔を仰いで、夏宮《なつみや》さんはそのままふっと消えてしまう。またか……神出鬼没過ぎる。でもここまで助けてくれたことが夏宮《なつみや》さんにとってはいつも以上の手出しだろうしな。あとはいい方に転ぶのを祈るだけだ。

一人になった俺は、大分先に行ってしまった二人を追いかける。

そうして監徒の車に拾ってもらった俺たちは、二十分後には記憶屋に到着した。

記憶屋は、表向きにはアンティーク屋だ。

と言うと店主の怜央《れお》には「そっちが本業だ」と嫌そうに言われる。

「ここが先輩にやばい武器を供給している店ですか……」

加月《かつき》くんが物珍しげに店内を見回す。古い家具や雑貨がところ狭しと並ぶ店は、足下にも商品が幅を利《き》かせて、店内の通路は人一人やっと通れるほどの幅しかない。以前怜央《れお》に「商品にぶつかって壊しそう」と言ったところ「あえて通りにくくしてる。襲撃が来た時に対応しやすいから」と返されたので、全然普通のアンティーク屋じゃない自覚を持って欲しい。

俺は店のドアに鍵をかけながら、一応釘《くぎ》を刺した。

「恩人の店だから監徒には内密にお願いします」

「弁《わきま》えてますけど、今は国の方があちこち嗅ぎまわっていますからね。入る時に人払いの結界を張っておきましたよ」

「ありがたい……」

車を運転してくれたのは監徒の人だけど、その人も「自分は正確な場所を知らない方がいいですね」と近くの路上で下ろしてくれた。車内で加月《かつき》くんから聞いたところによると、やっぱり国は読谷《よみや》さんがいなくなったことで速攻監徒に文句を言ってきたらしい。でも今のところ白を切り通しているし、俺のアリバイも確認されたんだと。疑われてはいるだろうけど、そこまではひっ迫していない、感じ。だから今のうちに読谷《よみや》さんをどうするか決めないと。

「――で、どっちを診ればいいんだ？」

奥のカウンターから声がかけられる。俺より十歳くらい年上の怜央《れお》は、夜でもいつもと同じスーツ姿だ。カウンターの隣の揺り椅子には、等身大の人形みたいな女の子が座っていた。

この女の子がグレーティア。人の記憶を売り買いする異能者だ。

グレーティアの青い瞳が、墨染雨《すみぞめあめ》さんとその後ろに隠れる読谷《よみや》さんを見た。警戒を解かないままの二人に代わって俺が返す。

「病衣の人の方です。読谷《よみや》紀子《のりこ》さん。《血汐《ちしお》事件》の日に行方不明になって、つい最近保護されたんですけど、記憶喪失になってて」

「行方不明の間の記憶がないのですか？」

グレーティアの問いを受けて、読谷《よみや》さんはかぶりを振る。

「あの……全部の記憶がないんです……生まれてから今まで……自分が何者かも……」

「なら、中を見させてもらいます」

記憶の売り買いを仕事にしているグレーティアは率直に言う。その間じっとグレーティアを見ていた墨染雨《すみぞめあめ》さんが言った。

「君は、ただの人間だな。術者でもないようだが……本当に記憶治療ができるのか？」

遠慮のない疑問に怜央《れお》の方が顔を顰《しか》める。あ、これはまずい。どっちの気持ちも分かる俺が仲介しないといけないけど、俺もグレーティアの異能の仕組みは知らないから説明しづらい。

それでも口を開きかけた俺が何か言うより先に、グレーティア自身が答えた。

「私は特殊能力者を作るための研究所で生み出された人間なので。可能です。本来は洗脳能力を期待して作られた実験体ですが、その能力は発現せず、廃棄処分として——」

「もういい、グレーティア」

やりきれなさの滲《にじ》む声が、グレーティアの言葉を遮る。見ると怜央《れお》はこれ以上ないくらい苦い顔になっていた。こんな表情をしている怜央《れお》を見るのは一年近い付き合いがあるのに初めてだ。怜央《れお》はグレーティアのことを「海外で拾った」としか説明しなかったから、俺もその詳細を知らなかった。

墨染雨《すみぞめあめ》さんは、驚きの顔から一転すると深く頭を下げる。

「すまない……ぼくが不躾《ぶしつけ》だった」

「平気です。もう助けてもらいましたから」

グレーティアは少しだけ口元を緩ませて微笑《ほほえ》む。あんまり感情を顔に出さない彼女の笑顔は、精一杯墨染雨《すみぞめあめ》さんを気遣ってのものだ。これは上手《うま》い仲介をできなかった俺が悪い。双方に気まずい思いをさせてとても申し訳ない……。

謝罪する墨染雨《すみぞめあめ》さんに怜央《れお》が溜息《ためいき》をつく。

「謝ってもらって悪いが、こちらからも不躾《ぶしつけ》な質問をさせてもらうぞ。——怪奇絡《がら》みの記憶喪失だとは思うが、あなたたち自身はちゃんと人間か？　記憶に触れるとグレーティアも影響を受ける。あまり不確定要素が多い相手には接触させられない」

「大丈夫だ。ぼくは人間じゃないけど、紀子《のりこ》は人間だ。子供の頃から知っている」

墨染雨《すみぞめあめ》さんのまなざしは祈るようなものだ。でもこの街ではそれだけじゃ保証にならないって怜央《れお》も知っている。俺は軽く手を挙げて補足した。

「一応、病院で精密検査を受けてるんだ。明らかな異常があったら、その時に発見されてると思う。ただ怪奇絡《がら》みだから絶対大丈夫とは言えない、ごめん」

無理を頼んでいる立場だから正直に。これで受けてもらえなかったら、墨染雨《すみぞめあめ》さんには誠心誠意謝って次善策を考える。

怜央《れお》は眉を寄せて迷う表情になる。彼に頷《うなず》いたのはグレーティアの方だ。

「大丈夫。怪奇の記憶は今までたくさんやりとりしてきたし」

「グレーティア」

「やらせてみて」

本人にそこまで言われたら怜央《れお》も引き下がらざるを得ない。多分、怜央《れお》が記憶屋なんて始めたのも、グレーティアに自分の力を引け目に感じさせず成長できるようにだ。

その彼女がやると言った以上、保護者としては任せるしかない。

怜央《れお》が渋々了承すると、グレーティアは自分の前髪を上げて見せる。

「心の準備ができたら、ここに来て私と額を合わせてください。あなたの記憶に潜ります」

言われた読谷《よみや》さんは、不安が消えない目で墨染雨《すみぞめあめ》さんを見た。

そりゃそうだよな。ここまでの成り行きで一番不安なのは読谷《よみや》さんなんだ。何も分からないまま検査や移動を続けているんだから。

それでも墨染雨《すみぞめあめ》さんが「ぼくがついてる」と言うと、読谷《よみや》さんは頷《うなず》く。読谷《よみや》さんはそろそろと足を踏み出すとグレーティアの手を借りて、床の敷物《しきもの》の上に膝をついた。

二人がそうして目を閉じて額を合わせるのを、俺たちは黙って見守る。

——グレーティアが記憶に潜っている時間は、その時々によってまちまちだ。至近の記憶ならほんの数秒で済む。ずっと昔の記憶なら十五分くらいかかることも。俺の十年前を探った時もそうだった。

そうやって記憶の海に沈む二人を離れたところから見ながら、加月《かつき》くんが声を潜めた。

「先輩の伝手《つて》は底知れませんね……」

「そういう伝手《つて》でもないと、一介の高校生が怪奇退治して回ったりできないだろ」

「普通は早々に惨死《ざんし》して自分が怪奇になりますね」

「死後も迷惑なシリーズだ。でも、グレーティアの出自はマジで知らなかった。怜央《れお》のことも表面的にしか知らない。オカルトな物品も扱ってるってだけで、怪奇の専門じゃないし」

単純にそういう需要があるからこの街に店を開いたってだけらしいし、状況が変われば二人はふっと床辻からいなくなるんだろう。そんな気がする。

加月《かつき》くんは軽く頷《うなず》いて、それ以上突っこんで聞いてはこない。一線を引いてくれる態度は助かる。知り合いを知り合いに紹介するのって緊張するからな。俺と親しくしてくれていても、お互いが仲良くなれるとは限らないし。

墨染雨《すみぞめあめ》さんは心配そうに二人の様子を見ている。待っている間、俺はスマホを取り出した。家には車の中で連絡したけど、改めて「記憶屋についた。ありがとう」と一妃《いちひ》と花乃《かの》に送る。すぐに一妃《いちひ》から「大丈夫ー？」って返信がついた。「大丈夫」と返した時、グレーティアの声が聞こえる。

「――深い」

顔を上げると、二人はまだ額を合わせている。

聞き間違いかと思った時、グレーティアが続けた。

「深くて……広い……沈んでいく……底へ……奥へ……」

読谷《よみや》さんは何も言わない。グレーティアの声だけが漏れる。

「明るい……海、の、あ、あ」

ぐらり、とグレーティアの体が傾く。

「グレーティア！」

横に倒れこむその体を、咄嗟《とっさ》に怜央《れお》が手を伸ばして支えた。

読谷《よみや》さんはその場に膝立ちになったままだ。大きく見開かれた目が天井を見つめる。その目から唐突に涙が溢《あふ》れた。

「……あ」

白い病衣がぽたぽたと落ちた涙で濡《ぬ》れる。

「お、もい、だした……」

ざらついた声。読谷《よみや》さんの白目はいつのまにか真っ赤に充血している。

「紀子《のりこ》、大丈夫か？」

墨染雨《すみぞめあめ》さんが後ろから読谷《よみや》さんの肩を掴《つか》む。

期待と不安が入り混じったその顔を、読谷《よみや》さんはゆっくりと見上げた。乾きかけた唇がわななく。

「くろあめ……」

それを聞いて、墨染雨《すみぞめあめ》さんはほっとしたように眉根を緩めた。

記憶が戻ったんだ。読谷《よみや》さんは自分の左手を見る。

「わたし……こっちに戻って来られたんだ……」

その目を通り過ぎた感情は、傷ついている……ように見えたけど、さすがに気のせいか。

読谷《よみや》さんは、おぼつかない手つきで涙をぬぐうと墨染雨《すみぞめあめ》さんを見上げた。

「本当に……こんなことになって、ごめんなさい、黒雨」

「紀子《のりこ》、君は……？」

墨染雨《すみぞめあめ》さんは、何故《なぜ》か顔を強張《こわば》らせる。

え、なんだろう。黒雨って墨染雨《すみぞめあめ》さんのことだよな。

何も分からない俺たちが見守る中、墨染雨《すみぞめあめ》さんは感情を堪えるようにきつく両目を閉じる。

睫毛《まつげ》が震えるのが見える。

そして数秒経《た》ってもう一度目を開けた時、墨染雨《すみぞめあめ》さんは静やかに微笑《ほほえ》んだ。

「君とこうして会えてよかった。だから……あやまらないでくれ」

掠《かす》れた声。

それだけの再会の言葉には、万感の思いがこもっているように、俺には聞こえた。

# 八――開門

時間の感覚はなかった。自分という個の感覚も。

ただ、漂っていた。どこまでも続く、温かなスープのような中で。

一つだけ握っていたのは、自分ではないものの欠片《かけら》だ。自分が溶けているスープよりももっと熱い何か。

それと同じものを、紀子《のりこ》は今握っている。

「少し休もうか、紀子《のりこ》」

隣を行く墨染雨《すみぞめあめ》は、紀子《のりこ》の手を引いてくれている。

草を踏み分ける音が止《や》む。暗い中、足場が悪いことを気にしてくれているのだろう。

けれどそれはさほど気にならない。今でも自分の足で歩いているということ自体、現実味がない。ふわふわと液体の中を漂い続けているようだ。体の浮遊感が抜けず、ただ握っている墨《すみ》染雨《ぞめあめ》の手だけが確かだ。

「ううん、へいき。ありがとう」

首を横に振ると、墨染雨《すみぞめあめ》は微笑《ほほえ》む。

初めて出会った時は、とても大人のひとに見えた。

今は紀子《のりこ》の方が、背が高いくらいだ。墨染雨《すみぞめあめ》がうつむくとさらさらとした黒い髪が前に流れて、白いうなじが目を引く。その体が自分より幼いことを紀子《のりこ》は知っている。そんな年齢で、墨染雨《すみぞめあめ》はこの街の人柱になったのだ。

振り返ってみれば、そんなことさえ自分は分かっていなかった。子供の頃からずっと彼女に甘えていた。愛していた。当たり前の存在だと思っていた。

家族よりも近しく、友人よりも一緒にいた。彼女のことを何も知らないまま。それは自分が子供だったからだ。紀子《のりこ》は握った手に力を込める。

「加護をくれる、って言ってたよね。あれ本当だったんだね」

「…………」

「ずっと一緒にいた。握ってたよ」

それだけを頼りに漂っていたのだ。

それがあったから、戻ってこられた。

墨染雨《すみぞめあめ》は答えない。二人は草を踏み分け歩いていく。

歩いていく。歩いていく。

二人でいる、それだけの時間がこんなにも愛《いと》しいものだったのだと、強く噛《か》み締《し》めながら。

※

家に帰った時には二十二時を回っていた。

「つ、つかれた……濃い一日だった……」

「お疲れさま、蒼汰《そうた》くん。……うん、先にお風呂《ふろ》入ってくれるとうれしいかなー」

花乃《かの》を抱いて玄関に迎えにきた一妃《いちひ》は、労《いた》わる目で俺の全身を眺めた。

ぱっと見て俺、ぼろぼろだもんな……気持ちは分かる。教室で墨染雨《すみぞめあめ》さんと対峙《たいじ》した時にぼろぼろになった。正確には山の匂いがするし、ダメージジーンズになってる。手に開いた穴には絆創膏《ばんそうこう》貼っておけば塞がりそう。あとは明日学校まで自転車取りにいかないと。

俺はスニーカーを脱いで脇に揃《そろ》える。

「二人とも手回ししてくれてありがとな。おかげで助かった」

「どうだ、ったの？」

「記憶は上手《うま》くいった。代わりにグレーティアが倒れちゃったけど、力を使いすぎたから安静に寝てればいいらしいよ。風呂《ふろ》から上がったら詳しく説明する。あ、眠かったら先に寝てていいから」

「大丈夫だよー。ゆっくりしてきて」

その言葉に甘えて俺は風呂《ふろ》へ向かう。体を洗って浴槽に入ると、思っていたよりずっと疲労がのしかかってきた。今日一日めちゃくちゃ忙しかったもんな。陣内《じんない》からカフェで相談を受けて、家に帰ったらテレビで市役所が燃えてて、国の人と交渉して検査して、高校行って墨染雨《すみぞめあめ》さん説得して記憶屋から帰ってきて今。修学旅行でもここまで予定詰めこまないと思う。

目を閉じると寝そう。風呂《ふろ》で寝ると死ぬって聞くけど俺も死ぬのかな。

それでも疲労に抗《あらが》えなくて、少しだけ目を閉じる。

目を閉じるだけ。眠ってはいない。

意識がお湯に浮く。

ぼんやりと、どこでもない宙をさまよっているような。

自分が溶けてしまいそうな。

そんなイメージを抱いたのは、読谷《よみや》さんから思い出した記憶を聞いたからかもしれない。

『私は【白線】にのまれた後、どこかをずっと漂っていました』

何もない、ただ温かいだけのお湯みたいな中でふわふわしていたという話。

それは初めて聞く異郷の話だ。読谷《よみや》さんがそんな中で溶けないでいられたのは、どうやら子供の頃から墨染雨《すみぞめあめ》さんと付き合いがある「足跡付」だったから、ってことらしい。結局、墨染《すみぞめ》雨《あめ》さん自身が読谷《よみや》さんを助けたようなものだ。

けど墨染雨《すみぞめあめ》さんはどことなく元気がないように見えた。俺たちに散々「色々とすまなかった、助かった、ありがとう」と頭を下げて、読谷《よみや》さんの手を引いて帰っていった。

どこに帰っていったかは知らない。加月《かつき》くんが止めなかったところを見ると、国に対しては適当な言い訳があるのかもしれないし、ないのかもしれない。加月《かつき》くん、絶対監徒の上層部と板挟みだよな。「先輩がついててくれるようになったので、大分発言力が上がって無茶がきくようになりました」って言ってたけど、それにも限度があると思う。面倒事なんでもかんでも頼んでるわけだし。

お湯があたたかい。気持ちいい。

ゆるゆると眠くなる。

体は動かなくて、思考だけが回っていく。

心地の良《い》い浮遊感。浅い夢を見ているような――

「起きて、蒼太君」

「っ⁉」

俺は派手な水音を立てて跳び起きる。

反射的に振り返ったけど、当然ながら誰もいない。そこにあるのは風呂《ふろ》の壁だけだ。

「……夢？」

誰か聞き覚えのある声に名前を呼ばれた気がするんだけど、誰か思い出せない。一妃《いちひ》でも花《か》乃《の》でもなくて、誰か……。

いつの間にかお湯はすっかりぬるくなっている。濡《ぬ》れた前髪を掻《か》き上《あ》げて浴槽を出ようとした時、風呂《ふろ》のドアに、バン、と向こうから両手が叩《たた》きつけられた。半透明の樹脂パネルに、女の手が二つくっきりと浮かび上がる。

「うお、我が家でとんだホラー……」

「蒼汰《そうた》くん！　ちょっと大変なんだけど、さっきの子の思い出した記憶ってなんだったの⁉」

「あ、一妃《いちひ》だ」

普通に考えて一妃《いちひ》しかいないんだけど、なんなんだ。いや、何かあったんだろうな。俺は浴槽から出ながら脱衣所に声をかける。

「服着ながら説明するから廊下のドアの前にいてくれ」

「急いでね！　廊下に出るからね！」

ドアから手が消えて廊下のドアが閉まるのとほぼ同時に俺は脱衣所に出る。濡《ぬ》れた髪を拭きながら、ドア越しに一妃《いちひ》へ読谷《よみや》さんが思い出した記憶のことを説明した。墨染雨《すみぞめあめ》さんと二人でどこかに帰っていったことまで話すと、一妃《いちひ》は少し沈黙する。あ、これまずい気配だ。

「やっぱり。その人がアンカーだったんだ……」

「どういうこと？　何があったんだ？」

「蒼汰《そうた》くん、その人が見たのは異郷の景色だよ」

「ああ、そうだよな。お前から聞いた話とイメージ似てるし。みんなが溶けて一つってやつ」

そこまではちゃんと俺も分かってるけど。一妃《いちひ》にとっては目新しい話じゃないと思ってた。

俺がタオルで髪をがしがし拭く間に、一妃《いちひ》は早口で続ける。

「異郷の景色を見たってことは、その人は別の神隠しに遭ったんじゃなくて、確実に【白線】にのまれて異郷で溶けたんだよ。地柱と関係が深かったから助かったなんてないの。その海の中にいたってことは、もう助かってないの」

「え？　いやでも、読谷《よみや》さん普通に生きてたけど……」

ちょっと待って、ついていけてない。俺はバスタオルを首にかけたまま取り急ぎ部屋着の下だけ穿《は》く。ドアの向こうから一妃《いちひ》が言った。

「だーかーらー、その子は元の人間に見えるように、溶けちゃった状態からそれっぽく作り直された、だけなんだって。多分、こっちに異郷から通路を繋《つな》ぐためのアンカーとして」

「……まじかよ」

それはちょっと想像を絶してる。溶けたところから人間を作り直すなんて。

いや問題はそこだけじゃなくて——

「通路を、繋《つな》ぐ？」

「そう！　だから今、床辻には異郷から繋《つな》がる門が設置されてる！」

「うそだろ」

俺は手に持っていたTシャツを取り落とす。

自失したいけどそんな場合じゃない。一妃《いちひ》が風呂《ふろ》場まで来た原因はそれか。Ｔシャツを着る時間を惜しんで先にドアを開けると、一妃《いちひ》はすぐドアの前に立っていた。

「蒼汰《そうた》くん、服着てない！　でも急いでるからいいや！」

「え、ごめん」

眉根を寄せた真剣な顔。滅多に見ない一妃《いちひ》のそんな表情で、俺は事態のまずさを理解する。

「門が設置された？　でも【白線】の接近は感知してないぞ」

「【白線】は遠投だから。えーと、網を投げて魚を取ったりするでしょ？」

「投網《とあみ》」

「そうそれ！　でも門だと直接的に道が繋《つな》がる！　投げてるんじゃないの！　ほら、狙って槍《やり》を打ちこんでるみたいな！　そういうのあるでしょ！」

「銛《もり》」

「そうそんな感じの！」

「大体分かった。【白線】と別方式で来たのか」

一妃《いちひ》のたとえが緊張感なさ過ぎてあれだけど、異郷が違うやり方でこっちに通路を繋《つな》ごうとしているっていうのは理解したぞ。

一妃《いちひ》は考えこむように口元を押さえる。

「こんな風に直接門を開くなんてやり方、可能だとは思わなかったけど……。こっちの世界に適応した生体を送りこんでアンカーにするってのが、まずそんな生体がいなくて机上の空論のはずだし。でも実際にやられてるんだから現実を認めるしかないよね。多分、【白線】で小さな穴を開けてその子を送りこんできたんだと思う」

「え？　……あ、もしかしてあの時か！」

一妃《いちひ》の言う他のことはよく分からないけど、小さな穴なら覚えがある。

ちょっと前に、複数の【白線】が同時に接近してきたことがあった。あの時俺は、山の中に向かっていた小さな【白線】を、処理しきれなくて見逃したんだ。【連絡網】はあの直後に市内の家庭にかかってきた。きっとあの穴で読谷《よみや》さんを送りこんできたんだ。

「完全に俺の失態だ……」

【白線】はこっちの人間を攫《さら》うためのもので、まさか逆に送りこまれるなんて考えてなかった。そもそももっと早く【連絡網】が来た時点で疑ってみるべきだったんだ。異郷から一妃《いちひ》の姉が接触してきたのも電話伝いだった。【連絡網】が異郷絡《がら》みの罠《わな》の可能性は最初からあった。

「ここからどう手を打てばいいか分かる？」

俺はTシャツを着ながらリビングに向かう。とりあえず流しで水を一杯汲《く》んで飲む。飲みながらスマホを見たけど、どこからも連絡はない。一妃《いちひ》だから気づいたってやつか。

「門が本格的に開き始めたら止められないし、開ききったらこの街はまるまる沈んじゃう。今のうちに先手を打つしかないよ」

「具体的には」

「その子を殺す」

「まじか。他の手段は？」

「ないよ。その子は異郷の道具だから。それにもう死んでる」

一妃《いちひ》の言葉はきっぱりしてる。ダイニングテーブルにいる花乃《かの》が困った顔になったのは、俺の表情を見てのものだ。

――墨染雨《すみぞめあめ》さんになんて言えばいいのか。

『亡《な》くなったことを受け入れていた相手が戻ってきた時、人は安堵《あんど》する。だがその分弱くなるのだ。同じ相手がもう一度失われた時、今度は壊れてしまう』

夏宮《なつみや》さんの言葉が嫌でも蘇《よみがえ》る。助けられたと思った相手がそうではなかった。それを知った時どれほど墨染雨《すみぞめあめ》さんがダメージを受けるか、想像するに余りある。すごく……気が沈む。

「蒼汰《そうた》くん」

「……うん、分かってる」

俺の気持ちは大した問題じゃないし、もっと残酷なことを言えば、街を守ることが優先である以上、墨染雨《すみぞめあめ》さんの気持ちも無視しないといけない。そして、その読谷《よみや》さんを殺す役目を誰かが担《にな》わなきゃいけないなら、それは俺が引き受けるべきだろう。

墨染雨《すみぞめあめ》さんとは本気の戦闘になるかもしれないけど仕方ない。何としても突破しないと。

「一妃《いちひ》、場所は分かるか？」

「分かるよ！　北の山の中だね。何にもないとこ」

「山の中？　なんでそんなところに——」

腑《ふ》に落ちる。

思わず絶句してしまった俺を、一妃《いちひ》は覗《のぞ》きこんだ。

「どうしたの、蒼汰《そうた》くん」

「……墨染雨《すみぞめあめ》さんは、気づいていたんだ」

何もない夜の山に、どうして読谷《よみや》さんを連れて行っているのか。

きっと読谷《よみや》さんが記憶を取り戻した時に、二人は読谷《よみや》さんが異郷からのアンカーであることに気づいた。だから二人で山に入った。それが何のためかなんて決まってる。

「急いで俺も……って自転車がない」

「私が連れてってあげるよ。早く着替えて。制服が丈夫でいいかな」

「分かっ——」

ざわりと、背中が総毛立つ。

辺りの空気が変わる。いや、そういう風に俺に感じ取れるだけか？

一妃《いちひ》を見ると、その顔からは表情が消えていた。花乃《かの》のものだった指が、一妃《いちひ》の小さな唇に当てられる。

「……門が、開き始めた」

それが、床辻消失への秒読み開始の言葉だった。

※

北の山の奥深く、人の立ち入らぬ小さな広場に、小さな石積みの塔は建っている。

特別なところは何にもない、平たい石を重ねただけの、高さ一メートル程度の塔だ。

かつて地柱になったばかりの墨染雨《すみぞめあめ》が、一人きりの時間を持て余して川原まで散歩に行き、石を拾って帰ってきた。それを繰り返して何となく積んで作ったものだ。

塔は崩れることもあり、その度に一から積み直した。別に苦痛な作業ではなかった。遊びでもなく退屈しのぎでもない、何となくやっているだけのものでしかなかったので。

孤独な地柱の神域を示すものはそれだけだ。

乏しい月明かりの下、細い獣道を経てここまでやって来た二人は言葉少なだ。

紀子《のりこ》は上がってしまった息を整えると、石の塔を見て微笑《ほほえ》んだ。

「なつかしい……」

少女は墨染雨《すみぞめあめ》の手を放すと、石の塔に歩み寄る。

崩れかけたその塔には砂埃《すなぼこり》が厚く積もり、低い場所には草が生えていた。

「最近は触っていなかったんだ？」

紀子《のりこ》は石塔の傍《そば》から平たい石を一つ拾い上げる。それを塔の上に積む友人を見つめていた墨《すみ》染雨《ぞめあめ》は、ふっと視線を逸《そ》らした。

「……ここに来る気になれなかった。君のことを思い出すから」

「気にしなくていいのに」

その言葉は、墨染雨《すみぞめあめ》の虚脱を少しも和らげない。

ここに来るまで一歩歩くごとに地中に足が沈みこんでいくような気分だった。それでも今までは紀子《のりこ》の手を引いていたからこそ上ってこられた。

ただその手が離れた今はもう歩けない。膝をついてしまいそうだ。

紀子《のりこ》は墨染雨《すみぞめあめ》の様子に気づくと彼女の前に戻ってくる。白い両手が伸ばされ、墨染雨《すみぞめあめ》の髪を梳《す》いてその頬に触れた。

「ごめんね、黒雨」

意志を、愛情を宿した目。

それはかつての紀子《のりこ》とまったく同じものだ。奔放で優しい少女の顔。

全く同じだから、今もこれが悪い夢ではないかと墨染雨《すみぞめあめ》は疑っている。そうでないことはとっくに分かっているはずなのに。

「謝るのはぼくの方だ。君を守れず、結局こんな目に遭わせている」

浸食の道具として、こちらの世界に戻された少女。

異郷の誰が紀子《のりこ》を作り直して送りこんだかは分からないが、その人物にとって誤算だったのは、紀子《のりこ》自身が「何故《なぜ》自分が作り直され元の世界に戻されたのか」を思い出したことだろう。

――読谷《よみや》紀子《のりこ》は、自身が故郷侵略の一手であることを自覚した。

その表情で墨染雨《すみぞめあめ》もまた察したのだ。友人の身に何があったのかを。

だから二人でここまで来た。監徒にも他の地柱にもこの先を関わらせたくなかったからだ。

それ以上の言葉を詰まらせた墨染雨《すみぞめあめ》に、紀子《のりこ》はかぶりを振る。

「私は嬉《うれ》しかったよ。だって、黒雨にもう一度会いたかった。謝りたかった。お礼が言いたかった。それが叶《かな》ったんだもの」

「紀子《のりこ》」

「ずっと一緒にいてくれてありがとう。守ってくれてありがとう。ちゃんと逃げられなくて、ごめんね」

「き、君が……謝ることじゃない！」

あの《血汐《ちしお》事件》の日、全て終わってしまった高校の前で、呆然《ぼうぜん》と立ち尽くしていたことを覚えている。何も理解できなくて、理解したくなくて、晴れた空の下で普通の人間のように自失していた。

パトカーが何台も駆けつけ、人々が混乱しざわめく。駆けつけてきた家族が子供の安否を知ろうと警察に詰め寄り、悲痛な叫びを上げていた。そんな保護者たちを中に入れないよう警察はテープを張って押しとどめながら、全員が青ざめて、見てはならないものを見てしまった顔をしていた。

真昼の悪夢だ。昇降口から校門までは、中の様子を見に行った人間たちがつけた赤い足跡が何往復も残っていた。血溜《ちだ》まりを踏まずには立ち入れない状況なのだ。墨染雨《すみぞめあめ》はその景色を漫然と見ていた。

視界は黒縁をかけたように己のものではない。「どうして」と言うことさえできなかった。あの日の朝、墨染雨《すみぞめあめ》は一人で泣いていた。誰よりも友人の身に何が起きたのか分かっていたからだ。

そしてそれは、今も同じだ。

「泣かないで、黒雨」

足下を見つめる視界がぼやけて揺れる。涙が零《こぼ》れ落《お》ちて爪先を濡《ぬ》らした。瞼《まぶた》が熱くて溶けてしまいそうだ。

「ぼ、ぼくは……結局きみを……」

紀子《のりこ》が戻ってきたと知った時から、半分はこの結末を予期していた。

それでも違っていて欲しかった。もう一度やり直せると信じていたかった。

「また一緒に、いられるんじゃないかって、お、思っていたのに……」

声に嗚咽《おえつ》が混ざる。人でなくなっても自分はこんな風に弱いのだと、嫌になる。

「遊んで……は、話をして……きみが『黒雨は何も知らないね』って笑って……」

ただの友達同士のように。

そんな時間が何よりも大切だった。全ては自分の弱さで失ってしまったものだ。

唇を噛《か》んで泣き続ける墨染雨《すみぞめあめ》を、紀子《のりこ》はじっと見つめる。そのまなざしは離れていた一年の間に、ひどく大人びて穏やかなものになっていた。

紀子《のりこ》の指が、零《こぼ》れ続ける墨染雨《すみぞめあめ》の涙をぬぐう。

「私も寂しいよ。黒雨を置いていきたくないし、【白線】にのまれた時はすごく怖かった」

彼女は、初めて出会った頃と同じ澄んだ目で笑う。

「でも今はもう、自分に起きたことを受け入れているし、怖くないの。それより大切なことがあるから」

「……大切なことって」

「あなたに伝えること。私はあなたから恵まれた時間をもらっていた。だから、私のこの終わりに傷ついてしまわないで。人と関わることに倦《う》まないで。私はあなたと一緒にいて幸せだった。どうかこの言葉を信じて」

これからも街を守って生きる友人への言葉。

恨み言の欠片《かけら》さえもないそれに、墨染雨《すみぞめあめ》は口元を歪《ゆが》めた。吐き出した声に震えが混じる。

「ぼくは、そんなに強くないよ」

「弱いひとは、一人で背負おうとしないでしょ」

それは違う、と言いかけてのみこむ。弱いから他の人間に見せたくなかった。自分と彼女のもっとも繊細な部分に、他者を立ち入らせたくなかった。

そんな己の愚かさを嚥下《えんげ》してかぶりを振る墨染雨《すみぞめあめ》に、紀子《のりこ》は微笑した。

「私はこれで充分。ありがとう」

紀子《のりこ》は墨染雨《すみぞめあめ》から手を放すと石塔の隣に歩み寄る。病衣の裾をさばいて草の上に座した。

「黒雨、もし私のお父さんに会ったら伝えて。『紀子《のりこ》はちゃんと間違えなかったよ』って」

誇らしげにそう笑って、彼女は目を閉じる。

「じゃあ、向こうに気づかれる前にお願い」

どうしてそう強く在れるのか。

問いたくて、墨染雨《すみぞめあめ》はけれどその疑問を口にしない。これ以上彼女に泣き言を聞かせるのは違うと思った。だから、彼女を殺してここで終わりだ。

「……本当に強いのは……君の方だ……」

墨染雨《すみぞめあめ》は右手を軽く上げる。そこに力を集めて研ぎ澄ませる。

強く、鋭く、薄く。

一瞬で、何の痛みもなく終わるように。

これが終わったら、もう自分には地柱をやれるだけの心は残らないかもしれない。

でも、今だけは自分の手で幕を引かなければ。

墨染雨《すみぞめあめ》はそんな愛情だけで、震える手を振り下ろす。

命を刈り取る刃が、神域を走ろうとする――


その瞬間、小さな広場に彼女のものではない強烈な閃光《せんこう》が爆《は》ぜた。


「な⁉」

視界が焼かれる。何も見えない。放った力がどうなったか分からない。

「――今だ！　二人とも捕獲しろ！」

無遠慮な男の声。それは墨染雨《すみぞめあめ》の知らないものだ。

複数人の足音が聞こえる。誰かが墨染雨《すみぞめあめ》の腕を掴《つか》み、肩を拘束する。

「誰だ！　なんのつもりだ！」

叫んで振り払う。地柱の力が闖入《ちんにゅう》者たちを撥《は》ね飛ばす。

「紀子《のりこ》！」

「ぎゃあっ！」

友人の名を叫んだ声に返ってきたものは男の悲鳴だ。先ほど号令をかけた声と同じもの。

ようやくうっすらと視界が戻ってくる。

墨染雨《すみぞめあめ》は紀子《のりこ》の姿を探して視線を巡らせた。

「……あ」

飛び散った血。

月光の下、草木を濡《ぬ》らす液体は黒く光っていた。

その血を流しているのはスーツ姿の男だ。

オールバックの髪は乱れて見る影もない。国の役人だというその男の頭は、半ば潰れてひしゃげていた。とめどなく血を溢《あふ》れさせながら男の体は宙に浮いている。

男の頭部を摑《つか》んで吊《つ》り上《あ》げているのは──

「紀子《のりこ》……」

読谷《よみや》紀子《のりこ》の左腕は、肩から切り落とされて地面に落ちている。

紀子《のりこ》を即死させるはずの墨染雨《すみぞめあめ》の力が、闖入《ちんにゅう》者たちの妨害でわずかに方向を逸《そ》れた。その刃が彼女の腕を肩から切断したのだ。

そして残る右手は、彼女を捕らえようとした男の頭を握り潰し続けていた。

あってはならない、あるはずのない光景。

紀子《のりこ》の左腕からぼたぼたと垂れる血。そこから白い煙が上がっている。白煙が紀子《のりこ》の足下に渦巻き始めるのを見て、墨染雨《すみぞめあめ》は呻《うめ》いた。

「そんな、」

「ご、めんね……黒、あ、メ……」

紀子《のりこ》の顔が苦痛に歪《ゆが》む。白目が真っ赤に染まっている。

いびつに響く声。

その声を最後に、浸食は始まった。

# 九――加護

大きな都市なんかは夜の街を高いところから見下ろした時、光の海みたいに見えるって聞くけど、床辻の夜はそれとは対極だ。駅回りと国道沿いが比較的明るいだけで、住宅街なんかは息を潜めたように真っ暗になる。

か細い街灯の光だけが、細い蜘蛛《くも》の糸のように繋《つな》がっている街。

それを遥《はる》か眼下に見下ろしながら、俺は夜空を飛んでいた。

飛んでいるっていうかなんだこれ。滑空？　俺が日傘を広げた一妃《いちひ》を抱き上げて、一妃《いちひ》が高度と速度を調整している。今回は異郷絡《がら》みだってことで花乃《かの》を留守番させていくのも心配だから、花乃《かの》は一妃《いちひ》がバッグごと膝に抱えている状況だ。

傘の不思議な力で空を斜めに落ちながら移動していくのは、状況によっては結構楽しい。でも今は緊急事態だ。

「見えたよー！　あそこ！」

近づいてくる北の山林の中に、ぼんやり明るい場所がある。

中から白く光っているっていうか、あそこだけ霧がかっているっていうか。

そこに何かがあるのは肌に伝わってくるざわざわとした感覚で分かる。もっと言うなら践地の儀の時に【白線】と接した、あの時と同じ感覚だ。

「まだ門は開ききってないんだよな？」

「開き始めたばっかり！　今なら何とかなるかも！」

「分かった。行ってくる」

「きを、つけて」

花乃《かの》が心配そうに見てくるのに笑いかけて、俺は一妃《いちひ》を抱いていた手を放す。

重力に従って体が降下する。森の木々を避けた箇所を狙ってはみたけどコントロールは微妙。代わりに俺は背負っていた袋から呪刀を抜いた。両手で構えたそれを落ちていく先に向けて――振り下ろす。

「よっ、と」

自分が漫然と持っている地柱としての力を集めて、斬った軌跡の先にまで飛ぶように。

そんなイメージで放った力は、すぐ下にあった杉の木をあっさり砕いた。俺自身は力を撃ち出した反動で落ちる速度が緩む。間近に迫る叢《くさむら》を前に、俺は呪刀を抱えて受け身を取った。覚悟していた着地の衝撃を流しながら、地面の上を軽く一回転する。

「飛び降りこっわ……あぶな……」

枝とかに刺さらなくてよかった、と思って左手首を見たら守護の水晶球に一つヒビが入ってる。本当は刺さっていたけど水晶球が肩代わりしてくれたのかもしれない。

しかし俺はすぐに気を取り直すと、薄明るい方へ向かった。道も何もない山中を、草を搔《か》き分《わ》けながら急ぐ。十メートルも進むと、俺は小さな広場に出た。

出て、その有様《ありさま》に言葉を失った。

「な、んだこれ」

広場の奥側には、石を積んだだけの小さな塔がある。

その前に、読谷《よみや》さんは両足を横に流して座っていた。

座って、がっくりと首を前に垂れている。顔は見えない。左腕はあるべきところになく、切り落とされたのかきつく拳を握った腕がその傍《そば》に転がっていた。病衣には銃に撃たれたみたいな血の染《し》みがいくつもできている。それら傷口からは白く光る霧が漏れ出していて、同じものが彼女の後ろにある「隙間」からも漏れていた。

——読谷《よみや》さんの後ろにあるもの。

それは言ってしまえば細い光の線だ。縦に三メートル、横に十五センチくらい?

この金色の線とそこから漏れ出す霧が、辺りをぼんやりと照らしている。

それが目立って異質なもので、でもこの広場にあるものはそれだけじゃなかった。

読谷《よみや》さんの傍《そば》に、肉みたいなピンク色の水溜《みずた》まりが広がっている。てらてらと光るそれの隣には、スーツを着た男の上半身が倒れていた。

俺は震えそうになる手で口元を押さえる。

男の頭はひしゃげて半分が陥没している。

下半身はない。溶けてしまったように、ただれた肉の断面が見える。その色は隣の水溜《みずた》まりと同じで、俺は直感的にその水溜《みずた》まりがなんなのか理解した。かろうじて面影が分かる男の名を呼ぶ。

「高杉さん……？」

どうしてここに、って言いかけたけど、よく見れば察しはついた。読谷《よみや》さんの周りには他に迷彩服を着た三人の男が倒れていて、彼らの体も部分的に溶けていたからだ。溶けていない部分の装備から言って彼らは山中作戦に参加するための人員で、高杉さんの指示で動いていたんだろう。読谷《よみや》さんのどこかに現在位置情報を発するものをつけていたのかもしれない。

彼らはそれを頼りにここまで来たんだ。そして【禁忌】に出くわした。

このピンクの水溜《みずた》まりはおそらく、彼らの溶けた体か――失われた体の代価として出現したものだ。

《血汐《ちしお》事件》で正体不明の血溜《ちだ》まりが溢《あふ》れたように、また他の消失事件で汚物や吐瀉《としゃ》物が大量に残されていたように、人が異郷にのまれた際には、代わりに「人の体に関係するもの」が大量に出現する。このピンクの水溜《みずた》まりもそうだとしたら、彼らは開きかけた門を通じて異郷に触れてしまったんじゃないだろうか。

そしてその門は、今も開き続けている。

俺は読谷《よみや》さんの後ろにある光の線を見た。

線はほんの少しずつ、ゆっくりと幅を広げているようだ。

「あれか……」

悲惨な死体は、地柱を継いだ時の一件で散々見た。慣れたって言うほどじゃないけど、あの時と同じだ。今はやらなきゃいけないことがある。

金色の光が漏れ出す隙間。

あれがきっと門だ。どこまで広がれば「開ききった」ってことになるのかは分からないけど、間に合ったは間に合ったみたいだ。俺は警戒しながら読谷《よみや》さんに向けて歩を進める。

墨染雨《すみぞめあめ》さんの姿はない。読谷《よみや》さんはもう死んでいるように見える。

でも門が開こうとしているってことは、あれでまだ生きているんだろうか。

俺は読谷《よみや》さんの正面、あと二メートルの位置で足を止めた。

異郷を警戒してこれ以上は近づかない。俺は黒い呪刀を両手で正面に構える。

「読谷《よみや》さん、すみません」

そう詫《わ》びる。返事はない。謝って済むことでもない。

ただこれは、やらなきゃいけないことだ。

意識と力を集中させる。

息と同期させる。暗い山中が、くっきりと浮き立って見える。

──もしあれが、花乃《かの》や一妃《いちひ》だったら。

きっと俺は、最後まで迷うだろう。

そんなことを思いながら俺は、呪刀の切っ先をゆっくり上げる。

そして、動かない彼女めがけて、宙を斬った。

力を宿した刃で、空を断つ。

それが一番思い描きやすい力の表れだ。

イメージは現実になる。

斬った亀裂はそのまま剣閃《けんせん》となって、正面に飛ぶ。

読谷《よみや》さんの体を両断するはずの力。

それはけれど、読谷《よみや》さんに触れる直前、急に軌道が逸《そ》れた。上に跳ね、彼女の頭越しに光の線の中に吸いこまれる。

「な、」

予想外のことに呆然《ぼうぜん》としたのは一瞬。

俺は我に返ると走り出す。

離れた場所から届かないなら直接攻撃するしかない。

四歩で距離を詰め、読谷《よみや》さんの後頭部に呪刀を叩《たた》きこむ──

その瞬間、読谷《よみや》さんはぱっと顔を上げた。

真っ赤に染まった両眼。焦点の合っていない目は限界まで見開き、口は大きく開いている。

その口の中は、白い霧が詰まっていた。

読谷《よみや》さんは霧を俺の顔めがけて吐き出す。

「っ！」

のけぞりながら、かろうじて体を斜めにして霧を避ける。

けど代償に俺の体はバランスを崩した。右に倒れそうになるのを、咄嗟《とっさ》に手を地面に伸ばして受け身を取ろうとする。

そこにまた読谷《よみや》さんは霧を吐いてきた。

——これは、避けきれない。

せめて致命傷になるような箇所は避けなければ。

俺は咄嗟《とっさ》の判断で顔を背ける。生温かい霧が耳元と肩を掠《かす》めた。

微温湯《ぬるまゆ》に撫《な》でられるような感触。地面を転がりながら俺は残る霧を左手の呪刀で払う。

けどまだ駄目だ。近すぎる。読谷《よみや》さんが息を吸いこむのが見えた。

その時、茂みの向こうから誰かが俺を呼ぶ。

「下がれ、君！」

夜の森に突風が吹く。

明確な指向性を持ったそれは、俺の脇をすり抜けて霧をわずかに押し戻した。

しかし風は霧を散らしてしまうほどではなく、霧は少したわんで読谷《よみや》さんの周りに留まる。

それを見ながら俺は、なんとか体勢を戻して読谷《よみや》さんから距離を取った。約十数メートル、広場の端まで下がる。視線を彼女から外さないようにしつつ、背後に声をかけた。

「ありがとうございます、墨染雨《すみぞめあめ》さん」

「……礼は要らない。見殺しは寝覚めが悪いだけだ」

ざざ、ざざ、と、草が揺れる音が聞こえる。

斜め後ろで足を止めた墨染雨《すみぞめあめ》さんを一瞥《いちべつ》して、俺はぎょっとした。

泣き腫らした目、はともかくとして、黒いセーラー服から覗《のぞ》く左足の膝から下が違う。今までは普通の白い足だったそこは、木の枝を縒《よ》って作られた義足になっていた。

「墨染雨《すみぞめあめ》さん、足が……」

「油断した。君と同じことをしようとして溶かされた。とりあえずの応急処置だ」

蒼白《そうはく》の顔色は月光のせいだけじゃない。読谷《よみや》さんを見つめる目は、悔しさと嘆きの入り混じったものだ。その感情に、俺は「ああ、やっぱり」と思う。

「墨染雨《すみぞめあめ》さんは、自分で読谷《よみや》さんを殺すつもりだったんですね……」

記憶の戻った彼女を、眠る部屋もない山中に連れて行ったのは殺すためだ。

読谷《よみや》さんもそれを分かって、二人は山に入った。

門が開かれる前に、人知れず終わるはずだった幕引き。

でもそれは、二人が選んだようにはならなかった。

墨染雨《すみぞめあめ》さんは自分の唇を嚙《か》む。

「紀子《のりこ》を殺そうとした時に邪魔が入った。一瞬で終わるはずだったのに、ぼくが切り落としたのは紀子《のりこ》の腕で……それで、『向こう』に気づかれた」

「異郷ですか」

「ああ。紀子《のりこ》を捕らえようとしたやつらは、紀子《のりこ》が変貌してあのざまだ。生き残ったやつらはうるさいから山の下に捨ててきた」

「ああ……」

それで墨染雨《すみぞめあめ》さんはさっきまでいなかったのか。人間を避難させてから戻ってきたんだ。ぼろぼろの状態で、それでも友達の前に立つために。

このひとは、ちゃんと人や街を守ることを考えている。

いや、読谷《よみや》さんもそれを考えていたんだ。邪魔が入ってああなってしまっただけで。

二人には覚悟があった。

「……俺は、読谷《よみや》さんを殺して門を閉じるために来ました」

「君のそういうはっきりしたところ、話は早いけど腹立たしいよ」

「言わないのはフェアじゃないと思うので。協力をお願いできますか」

読谷《よみや》さんは、俺たちの存在を警戒しているのか霧を吐き続けている。

それは徐々に濃度を増して、俺たちの目から読谷《よみや》さんを覆い隠しつつあった。まだ残っていた高杉さんの体がとろりと溶けて、白みがかったピンクの水溜《みずた》まりになる。あの色、ちょっと古くなった鶏の胸肉みたいな色で嫌だ。元が人間だったたって連想しやすくて生々しい。

少しずつ広がっていく霧の壁に阻《はば》まれて光の線が見えなくなる。金色の光だけがぼんやりと霧を向こうから染めた。

墨染雨《すみぞめあめ》さんは弱々しく吐き捨てる。

「きっとあの霧を突破できない。さっき一度やった」

その言葉は失意が明らかなものだ。墨染雨《すみぞめあめ》さんとしては、俺に噛《か》ませたくはなかったんだろう。俺っていうか、他の誰にもか。

霧の壁は少しずつ範囲を広げてきている。俺はもう一度、今度はさっきよりも強い力を込めて剣閃《けんせん》を撃ってみる。けど、それは霧の中を一メートルほど削っただけで四散した。霧に入った切れ目も数秒で元に戻る。

「これは確かに……」

この霧、こっちの力を減衰させるんだな。でも頑張って読谷《よみや》さん近くまで突破させても、今度はあの光の切れ目に吸いこまれる。できればさっきみたいに直接近づきたい。

――人間だった人を殺すっていうのは、考え始めると胃が重くなるけど、でも今それには躓《つまず》いていられない。読谷《よみや》さんがもう人じゃないってことは、見れば分かる。さっきの様子を見るだに、読谷《よみや》さんは銃撃も受けたんだろう。でも死んでない。つまりそう言うことだ。

じりじりと霧が迫る。攻めあぐねればそれだけ難攻不落になる。

「俺が強引に道を開けるんで、墨染雨《すみぞめあめ》さんは後ろからついてくるっていうのはどうですか。霧避けになりますよ」

もし俺がもっと色んな力の使い方を分かっていたなら別の方法があったのかもしれない。けど今のところ実現可能なほどイメージできるのは、自分の体や持っている道具の延長線上に力を展開する、というだけのものだ。

だから霧を連続して斬っていって突破する。その先のことは地柱が二人いれば押し切れるんじゃないだろうか。というか、その可能性に賭けてみるしかない。

墨染雨《すみぞめあめ》さんは掠《かす》れた息を零《こぼ》した。

「無茶な案だな。二人とも溶けて終わりじゃないか？」

「でも、床辻でこれができるのは俺たちだけでしょう」

地柱は、この街を守るための最高戦力なんだ。四人しかいないそれがこの場に二人そろってる。強行する理由としては充分だ。

墨染雨《すみぞめあめ》さんは自分の足を見下ろす。

「そう早くは移動できない。君の足を引っ張るかもしれない」

「合わせます」

「分かった。行こう」

即答はいくらか俺の心を和らげる。

前さえ見えない霧を前に、呪刀を構え息を吸う。

「行、け！」

――声を吐くと同時に、刀を振り下ろす。

白い光は、切っ先の軌道のままに弧を描いて分厚い壁の中を斬り進んだ。

バチバチと小さな火花を上げて霧がわずかに退き、一メートルほどの奥行《おくゆき》の隙間が生まれる。

幅はぎりぎり俺が体を斜めにして通れるくらいだ。

そこに踏みこみながらもう一度。更にその奥を狙って呪刀を振り下ろす。

異郷の霧の中に道を押し通す。

月光を吸いこんでいるのか霧は薄ぼんやりと明るい。

俺は早くなりそうな足取りを抑える。墨染雨《すみぞめあめ》さんを置き去りにしないように注意する。

振り返らなくても退路は既に閉じていると分かった。俺は墨染雨《すみぞめあめ》さんに声をかける。

「多分あと三回です。その後は行けますか」

「……ああ」

精彩を欠く声は、心労が色濃い。

それでも墨染雨《すみぞめあめ》さんはついてきてくれる。だからそのための道を作る。

俺は押し寄せてこようとする霧に向けて呪刀を振り上げる。

その刃の下、不意にぬっと読谷《よみや》さんの顔が現れた。

「え」

霧の中から突き出された顔に、ほんの一瞬虚をつかれる。

ぽっかり開かれた赤い口。そこから吐き出される霧は既に至近距離だ。俺は咄嗟《とっさ》の判断で左手を犠牲にすることを選ぶ。呪刀から離した手で顔にかかる霧を払った。

痛みはない。腕が失われる感覚も。

その代わり、左手首につけていた身代わり数珠《じゅず》が全て同時に音を立てて砕け散った。

「紀子《のりこ》！」

墨染雨《すみぞめあめ》さんが叫ぶ。叫んで前に出る。

霧で体を溶かしながら、俺と読谷《よみや》さんの間に体をねじこむ。

墨染雨《すみぞめあめ》さんは、霧をもう一度吐こうとする口ではなく読谷《よみや》さんの胸に右手を当てた。

「ごめん、紀子《のりこ》」

掠《かす》れて呼ぶ名。

墨染雨《すみぞめあめ》さんの指に絡《から》みついていた蔓《つる》が、素早く動く。

それらは一瞬のうちに縒《よ》られて穂先となり——読谷《よみや》さんの胸を貫いた。

既に血塗《ちまみ》れの体がびくりと揺れる。

開かれたままの読谷《よみや》さんの口がわなないた。

「あ、あ、あ、あ、あ、あ、」

断続的な呻《うめ》きは、機械的に再生されているみたいだ。

ぐらぐらと読谷《よみや》さんの体が左右に揺れる。

真っ赤な目がぐるりと回って、墨染雨《すみぞめあめ》さんを見下ろした。

「くろ、あ、め、？」

墨染雨《すみぞめあめ》さんが凍りつく。

「いた、あ、い、あ、あ、たす、け、て」

途切れ途切れの言葉は棒読みだ。

それでも助けを求めるその言葉は、墨染雨《すみぞめあめ》さんの動きを封じるのに充分なものだった。

後悔と恐怖の顔で固まる墨染雨《すみぞめあめ》さんに向けて、読谷《よみや》さんは浅く息を継ぐ。

そこから墨染雨《すみぞめあめ》さんに吐き出されたのは言葉じゃなく霧だ。

「くそ！」

呪刀の柄で、読谷《よみや》さんの顎を下から撥《は》ね上げる。

霧はぎりぎりで方向を逸《そ》れる。でもその時には既に、四方から霧が俺たちに迫っていた。

退路はない。ここで決めるしかない。

俺は、胸を刺されてもまだ立っている読谷《よみや》さんに向き直る。

近すぎる距離。呪刀を振りかぶっていては遅い。

だから俺は、霧ごと読谷《よみや》さんの首を薙《な》いだ。

嫌な音がして読谷《よみや》さんの首が真横に折れる。でも彼女は倒れない。見るに堪えない姿でゆらゆらと立ち続けている。

「これは……」

何をしても死なない。むしろ既に死んでいるのに動き続けている。

こんな相手にどうすればいいのか。俺は戦慄しながらも呪刀を手元に引く。

次は胸を狙って突こうとして——でもそれを察したのか、読谷《よみや》さんはゆらりと下がった。

「っ、待っ！」

あわてて読谷《よみや》さんを追って霧の中に打ちこんだものの、手応えはない。

既に読谷《よみや》さんの姿は見えない。

霧が四方から迫る。墨染雨《すみぞめあめ》さんは蒼白《そうはく》な顔色で立ち尽くしたままだ。

まずい、詰んだ。

そんな考えが、脳裏をよぎる。

「——ずいぶん手こずってるなあ」

軽い、空気を読まない声。

それと同時に霧が動き始める。

俺たちのいる場所から左右へ、強引に割り開くように。

まるでゲームで見た海の割れる光景みたいだ。非現実的で……安心する。

そうして霧が完全に広場の外周まで退けられ、月光が元の通りに辺りを照らすと、俺はほっと息をついた。後ろに立っている家族を振り返る。

「ありがとう、一妃《いちひ》」

「お安い御用だよ！」

花乃《かの》のいる籠バッグを抱いて、白い日傘を差している一妃《いちひ》はにこにこと笑う。以前もそうやって【白線】による異郷の浸食を切り裂いた一妃《いちひ》は、俺を見て首を傾《かし》げた。

「ちょっと遅かった？　先で降りてから戻ってきたんだけど」

「いや充分すぎ。助かった」

一妃《いちひ》がそう言うのは、俺の呪刀を見てのものだろう。霧ごと読谷《よみや》さんの首を払った呪刀は、先の半分がぼろぼろに崩れて今にも折れそうだ。次に打ちこんだ時が最後かも。

でもこれくらいは大したことじゃない。俺は、光の線の前に読谷《よみや》さんを見つける。

「で、一妃《いちひ》。善戦してみたんだけど門を閉じられてない。アドバイスがあったら嬉《うれ》しい」

「あー、結構ひどいね」

一妃《いちひ》の言う通り、門の前に立つ読谷《よみや》さんは満身創痍《そうい》どころじゃない有様《ありさま》だ。

首は折れてるし腕は欠損。胸や胴には刺されたり撃たれたりした血の跡がたくさん見える。

普通の人間ならほぼ死んでるし、親しい人間にとってはまず直視できない状態だ。

でも彼女は「生きている」。その証拠に門は開いたままだ。

そしてそれはほんのわずかずつ広がっている。

一妃《いちひ》はじっと読谷《よみや》さんの様子を検分した。

「多分、どこかに核があるんだと思う。作り直された人なんて私も初めて見るから、具体的にどこかは分からないけど」

「そこを突かないと駄目ってことか。ちなみに門が開ききるまでどれくらい猶予がある？」

「んーー、この感じだと三時間？　くらいだと思う」

なら時間は結構ある。核がどこにあるのか探す猶予は充分だ。ただ既にぼろぼろの読谷《よみや》さんの体をこれ以上壊していくっていうのは、かなり心に来るな。

読谷《よみや》さんは自分の首が折れていると分かっていないのか、体を揺すって戻そうとしている。

その間にもくぐもって感情のない声が断続的に漏れた。

「た、た、た、すけ、て、て、あ、あ、あ、た」

平坦《へいたん》な、助けを求める声。それはまるで壊れた人形みたいだ。

俺は隣の墨染雨《すみぞめあめ》さんを窺《うかが》う。

墨染雨《すみぞめあめ》さんは、このほんの数分間ですっかり憔悴《しょうすい》していた。頬はこけて見え、目は虚《うつ》ろだ。

その目はもう読谷《よみや》さんを見ていなかった。直視できていない。

墨染雨《すみぞめあめ》さんは震える両手で顔を覆う。

「……ぼ、ぼくのせいだ」

「墨染雨《すみぞめあめ》さん？」

「ぼくが、加護さえかけていなければ……」

今にも崩れ落ちそうな墨染雨《すみぞめあめ》さんの両手の隙間から、すり潰された声が漏れる。

「紀子《のりこ》に、かけてあったんだ……怪奇に出くわしても身を守れるように、ぼくの力の欠片《かけら》を渡してあった」

「それは……別に悪いことじゃないでしょう」

 っていうか、そんなことができるなら俺もやってるしやりたい。

当たり前のようにそう思う俺に、墨染雨《すみぞめあめ》さんは顔を上げる。

悲痛な、全てを呪うような。

わななく声で、彼女は自分の罪を吐き出す。

「違う。そのせいで、紀子《のりこ》は『向こう側』でも溶けきらなかった。身体《からだ》が溶けても意識が残っていたんだ」

「――あ」

そういうことだったのか。

俺は唐突に理解する。一妃《いちひ》は「異郷にのまれたらみんな溶けて、帰ってこられる人間なんていない」って言っていた。今回の門に関しても「こんな浸食のやり方があるとは思わなかった。適した生体がいないはず」みたいなことを言っていたし。

でも実際はいたんだ。溶けて、でも溶けきらなかった人がいた。

地柱に愛されて、加護を受けていた人。

一年もの間、異郷において意識を守られていた人間。

その加護は確かに彼女を、元の世界に戻した。

異郷の海にまで伸びていた救いの糸。それを友達に渡していた地柱は、震える両手にぽたぽたと涙を落とす。

「こ、こんなことになるなんて思わなかった……紀子《のりこ》が無事に生きていければいいって思っただけだった……な、なのに、こんな」

――酷《ひど》い、と。

そうとしか言えない変わり果てた有様《ありさま》になって。

人として普通に死ぬこともできなくなって。

それが全て「守りたい」と思い「健やかでいて欲しい」と願った結果だ。

捻《ね》じれてしまった結末を示すように、夜の森に裏返った声が響く。

「くろ、あ、め、め、あ、あ、」

読谷《よみや》さんは、何かを探すように残った右腕を上げた。

でもそれも覚束《おぼつか》ない様子で、ぐらぐらと体全体が揺れる。そんな姿は、数時間前までの彼女を知っている俺からしても惨《むご》いと思う。

この状態の彼女を、これから刻んでいく――

救いのないそんな行為に、墨染雨《すみぞめあめ》さんはきっともう耐えられないだろう。

だから俺は前に出る。今までは「墨染雨《すみぞめあめ》さんは他人の手に任せる方が嫌だろう」と思っていたけど、もう充分すぎる。一妃《いちひ》も来てくれた。あとは俺がやればいい。

俺なら読谷《よみや》さんを、核をつきとめるまで少しずつ殺していくことも、きっとできる。

そう切り出そうとした時、読谷《よみや》さんの真っ赤に染まった目が、墨染雨《すみぞめあめ》さんの上で止まった。

調子外れの叫び声が止まる。

「……くろあ、め」

絞り出すように。

静かなる託宣のように。

「わたしの、てを」

墨染雨《すみぞめあめ》さんは、それを聞いてはっと顔を上げた。

読谷《よみや》さんのふらふらと揺れる右手ではなく、地面に落ちたままの左手を見る。

その左手は、他の死体がピンクの水溜《みずた》まりになったのにもかかわらず、何故《なぜ》かそこにあるままだ。いつの間にか開かれている掌《てのひら》を、墨染雨《すみぞめあめ》さんは見つめる。

「手を、とって」

決然として穏やかな。

その声に導かれるようにして、墨染雨《すみぞめあめ》さんはよろめくように一歩踏み出した。

枝でできた義足を動かして、ゆっくりと友人の方へ歩いていく。

読谷《よみや》さんは揺れながら立っているままだ。赤い目がごろごろと動いて、でも今はもう霧を吐き出していない。

墨染雨《すみぞめあめ》さんは、目を逸《そ》らさず彼女の前まで歩み寄ると身を屈《かが》めた。落ちていた左手を慈《いつく》しむように拾い上げる。

「君は……怖いもの知らずの子供だった。危なっかしくて目が離せなかった。強い人間だった。最後まで間違わなかった。本当は、君に加護なんて必要なかった。君は、ぼくの誇りだ」

墨染雨《すみぞめあめ》さんが抱き上げた左手の掌《てのひら》が、淡い緑色に光る。

その光は掌《てのひら》を抜け出してふわりと浮き上がると、墨染雨《すみぞめあめ》さんの胸に吸いこまれていった。

ああ、あれが加護か。

温かい、慈《いつく》しみそのものの光。

異郷の海においても、読谷《よみや》さんが握り続けていたもの。

墨染雨《すみぞめあめ》さんが抱きしめていた左腕が、ぼろぼろと形を失って草の上に零《こぼ》れていく。

それと連動するように、読谷《よみや》さんの体は大きくよろけた。墨染雨《すみぞめあめ》さんは咄嗟《とっさ》にその体を支えようと両手を広げる。壊れかけた友達の体を抱きしめた。

「ちゃんと言えなくてごめん……戻ってきてくれて嬉《うれ》しかったよ」

折れた頭を自分の頭で支えて、削れた肩に顔を埋めて、墨染雨《すみぞめあめ》さんは笑顔を作ろうとする。

それでも止まらない涙が、血に汚れた病衣に際限なく吸いこまれていく。

「ぼくも、君に出会えて幸せだった。ありがとう」

読谷《よみや》さんの右手が、ほんの少し上げられ墨染雨《すみぞめあめ》さんの背中を抱く。

その手が力を失って落ちた時、読谷《よみや》さんは安らかな顔で目を閉じていた。

# 十――侵攻

読谷《よみや》さんの体を、俺は支えて地面に横たえる。

彼女がもう息をしていないことは明らかだ。加護があった左手が、核でもあったんだろう。

読谷《よみや》さんが異郷の海でも手放さなかったそこを基点に、彼女は作り直されていたんだ。

「監徒に連絡します。読谷《よみや》さんの埋葬についても相談しますか」

「……そうだね。できれば父親のところに帰してあげたいかな」

読谷《よみや》さんの隣に座って、その髪を整えていた墨染雨《すみぞめあめ》さんは頷《うなず》く。

これに関しては、骨も残っていない高杉さんたちもかなり問題なんだけど、国と敵対関係とかになっちゃわないだろうか。恐ろしい。

ただ、気になることと言えば、開きかけの門のことだ。

金色の光が漏れ出している門の隙間は、読谷《よみや》さんが亡《な》くなってから広がってこそいないものの、消えてもいない。

俺は広場の隅にいるままの一妃《いちひ》を振り返る。

「これ、自然に消えるのか？」

「うーん……」

一妃《いちひ》はさっきから難しい顔で悩んでるままだ。日傘を肩にかけて首を捻《ひね》る。

「前例がないから私も確実なこと言えないんだけど、消えると思ったんだよね。アンカーがもうないのになんで消えないんだろう……」

「両側からぎゅっと挟んで閉じられないか？」

「物質として開いてるわけじゃないから無理ー」

そりゃそうか。とりあえず門はこのまま見張るとして、加月《かつき》くんに電話だな。真夜中だけどごめん。俺はスマホを出して加月《かつき》くんに通話を繋《つな》ぐ。

応答を待ちながら、俺はなんとなく読谷《よみや》さんを見下ろす。

少し微笑《ほほえ》んで見える口元。――そこが一瞬、動いた気がした。

見間違いかと思った時、読谷《よみや》さんの口が開く。

『行方不明者捜索のご協力、ありがとうございます』

「え？」

読谷《よみや》さんの口から出ている声。

それは読谷《よみや》さんのものじゃなくて、電話越しみたいな声だ。

そして俺は、その声を聞いたことがある。

「っ、蒼汰《そうた》くん！　離れて！」

一妃《いちひ》の警告。俺は咄嗟《とっさ》に墨染雨《すみぞめあめ》さんを左脇に抱えこんで駆け出す。

変化が現れたのは、門の隙間じゃなく読谷《よみや》さんの方だ。

目を閉じている顔の、頬の皮がずるりと剝がれて落ちる。

その下は、薄ピンクのどろりとした膜に覆われていた。皮膚は頬だけでなくて、顔の他の部分も、腕や足も、次々と剝がれ落ちていく。

たちまち読谷《よみや》さんは「ピンクの膜に覆われた人型の何か」になってしまった。そこから感情のない女の声が聞こえ続ける。

『本日、午後二十三時四十八分、読谷《よみや》紀子《のりこ》さんは無事死亡しました。ご協力ありがとうございました』

「な、」

「墨染雨《すみぞめあめ》さん、あれは【連絡網】です！　あの声は――」

門の隙間が再び開き始める。金色の光が溢《あふ》れる。

そこから、読谷《よみや》さんが吐いていたものよりもっとピンクがかった霧が流れこんでくる。

霧は読谷《よみや》さんだったものにまとわりつき、その体はすぐに覆われて見えなくなる。

『ご協力ありがとうございました。ここから先は……私が引き継ぎます』

これは俺に、花乃《かの》のスマホを使って電話をかけてきた声だ。

花乃《かの》を《血汐《ちしお》事件》の只中《ただなか》に呼び出した声。

そして前の地柱の吉野《よしの》に《血汐《ちしお》事件》を引き起こせと囁《ささや》いた声だ。

「――あの声は、異郷の住人です」

薄紅の霧の中から、白い左手が上がる。

読谷《よみや》さんの失われた左手とは違う。

病的に白い、まるで血の通っていないような、だけど艶《なま》めかしい腕。

電話越しのように聞こえていた声が、クリアなものに変わる。

「《暫定統治者》双華《ふたか》の名において、《開門侵攻》を開始します。占領地となる皆さまにつきましては、残りわずか、よき余生をお過ごしください」

霧の中から、声の主が起き上がる。

真っ赤な髪は肩の少し上までの長さで、ふわりと広がっている。

肌は腕と同じ病的な白さだ。両眼も赤で、その色合いは色素の薄い白兎《しろうさぎ》を連想させる。

彼女が立ちあがるのに合わせて、辺りの水溜《みずた》まりがその体に吸い寄せられた。それはたちまち真っ赤に色を変じさせて艶《あで》やかな晴れ着となる。

帯を前で締めた、不吉な精緻さを持った美しい少女。

顔立ちからして俺と同年代に見えるけど、多分人間じゃないから本当のところは分からない。

大きな目と筆で描いたみたいな唇は絵みたいに綺麗《きれい》で……けど既視感がある。

一妃《いちひ》だ。一妃《いちひ》によく似てる。

明確に違うのは表情で、いつもにこにこ笑っている一妃《いちひ》と対照的に、その人は氷みたいな無表情だった。

「お前……一妃《いちひ》のお姉さん、か？」

以前決裂した電話の内容からそう問うと、相手は赤い目を俺に向ける。

「その声。やはり一妃《いちひ》はあなたの傍《そば》にいたのですね。やり方を変えて正解でした」

「俺？　が何だって？」

「一妃《いちひ》はどこにいるか中々私に気取らせなかったので。もうこの街にいないかもと思っていたのですが、あなたは一妃《いちひ》を『自分の家族だ』などと言ったでしょう？」

それがいつのことか、俺は覚えている。

地柱を継いだ後、なくなったはずの花乃《かの》のスマホからかかってきた電話でだ。「一妃《いちひ》を引き渡せば妹の体を取り戻してやる」と言われて、「家族を引き渡す気はない」と着拒した。

「あなたの言葉で、一妃《いちひ》はまだこの街にいると分かって、《開門》に踏みきったのです」

「………………」

「気にしなくていいよ、蒼汰《そうた》くん。どうせ言わなくてもこの人は床辻を狙ってきただろうし」

一妃《いちひ》がすっと前に割りこんでくる。白い日傘に隠れて双華《ふたか》の姿が見えなくなる。

いや、でも。それってつまり「今までは確証がなく床辻に【白線】をしかけてきていたけど、俺の電話が原因で、明確に侵攻を開始した」ってことなんじゃ。かなり俺はまずいことをしたんじゃ。

そう言おうとする俺に、一妃《いちひ》は後ろ手に籠バッグを渡してくる。思わず覗《のぞ》きこむと、籠の中で花乃《かの》があわてた顔で俺を見ていた。

一妃《いちひ》は初めて聞く皮肉めいた声で問う。

「それで、作り直した人間の中に隠れて、わざわざこっちまで自分で来たの？　双華《ふたか》も向こうが嫌になったとか？」

「そんなわけないでしょう」

双華《ふたか》、と呼ばれたひとの返答は、氷でできているみたいだ。どんな表情をしているか一妃《いちひ》の傘で見えないけど想像はつく。

「ちゃんと貴女《あなた》を殺しに来てあげました。貴女《あなた》が生きていると邪魔なんです」

微塵《みじん》の揺らぎもなく言い放たれた宣言。

それは当事者じゃない俺が聞いても、血の気が引くほど冷えきった言葉だ。

けど一妃《いちひ》は、いつもの調子で返す。

「えー、やだよ。怪我《けが》したくないもん」

不満げな子供のような返答。でもその本当の意味を俺は知っている。一妃《いちひ》の体は花乃《かの》のものだからだ。一妃《いちひ》が肩に置いた日傘がくるくると回転する。

「《暫定統治者》の暫定を取りたいなら、私の体を双華《ふたか》が使えばいいでしょ。私はそっちに帰る気ないし、好きにすればいいよ。これ、別れた時にも言ったと思うけど」

「貴女《あなた》の我儘《わがまま》のために、どうして私が自分の体を換える必要が？　貴女《あなた》が死ねば解決します」

明確な交渉決裂。というか交渉にもなってない。最悪な平行線だ。

籠の中の花乃《かの》が、必死に声を出す。

「おにい、ちゃ、いちひさん、を――」

一妃《いちひ》の肩越しに、真《ま》っ直《す》ぐ挙げられる双華《ふたか》の手が見える。

「死になさい」

「――まもって！」

二人の声と同時に、赤い閃光《せんこう》が炸裂《さくれつ》する。

それと同時に一妃《いちひ》は素早く日傘を前に下ろした。

双華《ふたか》の正面に立つ一妃《いちひ》の日傘は、放たれる赤光《しゃっこう》を遮り俺たちを守る。

その光の中、俺は改めて双華《ふたか》を見た。

仮面をつけたみたいな無表情。その小さな唇の端が、一瞬上がって見えた。

俺は反射的に、一妃《いちひ》の肩に手を伸ばす。

「わわ」

細い躰《からだ》を右にずらした、直後、槍《やり》のようなものが日傘を貫いて俺の肩を掠《かす》めていく。

そのままだったら一妃《いちひ》の頭を直撃しただろう何かは、後ろの木の幹に突き立った。

続けざまに二つ目、三つ目の攻撃が日傘に穴を開ける。

けど二つ目の時点で、俺は一妃《いちひ》と墨染雨《すみぞめあめ》さんをまとめて抱えて横に跳んでいた。

「そ、蒼汰《そうた》くん⁉」

「あれはまずい」

一妃《いちひ》の防御を貫通してくるってやばいぞ。

見ると視界の隅、木の幹には五十センチほどの長さの尖《とが》った三角錐《さんかくすい》が刺さっている。

赤と白のリボンを斜めに巻きつけたみたいなそれは、クリスマスの時に見るキャンディステイックに似ている。

もっとも可愛《かわい》い印象はない。あんな木の幹に深々と刺さるようなやつ、体に穴が開く。

そんなことを考えた瞬間、木がどろりと形を失った。三角錐《さんかくすい》が刺さった場所から、太い幹がピンクの液体に変わって崩れ落ちていく。みるみるうちに木の代わりに小さなピンクのゼリー山ができると、それらは意志があるかのように双華《ふたか》の方へ這《は》っていった。

「食らったら一発アウトかよ……」

「逃げ回って恐怖を高めてくれるつもりですか？　健気《けなげ》な行いですが、煩わしいですね」

「普通はゼリーにされたくないだろ。あと恐怖を献上するつもりもない」

「彼我の差を分かっていないようです。あなたの役目はもう終わりましたよ」

門の隙間から漏れ出てくる霧は、地面に溜《た》まって薄紅色の小さな池になっている。池はまたたく間に広がり、辺りの草木を浸食して溶かしていった。石は溶かせないのか、近くにあった石積みの塔だけがピンクの水溜《みずた》まりに取り残される。

それと同時に、双華《ふたか》の周囲の池からいくつもの三角錐《さんかくすい》が頭を覗《のぞ》かせた。数にして十以上。

「ちょ、え」

二人を抱えてあれは避けられない。墨染雨《すみぞめあめ》さんが叫んだ。

「っ、退くぞ！」

その言葉と共に風が渦巻く。

一瞬で俺たちの体は辺りの木々より上にまで風に押し上げられていた。

眼下で双華《ふたか》が俺たちを見上げる。

「逃げても無駄ですよ。門は開き、この土地は私たちと同化する。これは決定事項です」

淡々とした裁定に、一妃《いちひ》は唇をきつく結ぶ。

墨染雨《すみぞめあめ》さんの操る風が、俺たちを街の方へ押し流す。

遠ざかる景色の中で、門が開いていく場所だけは忌《い》まわしい赤にぼんやりと光っていた。

※

「今日のうちにまた学校に戻るとは……」

おかげで自転車が回収できる。まったくもってそれどころじゃないんだけど。

山中から離脱して、監徒とも連絡を取って集まったのが床辻城北高校のグラウンドだ。

夜間照明がつけられ、陸上用のトラックが照らし出されている。招集がかけられたのは監徒の実働部隊で「動ける人間は全員」だ。それでも集まっている徒人は十八人。これは前の践地の儀で犠牲になったり引退を余儀なくされた人が多いかららしい。あれを機に実働から後方部隊に移った人も結構いるって聞く。まあ無理もない話だ。

あとは国の実働部隊だったって人が六人。これは墨染雨《すみぞめあめ》さんのおかげで命を拾った人たちだ。話を聞いたところ、やっぱり高杉さんの命令で読谷《よみや》さんと墨染雨《すみぞめあめ》さんを確保するつもりだったらしい。武装していたとは言え、地柱を確保とか無茶が過ぎるし、現に大惨事になった。と言ってもこの人たちは命令されただけだし、高杉さんを含め過剰なしっぺ返しを食らったと思う。

一方、人外で集まっているのは三人で、俺と夏宮《なつみや》さんと一妃《いちひ》。もっとも一妃《いちひ》はまた存在感を消しているのか、花乃《かの》のいるバッグを抱いて離れたところでしゃがんでいるけど誰も気づく様子がない。夏宮《なつみや》さんや加月《かつき》くんは気づいてるんだろうけど、ちゃんとスルーしてくれている。

朝礼台に座っている夏宮《なつみや》さんが、足をばたつかせた。

「とんだことになったものじゃな。《開門侵攻》とは面倒なことをしてくれる」

もっともな感想に、朝礼台の隣に座りこんでいる俺は補足する。

「あと二時間くらいで全開らしいですね。夜中ですけど市民を避難させられますか」

門が全開になったら床辻も一夜にして消失自治体の仲間入りだ。徒人の人が首を横に振る。

「現実的ではないでしょう。三十万人をあと二時間で市外に出すのは不可能ですし、混乱が大きすぎます。侵攻の方を止めるべきだと」

当然の話だよな。災害と違ってぱっと分かる異変もないのに市民を叩《たた》き起《お》こして移動させるっていうのは無理難題。ただピンクのゼリー化は着々と広がっているだろうし、やっぱり開門を防がないといけない。

「その赤髪の小娘が首謀者なんじゃろう？　なら、そいつを殺せばいいだけじゃろう」

「《暫定統治者》って言うらしいですね。開門の決定も双華《ふたか》がしたみたいですし、双華《ふたか》を打破するのは必須事項かと。ただあいつの攻撃受けると溶けるんですよ。しかもその分向こうの力が上がるという……」

今まで《血汐《ちしお》事件》や他県の消失事件では、人間以外は浸食を受けても元のまま残っていたんだ。けど双華《ふたか》の攻撃は木や草も溶かすっぽいし、溶けてできたゼリーが池に足される。どんどん膨らんでいってたちが悪い。

しかし夏宮《なつみや》さんは、あっさりと俺に言う。

「その辺りはお前が何とかしろ。溶けると分かっているならやりようもあるじゃろうが」

「全部避けるくらいしかないんですが」

「対策が見つかっていて何よりじゃな。と言うことで、前線に出て戦う気はあるか？」

「あります」

一妃《いちひ》を殺そうとしている相手なんだから、俺が黙ってるって選択肢はない。というか双華《ふたか》には前にも一度電話で喧嘩《けんか》売ってるし。

当然の即答に、夏宮《なつみや》さんは大仰に頷《うなず》く。

「当たり前じゃな。お前が出なかったら他に誰が出るんじゃという話じゃ」

「じゃあなんで聞いたんですか」

「気分の問題じゃ」

「それは仕方ないですね……」

士気は大事だと思う。監徒の人たちも気のせいじゃなくどんよりしてるし。「地柱が二人いて勝てなくて撤退してきました」って話はそりゃ気分下がると思う。本当ごめんなさい。でもあの時はまともに戦える状況でもなかったから挽回《ばんかい》させて欲しい。

「というか、お前は自分一人で戦うつもりでおれ。墨染雨《すみぞめあめ》はもう無理じゃ。あれ以上消耗すれば《祟《たた》り柱》になりかねん。休ませるぞ」

「分かりました。俺もその方がいいです」

墨染雨《すみぞめあめ》は、読谷《よみや》さんが亡《な》くなった時点で心身ともにぼろぼろだったんだ。そんな中俺たちを一旦退却させてくれたわけで、これ以上は無理させられないと俺も思う。

「灰白沢《はいしろさわ》……西の地柱だが、今は動かせぬ。どこかの子供が禁忌破りをしたそうでな。西側に重石《おもし》を置いておかねばあちらに彼岸が紛れこむ」

「あー」

　例の禁忌破り、めちゃくちゃ尾を引いてるな。あの女の子たちは確か東から西に歩いていったんだっけ。それで西が危ないのか。

「夏宮《なつみや》さんは？」

「お前のサポートをしてやる。『勝負には勝った、代わりにその間に街中がゼリーになった』では元も子もないからのう。妾《わらわ》の力が続く限りは、北の山中だけが範囲になるよう押しとどめてやる。その間になんとかしろ。ああ、この辺りの住宅街は優先で避難をさせるようにな」

「助かります。ありがとうございます」

　ゼリー化範囲の拡大は懸念《けねん》事項だったから助かる。多分現在進行形で北の山中がゼリーになってるし。あのピンクの池、めちゃくちゃ広がってるんじゃ。

　あとは双華《ふたか》をどう倒すか、なんだけど。

「……ぼこぼこにしてから門の向こうに押しこんでみるか」

「お前、電化製品を叩《たた》いて直す人間か？　昭和の生まれなのか？」

「残念ながら世代じゃなくて性格です。あと簡単には死ななそうな相手なんで」

　一妃《いちひ》とか首だけで生きてるもんな。それって首落としても死なないってことだろ。双華《ふたか》は特に執念深そうだし。

　一妃《いちひ》が向こうを出奔したのは千年くらい前のはずだ。にもかかわらず今でも追ってきているあたりやばい。諦める気ゼロっぽいからこっちも心してかからないと。

——そこに、綺麗《きれい》な、余計なもののない声が上がる。

「双華《ふたか》に勝つ方法はあるよ」

「一妃《いちひ》」

花乃《かの》の籠を抱いて、みんなから離れたところにしゃがんでいる一妃《いちひ》は、俺を見ている。

その発言で監徒の何人かは初めて一妃《いちひ》の存在に気づいたらしく、驚いた顔になった。

夏宮《なつみや》さんが平然と聞き返す。

「お前がそう言うならそうなのじゃろうな。お前以上に敵に詳しいやつはおらぬ」

「その代わり、門から双華《ふたか》をできるだけ引き離さないといけない。あの隙間から異郷の海が染《し》み出してきてるし、双華《ふたか》はそれを武器にしてるから」

「あれが異郷の海だったのか」

ピンクがかった乳白色の池。

【白線】でのまれた人間が、そして異郷の住人全部が溶けている海。

双華《ふたか》はそれを武器として取り扱っている。触ると溶けるのも納得。厄介な相手だ。

ただ一妃《いちひ》に方策があるっていうのは救いだ。

「蒼汰《そうた》くん、できそう？」

「できるできる。ありがとう」

一妃《いちひ》はそれを聞いて微笑《ほほえ》む。なんか、いつもと違うな……元気がない。いや、仲が悪い姉が来て暴れていたら普通は元気ないか。

夏宮《なつみや》さんは朝礼台の上で立ち上がった。

「なら決まりだな。山はゼリーになるだろうが仕方がない。必要なら補填は国にさせろ。あっちが引き金を引いたようなものだしな」

「——あの、それについてなんですが、一つ提案いいですか」

「加月《かつき》くん」

今まで黙って話を聞いていた加月《かつき》くんの挙手に、夏宮《なつみや》さんは「言ってみろ」と鷹揚《おうよう》に返す。

そうして説明された作戦を聞いた夏宮《なつみや》さんは、呆気《あっけ》に取《と》られた顔から数秒して我に返ると
「面白いかもしれんな」

と笑った。


それから俺たちは各自分担して準備に入った。

双華《ふたか》の方は、監徒の人が式神を飛ばして確認したところ、最初の位置から動いていないらしい。好都合とも言えるけど、双華《ふたか》が門の前から離れないのはやっぱり異郷の海が染《し》み出すあそこにいるのが強いからなんだろうな。一方、ゼリーの範囲は少しずつだけど広がっているそう

だ。つまり向こうの戦力が増しているってことだから、これに関しては加月《かつき》くん発案の作戦が早く功を奏することを祈るのみ。

そんな中、俺は「ちょっと仮眠を取れ」と言われて保健室のベッドに横になっていた。

「って言われても、そんな『一時間だけ寝て起きてすっきり』とか難しくない？」

「蒼汰《そうた》くん寝つきいい方でしょ。部屋入って五分で寝てるし、ノックしても起きないし」

「まじで？　気づかなかった」

隣のベッドに座る一妃《いちひ》は、花乃《かの》を膝に抱いて微笑する。

その顔立ちはやっぱり双華《ふたか》とよく似ている。俺は一妃《いちひ》を見ていて、ずっと胸につかえてきたことを吐き出した。

「ごめんな、一妃《いちひ》」

「え、何が？」

「いや。今まで上手《うま》く隠れてたんだろ。なのに俺が一妃《いちひ》の名前を出して台無しにした」

あのやりとりで双華《ふたか》は確信を持って侵攻に踏みきったんだ。自分がこちら側に来るという危険も冒せた。今となると、なんであんな迂闊《うかつ》なことを言ったんだって感じだ。反省しかない。

けど一妃《いちひ》は、紫色の目を猫みたいに丸くすると、声を上げて笑い出した。

「そんなの全然関係ないよー。蒼汰《そうた》くんへの嫌がらせでしょ。双華《ふたか》は性格悪いし、気にしちゃダメダメ」

「性格悪いって、めちゃくちゃはっきり言う……」

そうなんだろうな、とは思うけど身内だけあって辛辣だな。でも確かに双華《ふたか》はよく切れる刃みたいな印象だ。こっちへの敵意がすごいし。

「あの人は海に溶けてないんだな。千年くらいじゃまだ大人じゃないとか？」

「ん。半分は溶けてるよ。だから海を動かせるんだし。でももう半分は個として残ってる。暫定とは言え《統治者》だからだね」

「その《統治者》って何か聞いていい？」

双華《ふたか》の話し方だと、暫定扱いになってるのは一妃《いちひ》のせいだって思っているっぽかった。

異郷の役職？　について尋ねる俺に、一妃《いちひ》は一抹の冷ややかさが混ざる笑顔を見せた。

「向こうの世界の意思決定担当みたいなものかな。溶けちゃうとぼんやりしちゃうから、誰か一人が世界の方針を決めて実行に移さないといけない。それが代々一人だけいる《統治者》。貧乏籤《びんぼうくじ》係みたいなものだよね」

「あー……なるほど。舵取《かじと》り人員か」

意思決定機関（一人）って重いな。俺なら嫌だし、一妃《いちひ》も嫌がりそう。

「《統治者》は子供の頃から候補が選出されるんだけど、私が筆頭で双華《ふたか》が次席だったんだよね。で、私が出奔したから双華《ふたか》になったわけ。でもやだよね、私怨《しえん》で動く《統治者》とか」

「それはそう」

私怨《しえん》じゃないのかもしれないけど、一妃《いちひ》をめちゃくちゃ嫌ってそうだしな。相当根深い気配がする。花乃《かの》が目線だけで一妃《いちひ》を見上げた。

「おねえ、さんも、いちひ、さんと、おなじ、ちからが、つかえる、の？」

「性質が違うかなー。異郷の子供って、生まれながらに持ってる力の性質が違うんだけど、私が持ってたのは『拒絶』『独善』『支配』『強制』。双華《ふたか》は『可変』『接続』『集約』だったはずだから結構違うね」

「え、何それ。初耳。ってか数が違う」

「数が多い人間が《統治者》になるんだよ」

「はー、なるほど」

そもそも姉妹で《統治者》の資質が違っていたのか。でも一妃《いちひ》が持ってる性質って、すごく独裁者っぽいんだけど。一妃《いちひ》が《統治者》じゃなくてかえってよかったんじゃ。

「でも今の私は体がないから、『拒絶』と『強制』の一部だけしか使えないんだよね。双華《ふたか》をべこべこにやっつけられたらよかったんだけど」

「それはもともと俺の仕事だよ」

双華《ふたか》を呼び寄せたのは俺だし、俺がやるのは当然だと思う。

一妃《いちひ》は少し翳《かげ》のある微笑を見せる。白い手が花乃《かの》の髪を撫《な》でた。

「双華《ふたか》とは姉妹だけど、性質も好みも考え方も大事なものも違うんだよね。でも双華《ふたか》は『家族なのに違うのはおかしい』ってタイプなの」

「あー、そういう感じか」

親とかだと稀《まれ》にいる感じだけど、にしても苛烈だな。一妃《いちひ》の「家族不信」はここから来ているのか。大体の事情は分かった。あとは双華《ふたか》をどうするかだけど——

「な、一妃《いちひ》。双華《ふたか》と戦うのってお前がいなきゃ無理？　俺一人じゃできない感じ？」

「え。どうしてそんなこと聞くの？」

異郷とやりあうんだから、一番適任なのは一妃《いちひ》だって分かってる。

ただそれがもし知識だけの問題なら、俺が肩代わりできないか、とも思う。

「双華《ふたか》は俺と一妃《いちひ》をセットだと思ってるだろ。だから裏をかいて、お前と花乃《かの》と二人で避難できないかと思って」

二人だけなら床辻を離れることもできる。万が一俺が負けたとしても、双華《ふたか》の目を逃れてどこか別の街でひっそりやりなおすこともできるはずだ。

「花乃《かの》に聞いてるだろ。うちには伯父さんがいるから——」

「ダメー」

ぼふん、と額に小さなぬいぐるみがぶつかる。一妃《いちひ》がサイドテーブルに飾られていたのを投げてきたんだ。

「蒼汰《そうた》くんも一緒に逃げるっていうなら考えるけど。蒼汰《そうた》くんはこの街に縛られてるからもう逃げられないでしょ。置いていかないよ」

「一妃《いちひ》」

「十年前小さい蒼汰《そうた》くんが私にそうしてくれたんだよ。なのに私が逃げるなんてないよ」

……そうだった。

子供の頃俺はそうやって「お姉さん」を守ろうとしたんだ。何もできない子供が何考えてるんだって今なら思うけど、一妃《いちひ》はずっと覚えてくれている。気恥ずかしい話だし、この期に及んで「家族だけ逃げてくれ」なんて思った自分が恥ずかしい。

「それに、この街は大事だからね。双華《ふたか》のいいようにされて逃げ出すのは嫌かなー」

「あー、そりゃそうか」

一妃《いちひ》はずっと床辻にいるんだもんな。さすがに愛着もあるか。本人以外が簡単に「引っ越せばいいんじゃ」って言うのは無茶だった。

でもなんで床辻に住みだしたんだろうな。他の街と違うところって地柱がいることと彼岸に近いくらいしかない気がするんだけど。

気になってそれを聞こうとした時、一妃《いちひ》は自分の膝を抱きこんで花乃《かの》の頭に顔を埋めた。

「でも、二人には悪いと思ってる。巻きこんでごめんね」

「え、巻きこむって何が？」

俺は思わず体を起こす。

一妃の表情は見えない。代わりに花乃が困ったような顔で俺を見ていた。

「私のせいで二人を危険な目に遭わせちゃってるから。双華がこっちまで追いかけてくるなんて思ってなくて、申し訳ないなって」

くぐもった声は、今まで聞いた一妃の声で一番力がない。

あ、一妃が凹んでるっぽかった理由はそれか。あんまりそういうこと気にしなそうな性格だと思ってたから気づかなかった。こっちこそ申し訳ない。

俺は何も考えず口を開きかけて、花乃と目が合う。花乃は明らかに「ちゃんと考えて発言してね」って目で訴えてくる。信用がないけど自業自得だな、これ。

だから俺はちゃんと考えて、頭の中を整理してから一妃に言う。

「まず、俺も花乃も気にしてない。あと前後関係が逆。お前が助けてくれたから俺たちは生きていられるの。それが大前提でめちゃくちゃ感謝してるし、だから今度は俺たちの番」

今大変な目に遭っているからって、一妃のせいだなんて思わない。

そもそも俺たちの今は一妃がくれたものだ。

「俺が、一妃を助ける。だから力を貸して欲しい」

本当は、俺一人でさらっとなんかできればよかったんだけど。

そうできないのは仕方ないから、せめて一妃が負い目を持たないように。

一妃は顔を上げないままだ。膝を抱く手に力がこもるのが見える。

「……蒼汰《そうた》くんって、本当に『らしい』よね」

「いや性格だから……あと、花乃《かの》も同意見だと思うよ」

「うん」

花乃《かの》の返事は揺るがない。

「いちひさん、を、たすけられる、ように」

少ない息を真剣に重ねて。

迷うことさえ許さないように。

「わたしも、がんばる、よ」

花乃《かの》は、もし俺が違う意見だったとしても、自分の考えを曲げないだろう。

一妃《いちひ》の力になりたいと俺に言った時と同じだ。とっくに前を見ていて譲らない。

そして花乃《かの》をここまで支えたのは一妃《いちひ》なんだ。巻きこむも巻きこまないもない。

俺たちは一妃《いちひ》を家族だと思っている。その手を離すことはしない。

保健室の窓から見える外は、真白いライトの光が及んでいた。それに照らされる一妃《いちひ》の髪は日没すぐの澄んだ空の紫色だ。

一妃《いちひ》は答えない。花乃《かの》の頭を抱いたまま顔も見えない。

俺が手を伸ばして薄紫の髪を避けてみると、長い睫毛《まつげ》の下の横顔は少し赤かった。

「……二人には敵《かな》わないね」

一妃《いちひ》の声は柔らかい。長い睫毛《まつげ》が揺らいで紫の瞳が覗《のぞ》く。

細い指が花乃《かの》の髪を一房巻き取った。

「初めて会った時は、あの兄妹《きょうだい》がこんな強情だなんて思わなかったよ。子供だけで手を繋《つな》いで歩いてて、最初は迷子なのかって思ってた」

迷子じゃなかったのは、一妃《いちひ》もすぐに分かったはずだ。

あの頃俺たち二人は、外に遊びに行く時は常に一緒だった。そうやって子供なりにこの街で生きていた。花乃《かの》が安心して遊べる場所は多くなかったから、一妃《いちひ》と夢見が「いつでも遊びに来て」と言ってくれたのはありがたかった。

「でも知り合ってみると、二人は子供なのに自分が大事に思うことを絶対譲らなかった。花乃《かの》ちゃんも蒼汰《そうた》くんの陰に隠れているようで芯のところでは頑《かたく》なで、二人ともさすがに似てるなって思った」

一妃《いちひ》の目が穏やかに細められる。

両親以外で、花乃《かの》と俺が似てるって言われるのは初めてかも。大体の人は花乃《かの》のことをよく分かってないからなんだけど。

「この十年間、時々二人の様子を見てたけど、二人だけになっても変わらず頑張ってて、《血《ち》汐《しお》事件》の後はいつ手を貸そうかなってずっと迷ってて――」

「いつでも来てくれてよかったのに」

「人が自分の力で何とかできてる限りは手出ししない方がいいんだよ。じゃないと在り方が曲がっちゃうでしょ」

それは一妃《いちひ》なりのスタンスなんだろう。過去に何かあってそう決めたのかもしれない。

でもそう言う一妃《いちひ》の微笑は淋《さみ》しげにも見えた。本当はいつも体を貸している相手と一緒のはずなのに、《血汐《ちしお》事件》の後は花乃《かの》が俺といたから、一妃《いちひ》は一人で俺たちのことを気にしてくれていたんだろう。俺たちだけじゃどうにもならない状況になってようやく一妃《いちひ》は姿を現した。

俺たちが忘れて知らなかった、十年分の記憶を携えて。

「再会したら私のことを家族だなんて言うようになったから面白かったけどね」

「面白いのか」

「うん。蒼汰《そうた》くんにとって家族って、すごく重いものだったんだね」

「重いって言うか……大事だよ」

こういうの、一妃《いちひ》に伝わるだろうか。

一妃《いちひ》にとっては向けられる敵意も好意も等しいから、理解されないかもしれない。

「一緒にいる時は助けるし、離れていても力になる。相手を尊重する。理解に努める。それが及ばなくても、粗末には扱わない。——そういうこと全部を無条件で当たり前だと思ってる。俺にとって花乃《かの》と一妃《いちひ》はそういう相手だ」

重いって思うことさえない。当然のことだから。

二人のために戦うのも命を賭けるのも当たり前だ。そんなの、俺がやらなかったら誰がやるんだ。迷う余地もない。譲る意味がない。

言いきる俺に、一妃《いちひ》はふっと苦笑する。

「蒼汰《そうた》くんのそういうところ、いいと思う。面白いよ」

「また面白いって言ってる」

「面白いが駄目なら美しいなって思う。強くて綺麗《きれい》だよね」

うーん、よく分からない感覚だ。一妃《いちひ》はずっと上から俺たちのこと見ている感じだからな。

でもそういう違いはとっくに承知の上だから、一妃《いちひ》が嫌じゃないならいいや。

一妃《いちひ》は顔を上げると、花乃《かの》を自分の方に向けて抱き直した。

「二人はこの十年間で変わったところもあるし、変わってないところもある。そのどちらも美しいよ」

人ではないものが、人を愛《め》でる見方。

花乃《かの》が不安げに一妃《いちひ》を見上げる。その視線に一妃《いちひ》は美しく微笑《ほほえ》む。

「けど、そういうのとは別に……二人と一緒に暮らすのは楽しかった」

抱き直した花乃《かの》の額に、一妃《いちひ》は自分の額を合わせる。

目を閉じる二人は、顔は似ていないのに鏡合わせみたいに見えた。

――ああ、懐《なつ》かしいな。

何が懐《なつ》かしいか、って思うより先にそう感じる。

そして俺は遅れて思い出す。十年前、夢見とも一妃《いちひ》は時々こうやっていたんだ。寄り添って慈《いつく》しむように。互いが互いの半身であるように。彼女たちはそうやってこの街で生きていた。

長い年月を見てきた紫の目が、俺に向けられる。

「私と一緒に生きてくれた子たちは、人との暮らしを捨てて私の側に来てくれた子がほとんどだった。でも蒼汰《そうた》くんたちは、私を自分たちの家に入れてくれたよね。二人ともさすが肝が据わってるなって思ったけど。すごく楽しかった。蒼汰《そうた》くんたちの思う当たり前は、私にとっては全然当たり前じゃなくて、毎日わくわくしてたよ」

丁寧に書き溜《た》めた日記帳を捲《めく》るように、一妃《いちひ》は語る。

三人で暮らす毎日は、俺の役目を除けば普通のことしかしてない。

手分けして家のことをしたり、一緒にご飯を食べたり、ソファに並んでゲームをやったり。晴れた休みの日には庭に出て、花壇を弄《いじ》ったり花火をしたり。

ああ、一度だけビニールプールを出したな。でも花乃《かの》が子供の頃使ってたビニールプールは劣化しちゃってて上手《うま》く膨らまなかった。浅くしか水が溜《た》められないプールに、一妃《いちひ》が代わりにたくさんの花を浮かべて、それを花乃《かの》がすごく喜んでたことを覚えている。その日はかき氷を作って三人で庭で食べた。「冬になったら雪だるまが作れるか」なんて話して……どれもごく普通のことばかりだ。

「一緒に暮らしてよかったのはお互い様だろ。俺たちこそ一妃《いちひ》が来てくれてよかった。二人だけだと遅かれ早かれ行き詰まってたと思う」

俺は花乃《かの》を助けなきゃという焦《あせ》りと、花乃《かの》は俺への罪悪感で、きっといつか立ち行かなくなっていた。俺たちを家族って形に戻してくれたのは、結局のところ一妃《いちひ》だ。

人とは違う、けれど愛情深い存在。

この街を永く渡っていく、異郷からの来訪者。

一妃《いちひ》は花乃《かの》を抱いて鮮やかに笑った。

「そう？　そうだったら嬉《うれ》しいな」

引け目なく、けれど遠く。

一妃《いちひ》の笑顔は肝心な時、いつもそうだ。こちらの感情を理解はしていないけれど、愛してくれている。それが一妃《いちひ》の在り方だ。

ただいつもと同じはずのその遠さが、今は少し引っかかった。違和感を口にしようとしたその時、花乃《かの》が精一杯口を開く。

「いち、ひ、さん、あのね」

「うん」

「これが、ぶじ、おわったら、いっしょ、に、てんぼう、ひろばに、いこう」

「あ、この間テレビでやってたとこだね。絵上山でしょ」

俺は「てんぼう？」って感じだけど、一妃《いちひ》はすぐに分かったらしい。きっとまたローカル番組だな。床辻は山に囲まれているから、眺めのいい公園がいくつかあるんだ。

花乃《かの》は頷《うなず》く代わりに瞼《まぶた》をしばたたかせる。

「あっちの、ほう、いったことない、から、いってみたい。――いい？」

花乃《かの》にしてはいつになく力強い聞き方だ。確かに絵上山は南東方向だけど、あの辺りは家から遠いし車がないと展望公園には行きにくいから花乃《かの》を連れて行ったことがないんだよな。

一妃《いちひ》は花乃《かの》のお願いを聞いて、淡い色の目を瞠《みは》る。

でもそれは一瞬だけだ。すぐに柔らかく笑い返した。

「そうだね。私も公園ができる前に行ったのが最後で行ってみたかったから。山道だけど蒼汰《そうた》くんなら自転車漕げるよね」

「行けるけど一妃《いちひ》を乗せてたら警察に怒られるから。バスで行こう」

「えー、ぶっちぎっちゃおうよ。時速八十キロくらいで」

「自転車が壊れる。ただのママチャリなんだぞ」

一妃《いちひ》も夏宮《なつみや》さんも、人外連中はどうして俺の自転車漕《こ》ぎに無茶苦茶言うんだ。もう十八歳になったらすぐに普通免許取ろう。

花乃《かの》は笑わずに一妃《いちひ》を見つめている。

「やくそく、だよ」

「約束する」

花乃《かの》の念押しに一妃《いちひ》は即答する。

その言葉を、俺も信じる。

だから何としても勝たないと。

花乃《かの》を抱いたまま、一妃《いちひ》が体をよじって俺に腕を伸ばす。

「心配しないでいいよ。二人とも大事だからね」

細い指が俺の前髪を梳《す》いていく。その手が寝かしつけるように俺の頭を撫《な》でた。

「ちゃんと守ってあげる。助けてあげる。二人が明日も笑っていられるように」

人ではない慈《いつく》しみを込めて。

歩み寄らない最後の一線の向こうで。

彼女は微笑《ほほえ》む。その自由さも純粋さも俺はもう知っている。

だから今、これ以上の約束は無意味だ。

「期待してるよ。よろしくな」

「任せといて！」

いつも通りの答えに苦笑して、俺は再び横になる。

家族二人が隣にいてちゃんと笑顔でいる、そのことを感謝して目を閉じる。

そうして眠りに落ちてからの一時間は、あっという間に過ぎ去った。

# 十一——拒絶

『双華《ふたか》の好きにすればいいよ』

そう言われたことは一度や二度ではない。

妹の一妃《いちひ》は、双華《ふたか》の記憶にある限り最初から変わった存在だった。

「人と同じであることを良しとしない」「停滞を嫌う」「他人と繋《つな》がることを疎《うと》む」まるで世界と相容《あいい》れない、異物のような性格だ。

同じ姉妹であるのにどうしてこうもちゃんとできないのか。

しかも一妃《いちひ》は《統治者》になる子なのだ。

《統治者》の世代交代は、数千年に一度行われる。その時代に生まれたもっとも才ある子供が次の《統治者》になるのだ。個を捨てて一つになった人類を導く、ただ一つの「意志」だ。

けれど一妃《いちひ》はそれも拒否した。

一妃《いちひ》は悲しみも恐怖も持たない。何の揺らぎもない。人類の海と同じだ。

にもかかわらず、あの妹は同胞たちの海を一顧だにしなかった。ついには「生まれた世界を捨てて、別の場所で生きたい」とまで言い出した。思わず双華《ふたか》が「こっちの世界はどうするんです？」と聞いてしまった時に返ってきたのも、さっきの言葉だ。

「双華《ふたか》の好きにすればいいよ。双華《ふたか》は《統治者》になりたがってたでしょ」

そう言われて、これ以上ないくらい心が冷えきったことをよく覚えている。

妹は本当に何も理解していなかったのだ。「なりたがっていた」などではない。誰かがなるべきなのだ。安寧を第一とするこの世界で、誰か一人だけ統治と先導をしなければならない。海に溶ける皆と《統治者》に優劣も上下もない。ただ役割が違うというだけだ。だから一妃《いちひ》が駄目なら自分がやらなければと思っていた。一妃《いちひ》が普通の妹なら考える必要もないことだ。

だが、一妃《いちひ》は姉のそんな感情に何も返さなかった。

双華《ふたか》が一妃《いちひ》を嫌っているように、一妃《いちひ》も双華《ふたか》を相手にしていなかった。

双華《ふたか》が自分を殺そうとした時でさえ、一妃《いちひ》は驚いた顔一つしなかったのだ。

「ちょうどいいからその体はあげるよ。それを使えば双華《ふたか》でも《統治者》になれるでしょ」

あっさりとそんなことを言って、まるでただの重荷だったかのように自分の体を捨てて、一《いち》妃《ひ》は生まれた世界を捨てて出ていった。

本当に、呆《あき》れてしまう。

だから絶対に、一妃《いちひ》の体など使わない。

あの力に満ちた体に頼らずに、自分は自分の力で《統治者》になるのだ。今度こそ妹を殺して、自分こそが「もっとも才ある子供」になる。そのための侵攻だ。

今は自分の体を持たない一妃《いちひ》はろくな力もない。にもかかわらず妹は無謀にも、自分に挑戦しにここへ戻ってくるだろう。

千年の間、この地に投げた浸食の輪を、一妃《いちひ》が掠《かす》めていったことは何度もあった。いつまでも同じ土地を離れないでいるということは、ここにいなければならない理由でもあるのだろう。それは一妃《いちひ》が、体を失い元の世界を離れても、いつまでも生きていられる理由と関係しているのではないか。

――なら自分は、この街ごと妹を消せばいい。

《暫定統治者》となり皆と繋《つな》がっても消えなかった己の中の嫌悪《けんお》、まるで異物であるそれを、これでようやく消すことができる。

「そうすれば私たちはまた、穏やかな次の千年を迎えられます」

開かれていく門を背に、双華《ふたか》は安らかな思いで微笑《ほほえ》む。

その彼女の耳に、ふと小さな金属の音が聞こえた。

シャン、シャン、と暗い中を響く音。

どこか遠くで微《かす》かに鳴っているそれに気づいて、双華《ふたか》は目を開ける。

「何……？」

周囲を見回すものの変わったものはない。辺りの木々はすっかり海に溶けて、見晴らしがよくなっているままだ。

ただ何か、少し違和感を覚える。

門から引き出している海とは別に、うっすらと辺りに霧が出始めている。そのせいか暗い空がほんの少し薄明るくなったようだ。双華《ふたか》は空を仰いでいた視線を戻し、おかしなことに気づいた。

「え？」

木々は溶け、けれど大分先にはまだ普通の森が広がっていたはずだ。なのに今その森の木々の中に、違うものが混ざって見える。そう、小さな石灯籠《いしどうろう》のようなものがいくつもいくつも。

それらの中には、青白い光が一つずつ灯《とも》っていた。

――あんなものは、ついさっきまでなかったはずだ。

双華《ふたか》は正体を確かめようと目を凝らす。石灯籠《いしどうろう》の向こうをすっと女の人影が横切った。

思わずぎょっとして目を凝らす。

「今のは……」

一妃《いちひ》ではなかった。自分が一妃《いちひ》を見間違うはずがない。

それに、今の人影がよぎった高さは、明らかに普通の人間の身長を超えている。優に二倍はあった。もう一度よく見ようと双華《ふたか》が踏み出した時、足下で小石同士がぶつかる音がする。

「え？」

双華《ふたか》はあわてて足下の海を避けさせる。

先程まで草が溶け、乾いて罅割《ひびわ》れていたはずの地面は、いつの間にか砂利で覆われている。

「どこからこんなものが……」

足下がいつ変わったのか気づかなかった。何かをされた気配もなかったのだ。

ただシャンシャンと不思議な音がした後、気がついたらあちこちの様子がおかしくなっている。流れる空気がほんの少し肌寒い。

「一妃《いちひ》？」

あの妹が何かを仕掛けてきているのだろうか。

思わずもう一歩、双華《ふたか》は踏み出す。

直後、彼女は額に鋭い衝撃を受けてのけぞった。


「当たった。すごいな」

一際《ひときわ》高い木の枝の上で、俺は他人事《ひとごと》みたいな感想を漏らす。

手に持っているのは弓道部の部室から拝借した弓だ。いつものコンパウンドボウは家に置いてきちゃっているからとりあえずで借りたんだけどいい感じ。隣に座る一妃《いちひ》が笑った。

「蒼汰《そうた》くんの力で作った矢だからね。『命中する』って確信があれば命中するんだよ。撃ち出した瞬間に結果は確定するの」

「え、それ反則じゃない？」

「それを言うなら反則なのは蒼汰《そうた》くんのメンタルじゃないかなー」

「外れたら悲しいから当たるとは思ってるよ」

言いながら俺は、右手の中に二射目の矢を作る。

二百メートルほど先にいる双華《ふたか》は額を射られて、でも生きている。よろめきながらも、何が起きたか見定めようとするその額に向けて、矢を番《つが》えると俺は二射目を放つ。

地柱としての力で作った矢は、光を反射しない黒だ。それは緩やかに弧を描いて宙を飛ぶと双華《ふたか》の額に命中する。同時に双華《ふたか》の体は衝撃に半回転した。

——双華《ふたか》と戦うにあたって、困ったのは呪刀がぼろぼろになってしまったことだ。

握り手部分は無事だけど、半分から先がほぼ枝。元々貼ってあったお札の面影もない。俺、後で祟《たた》られないだろうか。

「今の蒼汰《そうた》くんにとって、武器は『分かりやすい形』でしかないよ。もっと自分の力を好きに使ってもいいの。みんなそうだから」

仮眠から起きた俺に一妃《いちひ》がしてくれたアドバイスはそれだ。

言われてみると確かにそうなのかもしれない。地柱も、怪奇になった人間たちも、常識的な型に縛られない力の使い方をしていた。

吉野《よしの》が巨大な手を具現化させて振るっていたのは、自分が小柄だったからだろうか。

墨染雨《すみぞめあめ》さんは草木や風を操っていた。山中にいることが多いからイメージしやすいのかな。夏宮《なつみや》さんは知らない。見たことがない。

じゃあ俺は、どういう形が戦いやすいのか。

ちょっと寝て起きたせいか頭の中がずいぶんすっきりしている。

そうして考えて出した結論は、やっぱりシンプルなものだ。

「――当たるけど貫通できてないな。お前たちって頭蓋骨がめちゃくちゃ固いの？」

「柔らかくはないけど単純に出力不足じゃないかな。距離があるから減衰しちゃうってのもあるけど、蒼汰《そうた》くんの方も『当たるけど軽い』って無意識に思ってるんじゃない？」

「俺のメンタルが俺の足を引っ張ってくる……」

でも言われてみるとありそう。今まで弓系の武器を使ったことは何度かあるけど、牽制《けんせい》や様子見として使ってばっかりだったから意識改革ができてないのかもしれない。

「となると、やっぱり近距離戦か。ゼリーにならないように気をつけないとな」

「それは私が守るよ」

一妃《いちひ》は畳んだ日傘をくるりと回す。

どうやらこの日傘、一妃《いちひ》の力で作ったものらしい。双華《ふたか》に開けられた穴はちゃんと塞がっていた。一妃《いちひ》は軽くぼやく。

「元の体があればなって思ったのは、こっち来て初めてかなー。私の本来の力って体の方にほとんど残ってるんだよね」

「平気。俺が補塡する」

双華《ふたか》はまだ何が起きているか分かっていない。俺は借りた弓を落ちないように枝に引っ掛けると、自分は地上へ飛び降りた。双華《ふたか》まで二百メートル。その距離を詰めるために駆け出す。

鬼火が灯《とも》る石灯籠《いしどうろう》の間を走り抜ける。

先に広がるのは薄紅色の海だ。ふわりと隣に降りてきた一妃《いちひ》が日傘の先端を前に向けた。

「――私が拒絶してあげる」

放たれた力が、恐ろしい速度で回転しながら異郷の海を穿孔《せんこう》する。

それは敷き詰められた薄紅色の液体を綺麗《きれい》に消失させた。まっすぐ双華《ふたか》へと向かって作られた道を、俺は走っていく。

よろめいていた双華《ふたか》もすぐに俺たちに気づいた。赤い両眼が細められる。

「一妃《いちひ》、今度こそちゃんと殺してあげます」

「やーだよ。前に出ないし」

「出るのは俺だよ」

残る距離は百五十メートル。

俺を睨《にら》む双華《ふたか》の足下から、また赤と白の三角錐《さんかくすい》が現れる。

数は二十近くか、細い道で囲まれたら避けるのは至難だ。

でも最初からそれは覚悟の上だ。

「一妃《いちひ》！」

「いけるいけるー」

三角錐《さんかくすい》がそれぞれの軌道を描いて俺の四方から迫る。けれどそれらは俺に到達するより先に、地上から舞い上がる真白い粒に煽《あお》られて方向を変えた。何もない夜空へ飛んでいく。

「別に正面から受け止める必要ないもんね。傘に何度も穴開けられたくないし」

「小手先を身に着けたのですね、一妃《いちひ》」

「蒼汰《そうた》くんがいてくれるからね！」

嬉《うれ》しそうな一妃《いちひ》の声を聞きながら、俺は残りの距離を詰める。

正面の双華《ふたか》が真《ま》っ直《す》ぐに俺を指さした。

「――集約しなさい」

赤く、どす黒い線。

光線というには淀《よど》みきった色の力が俺へと撃ち出される。

平たい帯みたいな形状のそれは、直撃すれば確実に俺の首を刎《は》ねる。ただ避ければ後ろの一《いち》妃《ひ》が食《く》らう。だから俺はそれに対して左手を上げた。

一秒にも満たない時間。

俺は意識を目と、指に集中する。

赤い帯が真正面から迫る。

俺は首を狙ってきたそれを、摑んで中に引いてくるりと手元に巻き取った。

「お、いけた」

「さっすが蒼汰《そうた》くん」

一妃《いちひ》がぱちぱちと手を叩《たた》く音が聞こえる。すごく余裕があるみたいなリアクションだけど、俺は割とひやっとしたぞ。

双華《ふたか》が信じられないものを見る目で俺を見る。

「今のは、どうやって……」

「一番近いのはキャッチャーかな」

《血汐《ちしお》事件》が起こる以前は、よく色んな部活に助っ人《すけっと》として呼ばれていた。その時に野球部の先輩からキャッチングのノウハウも教えてもらったんだ。そして当時受けた投球よりは双華《ふたか》の攻撃の方が遅い。

ただ軽く齧《かじ》った程度の技術で、首を刎《は》ねようとする攻撃を摑《つか》めるわけじゃない。

これは単純に「こういう攻撃が来ると予測していた」というのが一つだ。双華《ふたか》は昔、背後からこれで一妃《いちひ》の首を刎《は》ねたらしい。なら同じことをやってくるかもとは思っていた。

「想像以上にえぐいな。あれを妹にやってくるとかどうなんだ」

俺は地面を蹴る足に力を集中する。走る速度を数段上げる。

二発目の赤帯が向かってくるが、二度目とあってさっきより心の余裕がある。俺はそれを速度を緩めないまま、さっきと同じように左手で巻き取って捨てた。一メートルくらいの長さの帯は、異郷の海の上に落ちて溶ける。

残る五十メートルを約二秒で詰める。

人間が出し得る速度を遥《はる》かに超えたそれが、俺の答えだ。

──自分は、どんな形なら一番戦いやすいのか。

一つは武器の具現化。扱ったことがある武器それ自体を、自分の力で生成する。

もう一つは単純に、肉体強化だ。

動体視力を、指の力を、脚力を、意識を集中することで高める。人間のものだった体を、神の力で動かす。俺がもっともイメージしやすい戦い方だ。

双華《ふたか》の目前に踏みこむ。右拳を握る。

赤い瞳が理解できないものを見るように歪《ゆが》んだ。

「何ですか、あなた」

「前にも言っただろ。一妃《いちひ》の家族だ」

軽く引いた肘から回転を込めて。

双華《ふたか》の薄い腹に拳を突きこむ。

「っ──!」

細い体は勢いのまま跳ね上がって、双華《ふたか》は体をくの字に折った。

声にならない悲鳴が上がる。けどここで手は緩められない。

右腕を軽く引いて返す。今度は小さな顎を横から打ち抜く。

女の子の、それも一妃《いちひ》に似た顔の相手を殴るのはめちゃくちゃ嫌な気分だけどやるしかない。

がくんと両膝を折って崩れ落ちかけた鳩尾《みぞおち》を、俺は膝で蹴り上げる。

「が……っ」

双華《ふたか》の小柄な体が数メートル後ろに叩《たた》きつけられる。そこにあるのは開きかけの門だ。

今の幅は約三十センチ。ちょっと斜めにすれば双華《ふたか》を押しこめそう。

前に出ようとした時、後ろから白い粒混じりの風が吹きつけて周囲の海を退ける。

「ありがと、一妃《いちひ》」

「がんばってー」

いつもの緩い雰囲気に安心する。俺は後ろのポケットに差していたものを取り出す。

それは、かつて呪刀だったものの握り手部分だ。先半分が使い物にならなくなってたから、木工室ののこぎりで持ち手分の二十センチくらいを切り取ってきた。全部終わったら俺は本当にお祓《はら》いに行こう。

短くなった呪刀を握りこんで、俺は右から飛来した三角錐《さんかくすい》を斬り払う。

赤と白の三角錐《さんかくすい》は、ひしゃげたプレゼントボックスみたいになり、元の液体に戻った。

それを可能にしたのは持ち手から先、俺の力で造り出した刃だ。

真っ黒いただの木刀は、俺が「そうである」と思っているからこの形になっている。そして、海から生まれた三角錐《さんかくすい》を斬っても朽ちたり欠けたりする気配はない。

「よし、いけそう」

双華《ふたか》が目だけで俺の足下を見る。その視線に応えて、前方から地を這《は》うように二本の赤帯が向かってきた。俺が斬り払おうとした時、それらは眼前で左右に散開すると、両脇から俺の足首に巻きつく。

「ちょ、」

咄嗟《とっさ》に力の集中を防御に回して、足を握り潰されるのは避ける。これが足を斬ろうとした攻撃だったら間に合わなかったかも。

ただおそらく双華《ふたか》は、赤帯が巻き取られるところを見て学習したんだ。自分の力があぁいう風にも動かせるって。

敵の手札が増えるということ。――それはけど、むしろ好都合だ。

何だか分からない攻撃をされるより、俺と似たようなことをやってくれる方が戦いやすい。

俺は呪刀を一閃《いっせん》すると拘束を断ち切る。ただその時には既に、上から二本、左右から数本、そして正面から一本、新たな赤帯が俺に向かってきていた。

「うへ、多い」

俺はベルトに挟んであった紙の一枚を、素早く左手の指で抜き取る。

それは薄い懐紙を半分に折っただけのものだ。一妃《いちひ》が日傘を作り直したついでに作ってくれた懐紙を、俺は指で挟んで横に一閃《いっせん》する。

畳んだ懐紙の中から白い飛沫《ひまつ》が上がり、それらは周囲に舞い上がった。同時に俺に向かってきていた赤帯は全て、飛沫《ひまつ》の中に入ると力を失ってぼろぼろに崩れていく。

瞠目《どうもく》していた双華《ふたか》が顔を顰《しか》めた。

「一妃《いちひ》の力ですか……」

「無策で突っこんではこないだろ」

言いながら俺は呪刀で空を切る。

生まれた黒い剣閃《けんせん》は、真《ま》っ直《す》ぐに双華《ふたか》へ向かった。双華《ふたか》はぎょっとした顔になると、咄嗟《とっさ》にそれを横に避けてかわす。

剣閃《けんせん》は代わりに門の隙間から向こうへ消えた。

消えて、何も起こらない。金色の光は染《し》み出しているままだ。

「門自体はやっぱり壊れないか」

「当たり前でしょう……」

双華《ふたか》は足元の海に手をかざす。そこから一際《ひときわ》大きな三角錐《さんかくすい》が浮き上がってくる。

夏宮《なつみや》さんがすっぽり入りそうなくらいの巨大な三角錐《さんかくすい》。ああ、この近さでこの大きさで見ると分かるな。この赤と白、表面を二色の液体が流れるように動いているのか。

「行きなさい」

鋭い先端が俺の方を向き、発射される。

俺との距離は二メートルしかない。足を前後に開いて踏みしめ直す。

目前に迫る先端。意識を集中する。肉体のギアを上げる。

放たれた三角錐《さんかくすい》は、きっとかなりの速度で俺に達したんだろう。

でもそれは俺の目に、ゆっくりとした接近として映った。

だから、正面から斬った。

ピンクの飛沫《ひまつ》が高く上がる。

「おっと」

二つに割れて崩れる三角錐《さんかくすい》は、俺の足下に水溜《みずた》まりを作ろうとした。

だからそれを飛び越えて前へ。双華《ふたか》が対応に迷って視線を巡らす。

——狙うなら眉間か腹だ。

狙撃で貫通できるイメージがないっていうなら、直接攻撃するしかない。

俺は大きく砂利の上を踏みこむ。全身の勢いを呪刀に乗せて双華《ふたか》の眉間を突いた。

「っ、ぎぁ！」

悲鳴を上げて双華《ふたか》はのけぞる。けど頭が割れたって感じじゃない。手応え的にも打ちこんだ衝撃が双華《ふたか》の中を突き抜けてしまった印象だ。小さくて軽いからか？　難しい。

けどすぐ後ろは門で、双華《ふたか》にはもう後がない。

双華《ふたか》は後ろ手で門に寄りかかる。

「っ、こんな……」

野犬を見るような嫌悪《けんお》と恐怖の目。

だけど、そこから先は聞かない。俺は双華《ふたか》の首を狙って呪刀を大きく薙《な》ぐ。

双華《ふたか》はあわてて身を捩《よじ》り、呪刀は彼女の肩を打った。ぐらついた体が門の奥に倒れこみかけて、でも双華《ふたか》は踏み留まる。

彼女は水溜《みずた》まりの上に手をかざした。赤と白の棒が水面から現れ、双華《ふたか》の手の中に納まる。

双華《ふたか》はそれを、俺目がけて振り下ろした。

ガン、と固い音が響く。

呪刀でその攻撃を受けた俺は、思わず笑った。

「棒状にしちゃったら、本当にキャンディだろ」

「なんですか、それは」

「可愛《かわい》いってこと」

双華《ふたか》はぽかんと目を丸くするも、すぐに怒りの形相に変わった。

「戯言《たわごと》を……！」

双華《ふたか》は剣とも言えない紅白の棒を、もたつきながらも俺の肩に打ちこもうとする。それを俺は外へ払う。がら空きになった隙に、左手の掌《てのひら》で双華《ふたか》の額をついた。

頭を揺らされた双華《ふたか》はぐらつくものの、構わず俺にむけて棒を横合いから打ちこむ。

——少しずつ双華《ふたか》の動きが変わってくる。

俺に合わせて学習しているんだ。近接戦闘が何も分からなかったところから、武器を作って戦うところまで。こちらの世界に来て間もない双華《ふたか》が、一から人間の戦い方を吸収している。

これはなかなか手強《てごわ》い。

俺は下から掬《すく》い上《あ》げるように呪刀でキャンディケーンを払った。双華《ふたか》の手から離れたそれは、空中で粉々になる。無防備になった腹へ、俺は呪刀を突きこんだ。

けれど、返ってきたのは鈍い手応えだ。

「そう来るか」

双華《ふたか》の薄い腹は、いつの間にか赤白の薄い膜に覆われている。これが呪刀を受け止めたんだ。それでもダメージはゼロじゃなかったみたいで双華《ふたか》はくぐもった呻《うめ》き声を上げる。

赤い唇が動いた。

「は、なれ、なさい」

瞬間、景色が変わる。

目の前から双華《ふたか》が消える。

いや、違う。双華《ふたか》が消えたんじゃない。俺が跳ばされたんだ。三十メートルほど後ろの空中に放り出された。約二メートルの高さを落下しながら俺は足元を見下ろす。

「げ」

そこはピンクの水溜《みずた》まりの真っただ中だ。

「蒼汰《そうた》くん！」

一妃《いちひ》の手が上から俺の肩を摑《つか》む。それに合わせて俺は着地と同時に地面を蹴る。

砂利の音が鳴って、俺の体は宙に浮き上がった。跳ね上がる海の飛沫《ひまつ》を、一妃《いちひ》が纏《まと》う白い飛《ひ》沫《まつ》が消し去る。

地上から五メートルくらいの高さまで上がって確認すると、双華《ふたか》はよろめきながらもまだ門の前にいる。俺だけがノータイムで移動させられたのか。え、怖い。

「めちゃくちゃびびるな……」

「双華《ふたか》はこれが面倒なんだよねー。あの帯作ってるのが『集約』で、蒼汰《そうた》くんを飛ばしたのが『可変』かな。距離を弄《いじ》ったんだね」

こういう事態を想定して後衛にいてくれた一妃《いちひ》はぼやく。せっかく詰めた距離を一瞬で開けられたのはきついな。

「これメンタルを鍛えて狙撃しないといけなくなったらどうしような」

「んー、でも『可変』は距離に使うならこれくらいが限界だと思うよ。双華《ふたか》も双華《ふたか》で《暫定統治者》になってるから、代わりに個人の性質は半減してるはず」

「その代わり、海を好きに使える感じか」

こっちからすると一長一短だな。

双華《ふたか》はようやく体勢を立て直すと、俺たちを見つけて吐き捨てた。

「個から脱せない餌が足掻《あが》きますね」

「餌って。めちゃくちゃ言われてる」

「こっちの世界の人間は、向こうの動力源だからねー。で、蒼汰《そうた》くんどうするー？」

一妃《いちひ》の問いに、俺は少し考える。

――異郷の人間の体は、主に頭部と胴体の二つに分けられるらしい。

意志と力の統制を行う頭部と、力の九割を保有する胴体。

倒すにはどちらかに攻撃を集中した方がいいんだろうけど、今のところ狙いやすいのは腹。

ただ双華《ふたか》については海と繋《つな》がってるから、胴を狙って力を削ることに意味があるかって疑問はあるわけだ。そんなことを考えていると、眼下の海から一斉に無数の鋭い穂先が浮き上がってくる。針山のようなそれらがせりあがる中、双華《ふたか》の声が告げた。

「あなたたちがすることには何も意味がない。委ねる気がないのなら奪ってあげます」

「……よし、このまま押しきってみる」

「おーけー！」

後ろから風が起こる。俺たちは再び双華《ふたか》へと距離を詰めようとした。

双華《ふたか》は赤い目を細める。

「これ以上は自由にさせませんよ」

とんとん、と双華《ふたか》が軽く地面を爪先で蹴る。

それと同時に――双華《ふたか》の背に巨大な薄紅色の翅《はね》が広がった。

蜻蛉《とんぼ》に似た透き通る翅《はね》。一つが数メートルはあるそれらは、左右五対だ。

金色に開いていく門を前に広がった翅《はね》は赤く輝いて見える。その光は青白い景色において、
まったくの異物が降臨したような美しさを持っていた。

「……すごいな。信仰が生まれそう」

原始の海に立つ凄絶な光。

艶《あで》やかな輝きの中心に立つ双華《ふたか》は、隔絶して理解を拒む存在そのものだ。

別の世界から訪れた《統治者》は、ゆらりと翅《はね》を動かす。

「まずい！　蒼汰《そうた》くん、下がるよ！」

一妃《いちひ》が宙を蹴る。後退しようとする俺たちに向けて双華《ふたか》が目線を上げた。

「――溶け消えなさい」

次の瞬間、赤い光が視界全てを焼いた。

全方位に放たれた力。それは夜の世界に降り注ぎ、従属と変質を促す。

当然、赤光《しゃっこう》は距離を取ろうとしていた俺たちのところにもやすやすと追いついた。一妃《いちひ》が空中で下がりながら叫ぶ。

「拒絶する！」

白い飛沫《ひまつ》が生まれ、俺たちの前に壁を作る。

けれどそれが赤い光を受け止めたのはほんの数秒だ。

「一妃《いちひ》、放せ！」

俺の腕を掴《つか》んでいた一妃《いちひ》が、言われて手を放す。

俺は落下しながら呪刀を振るう。放たれた剣閃《けんせん》が赤光《しゃっこう》を切り裂き、隙間を生んだ。一妃《いちひ》が無事なことを視界の隅で確認しながら、俺は着地するなり双華《ふたか》に向かって駆け出す。

これくらいの距離なら一瞬で詰め直せる。ここで終わらせる。

砂利を蹴って、俺は十数メートルの距離を一度の跳躍で詰めた。

それをしながら呪刀を振るう。双華《ふたか》の深紅の目が俺を見る。

「塵《ごみ》、らしく、なさい」

閃光《せんこう》。

再び放たれたそれに、俺はもう一度剣閃《けんせん》を放つ。ほんの一部を相殺《そうさい》する。

生まれた隙間をさっきと同じようにすり抜けようとして——

切ったはずの閃光《せんこう》が、俺に向かって両脇から閉じた。

「っ――⁉」
痺《しび》れるような激痛が全身を走る。
意識が焼かれる。
両腕が溶け始め、ベルトに残っていた懐紙が燃え上がった。
視界が痛みで真っ白になりかけて……ただ、ここで退くのはナシだ。
俺は残る一歩を踏みこむ。
双華《ふたか》に向け、ただ突く。
速度を極めた、今までで一番余分なものがない軌道。
それはでも、双華《ふたか》に達する前に薄紅色の壁に阻《はば》まれた。
「くそ……！」
呪刀を強く握る。俺が継承した全ての力を注ぐ。
しかし壁は、表面に軽い波紋を生んだだけだ。
破れない。
届かない。
双華《ふたか》が無感情に言う。
「一妃《いちひ》の家族は、私だけです」
そして三回目の閃光《せんこう》が、俺に向かって放たれた。

# 十二――羽化

北の夜空を、赤い閃光《せんこう》が鮮やかに照らす。

またたいて消えるその光に、城北高校の屋上に立つ少女は嗤《わら》った。

「とんだ侵攻じゃな。あんなもの、人間が相手をするものじゃなかろう」

守りのない土地が一夜で消失したというのも頷《うなず》ける。

それをよりによって床辻は、人間と土着神の力を継いだ地柱で食い止めようというのだ。正気の沙汰ではない。先程の光を浴びただけで、常人なら精神か肉体かの形が保てなくなっているだろう。

その只中《ただなか》に今、二人と街そのものが挑んでいる。

「踏み留まれよ、新米。お前が負けたら次は妾《わらわ》じゃろうが、妾《わらわ》には荷が重そうじゃ」

溜息《ためいき》をつきながら、夏宮《なつみや》は山を囲うように組んだ結界を強化した。

その外に何人たりとも出さぬように、そして、全ての死がその中で完結するように。

※

この世界に来て初めに驚いたのは、草の匂いだ。

体を捨てて首だけで古い世界にわたってきた彼女は、ありのままの自然がこれほどまでに残っていることに驚いた。

最初の数十年は、首だけで山や野原を転がっているだけで充分に面白かった。時折通りかかる人の話を聞いて言葉を覚えた。

最初の娘に出会ったのは、そんな頃だ。

「か、かみさま？」

貧しい娘だった。素直な娘だった。

人には見えぬものが見える娘で、それを気味悪がられて山に捨てられたのだという。山の鬼への捧《ささ》げもののようなものらしい。

帰る家ももうないという話を聞いた一妃《いちひ》は、好奇心に動かされて問う。

「じゃあ、わたしと一緒に生きてみる？」

娘は、畏れながらもその誘いに頷《うなず》いた。

十年を過ぎたところで、娘は一妃《いちひ》に己の体を委ねた。時折様子を見に行っていた妹が無事嫁いだことで満足したのだという。「今度はあなたさまが見たいものを見られるように」と体を譲って、自分は布にくるんで一妃《いちひ》に運ばれるようになった。

二人はそれから地面の繋《つな》がる場所あちこちを回って、色んな景色を見た。色んな人間を見た。

自然に触れて、人の営みを感じた。

そして二人は、七十年を一緒に生きた。

一通りの土地を巡って元の山に戻った時、娘は言った。

「充分に幸せだった。そろそろこの故郷の山で死にたい」と。

そして一妃《いちひ》は満足そうな娘と別れ、娘の体を床辻の山に埋葬すると一人に戻った。

次の娘に出会ったのは七年後、怪奇に追われていたところを助けた時だ。

その娘とも共に暮らした。娘が「もう充分」と言って二十年後に別れた。

何人もの娘と一緒に生きた。

どの娘のことも愛していた。

娘たちが自分のことをどう思っているかは興味がなかった。

人間は嫌いではない。旅をして景色を見るよりも人を眺める時間の方が楽しくて、結局最初の土地に腰を落ち着けた。この街は、娘たちが大事にしていた場所だからだ。

出会う人間たちは、様々な顔で一妃《いちひ》を見た。

恐怖も。

嫌悪《けんお》も。

崇拝も。

畏怖も。

憧憬も。

恋情も。

友愛も。

多様な感情は鮮やかな花畑のようだ。

一妃《いちひ》はそれを愛《め》でる。どの花も同じように面白い。楽しい。

飽きないいまま時は過ぎていく。共に生きる娘も移り変わっていく。その全員をよく覚えている。彼女たちは皆、最後には「もう充分」と言って一妃《いちひ》の元を去っていった。

もっとずっと生きられるのに、自ら満足して人生の幕を引く彼女たちを興味深く思う。彼女たちは生を続ける一妃《いちひ》を見送って、自分たちは終わりを選び取っていった。

そんな彼女たちとの時間は充実していたと思う。

この世界は、愛に満ちている。

※

「――あ」

目を開けた時、真っ先に見えたのは一妃《いちひ》の顔だ。

倒れている俺を一妃《いちひ》が覗《のぞ》きこんでいる。あれ、これ膝枕か。

俺はゆっくりと手を上げて一妃《いちひ》の頭に触れた。

「夢見てた。お前の昔の夢。色んな子と旅したり暮らしたりしてた」

「えー？　あ、蒼汰《そうた》くんの精神戻した時に私の記憶が混ざっちゃったのかな。咄嗟《とっさ》だったから。ごめんね」

「精神戻した？」

言われてみれば、閃光《せんこう》の直撃を受けてからの記憶がない。

「あれ。俺どうなったんだ？」

体を起こすとそこは、石灯籠《いしどうろう》が乱立する森の中だ。下は砂利。痛い。だから膝枕してくれてたのか。

一妃《いちひ》は顎に指を当てて首を捻《ひね》る。

「んー、双華《ふたか》がゼリー化光線を一帯に連射してて――」

「怪獣じゃん……」

思い出したぞ。俺は最後にあの光線を二発食らったんだ。思わず自分の手足を確認する。

「でもゼリーにまでなってないな。焼け爛《ただ》れてるけど。あれ、これゼリー？」

両腕は袖も焼けて、下の皮膚はひどい火傷《やけど》を負ったみたいだ。ずるっと皮が落ちて肉の上に血が滲《にじ》んでる。見た目がえぐいけどあんまり痛みは感じない。麻痺《まひ》してるのかもしれない。

一妃《いちひ》はそれに気づくと、手元にぱっと白い懐紙を作る。剝《む》き出《だ》しになった肉の上にぺたぺたと懐紙を貼りだした。

「溶けきってないのは私の力が多少緩和したのと、蒼汰《そうた》くんが半分人間じゃないからだねー。最後は綺麗《きれい》に弾《はじ》き飛《と》ばされてたよ。精神の方はちょっとクニャってたけど、ぐいぐいして戻しときました」

「あー……ごめん。大変だったろ」

よく見ると一妃《いちひ》の右側の髪は溶けて短くなってる。意識のない俺を拾って下がるのは難しかっただろう。危ない橋を渡らせてしまった。

「双華《ふたか》は？」

「門の前を離れるか迷ってたから逃げてきちゃった。こっちを探してるんじゃないかな」

「そうか……一妃《いちひ》が無事でよかったよ」

見つかってないのは加月《かつき》くんの策のおかげだな。見通しの悪い森は、この策がなければゼリーにされていただろう。俺は立ち上がると体を確かめる。

「うん、まだ行けそう。ただ戦い方は変えなきゃ駄目だな。やっぱり一妃《いちひ》の案で行こう」

「いいの？　接近戦では双華《ふたか》を圧倒できてたように見えたけど」

あらかじめ大雑把に打ち合わせていたのは二案で、一つが当初一妃《いちひ》の提案した「双華《ふたか》を門から引き離して戦う」ってやり方。門から遠ざけられれば異郷の海の補充も薄くなる。双華《ふたか》は攻防どっちにもあの海を使ってるから、これは大きい。

もう一方は俺が言い出したことで、門の前で双華《ふたか》を打倒して門の隙間から向こうに押しこんでしまうって案。これが可能ならこれで行きたかったんだけど。

「いや、あのまま押しきるのは無理だった。俺の判断ミスだ。最初こそ優勢だったけど、とにかく固い。おまけにその上どんどん戦い方を学習されてる。多分、やればやるほど強くなるし、手が付けられなくなるタイプだ。それであの光線と防壁を使われたら無理」

翅《はね》が生えてからの光線と壁は相性的にもよくない。俺を近づかせないようになっている。

双華《ふたか》の動きも、今はまだ不慣れさが多いけど、俺も戦闘のプロとかじゃないから。勝つ前に追い越されそうだ。

「ここから先はできるだけ手の内を見せずに短期決戦をしたい。本当は最初で勝っておきたかったんだけど、俺の実力不足」

予想以上に固かったのは誤算だ。吉野《よしの》の時も防壁が強固だったけど、あの時は他にも監徒の人がいてくれたからな。この場に他の人を巻きこむのは危険過ぎる以上、俺はもっと双華《ふたか》の決定的な隙を狙わなきゃいけない。そのためにはあの「門を背にして視界が開けている」って状態の双華《ふたか》を攻めるのは無理だ。

「あとあのゼリー化光線が厄介。あれ連打されたら俺何もできないんだけど」

「《統治者》としてはあっちのが本分だからねー。あれでも門が開ききってないから本来の力の千分の一くらいかな。出張先だしね」

「嘘《うそ》だろ……。それはさすがに無理ゲー」

異郷に行って一妃《いちひ》の体を取り戻したいって思っていたけど、想像以上に異郷はやばかった。無知は怖い。

ただその代わり、双華《ふたか》がこっちに出張している今は本当にチャンスなんだ。俺は近くに落ちていた呪刀の持ち手を見つけて拾い上げる。

「でも門から引き離せばゼリー化光線連打はできなくなるはずだよ！　この辺りなら遮蔽物も多いし、それでいけるんじゃないかな」

「リスク高いあたり現実味あるな」

防壁の方も海から引き出しているっぽかったし多少はマシになるか。

「門から離れたら双華《ふたか》の固さも緩和される？」

「あー……あれは双華《ふたか》のもともとだから変わらないかな……」

「一番何とかなって欲しい要素が変わらなかった」

呪刀が命中しても痛がられるだけって途方もないぞ。一妃《いちひ》の方は肉体強度普通なのに、って一妃《いちひ》の体は花乃《かの》のだった。終生大事にして欲しい。

腕組みして悩む俺に、一妃《いちひ》は微笑《ほほえ》む。

「それは蒼汰《そうた》くんの方が変わればいい問題だよ」

「俺の方？」

って言われてもぱっと心当たりがない。考えられることはやってる、気がする。

怪訝《けげん》な顔になる俺に一妃《いちひ》は自分の髪を一本抜いて見せた。綺麗《きれい》な紫の髪は、一妃《いちひ》の指先でぱっと紫の翅《はね》の蝶《ちょう》に変わる。蝶《ちょう》はくるりと俺の周りを回ると宙に溶け消えた。

「どう?」

「うわ、綺麗《きれい》。ひょっとしてお前も翅生《はねは》やせるの? 似合いそう。見てみたい」

双華《ふたか》の赤い翅姿《はねすがた》も圧倒的ですごかったけど、一妃《いちひ》はもっとなんか綺麗《きれい》で可愛《かわい》い感じになりそうなんだよな。脱線した感想に、一妃《いちひ》は「えへへー、今は無理」と照れたように笑った。

「イメージのしやすさは強度に繋《つな》がるけど、蒼汰《そうた》くんはもっと先まで行けるはずだよ。『武器が実在しなきゃいけない』っていう固定観念から脱したなら、次は『人間の枠内にいなきゃいけない』っていう考えも捨てていいと思う」

「人間の枠内?」

既にかなりはみ出てると思うんだけど。百メートル五秒くらいで走れると思う。

……いや、違うか。「走る」って考え方が既に人間の枠内なんだ。

もう一段俺は上に登れる。それだけの力を継承してる。

「なるほど……方向性は分かった。ありがとう。多分翅《はね》は生やせないけど。似合わないし想像できない」

「結構似合うと思うけどな。鴉天狗《からすてんぐ》っぽいのとかいけない?」

「俺の解釈違いだよ……」

自分の力をどんな形で使うか。双華《ふたか》をどうやって門から引き離して隙を作るか。

突破口があるとしたらそこだ。

あまり時間はかけていられない。俺は呪刀の持ち手を手の中でくるりと回した。その時、ポケットに入れたスマホが揺れる。

「あれ、ここ繋《つな》がるんだ。すごいな」

着信を見てみると加月《かつき》くんだ。悪いニュースでないことを祈りながら通話に出た。

ノイズ混じりの中に、加月《かつき》くんの声が聞こえる。

『先輩、生きてますか』

「ぎりぎり生きてる。行ってやられて一回退いたとこ。加月《かつき》くんの策のおかげで退けてる。ありがとう」

『先輩を死地に送りこんでるのはこっちなんで、お礼は不要です。で、勝てそうかどうか正直なところを教えてください』

「あー……」

ここは期待を言っても気合を言っても駄目なところだ。双華《ふたか》じゃないけど彼我の差は認識しないと。加月《かつき》くんの声が聞こえてない一妃《いちひ》が首を傾《かし》げる。それを見ながら俺は正直なところを返した。

「五分五分ってところ。いける目もあるけど、届かないかもしれない」

実際のところそれくらいだろう。この情報で監徒や夏宮《なつみや》さんはきっと第二案を立てる。そうなった時のためにも、俺はできるだけ双華《ふたか》の力を削っとかないといけない。

俺の正直な答えを聞いて、加月《かつき》くんは平然と『そうですか』と言った。

『じゃあ、妹さんから話があるそうなので代わりますね』

「え」

確かに花乃《かの》は高校に置いてきたけど。なんで急に。

『おに、いちゃ、聞いて』

早々に切り出された話。真剣なそれに俺は聞き入る。

そして俺は、花乃《かの》が考えた内容と、そこから出した答えに納得して「分かった」と返した。


底が溶けかけたスニーカーを履き替える。

石灯籠《いしどうろう》が並ぶ森を歩いて抜ける。

異郷の海に浸食された範囲は、さっき見た時から広がっていない。広げられないんだろう。

ただ門はさっきより大分開いている。俺が普通に歩いて通れそうなくらいだ。

門の向こうは金色の光に溢《あふ》れていて何も見えない。

その前に、赤い翅《はね》の女は変わらず立っていた。

けぶるような長い睫毛《まつげ》は赤色で、色は違うのにその目は一妃《いちひ》を思い出させた。

一妃《いちひ》がもっと、人間に興味を失《な》くして大人になったらああいう顔をするんじゃないかという目。その目で双華《ふたか》は俺を見る。

「一人ですか？　一妃《いちひ》を逃がしたのですか」

「逃げて欲しいとは思ったよ」

けど一妃《いちひ》はそれをよしとしなかった。そして花乃《かの》も。

だからこそ俺は一番危険なところで体を張りたいと思う。

「これが最後だろうから一応言ってみる。――向こうに帰って、今後こっちの世界へ不可侵にできないか？」

俺は呪刀を右手に、砂利の上を歩いていく。

一妃《いちひ》の話だと、異郷に揺らぎが足りなくなるのは千年周期だ。もう充分に日本は犠牲になっている。ここで矛を収めてくれれば、千年の間に次の対策を立てることもできる。

そんな俺の提案に、双華《ふたか》は分かりきった答えを返した。

「一妃《いちひ》を私に引き渡すなら考えましょう」

「それはできない」

「では決裂です」

「そっか。そうだよな」

俺は緩やかに駆け出す。双華《ふたか》は冷めた目で俺を見た。白い手を海の上にかざす。その手に呼ばれるようにして、海の中から赤と白に彩《いろど》られた大鎌が現れた。

「なるほど、その形に落ち着いたんだ？」

「こちらの世界では、こうして雑草を刈り取るのでしょう？」

「今は草刈り機があるよ。ガソリンで動くやつ」

走りながら俺は呪刀で宙を薙《な》ぐ。黒い剣閃《けんせん》が走り、けど双華《ふたか》はそれを赤い防壁を張って防いだ。剣閃《けんせん》は壁と衝突して黒い火花を上げる。

異郷の海に辿《たど》りつくまであと二十メートル。俺はあえて人間の速度で走る。双華《ふたか》は表情を崩さない。俺が何をしてもさばけると思っているんだろう。

だから俺は、もう一度同じように呪刀を振りきる。

「——しなれ」

黒い呪刀がその形を変える。黒い縄となったそれは、空を切る音を立て池の上を通過した。双華《ふたか》が再び防壁を張る。

けれど縄は、弧を描いて壁を迂回《うかい》すると、真横から双華《ふたか》の体を打ち据えた。

「っ……!?」

撥《は》ね飛ばされる双華《ふたか》の体を、縄は追いかけて巻き取る。

そういう風に動くと俺は確信している。

縄に巻きつかれた双華《ふたか》は、大鎌でそれを切断しようとした。

しかし一瞬早く、俺はその体を拘束し地面に叩《たた》きつける。双華《ふたか》は受け身もなく横倒しに池の中へ衝突した。無事な半分の翅《はね》に飛沫《ひまつ》がかかる。

——直後俺は、遥《はる》か後方に撥《は》ね飛ばされた。

背中から木の幹に叩《たた》きつけられる。息が詰まる。

咄嗟《とっさ》に衝撃を緩和できるよう意識したけど、それなりにダメージは入った。距離を強引に開けられるのは二度目だけど、力で開けられると俺が痛い。

くらくらする頭を支えながら立ち上がった俺に、門の前にいるままの双華《ふたか》は静かな苛立《いらだ》ちを向けていた。

「小手先の遊びに、いつまで付きあわせる気です？」

「俺の心が折れるまでかな」

「……あなたのふざけた態度にはうんざりです」

「みんなが思っても言わなかったことを言われた……」

一妃《いちひ》とかは俺に甘いから気が緩んでた。自分は真剣なつもりなので割とショック。

でもメンタル勝負をする気はない。俺は元の長さに戻した呪刀を軽く振る。

「俺はそっちより先に音を上げる予定はない。お前より場慣れしてるし、時間もかけられる」

「時間を？　現状が分かっていないのですか？　門が開ききれば、この街は沈んで――」

「森の木々を溶かせなくなったの、おかしいと思わなかったか？」

双華《ふたか》は押し黙る。ああ、やっぱり変だとは思っていたのか。

でもなんでそうなったかは分からないはずだ。異郷にはないものだから発想自体がない。

俺は森の中に踏み入ると、一番近くの石灯籠《いしどうろう》に触れた。その中には青い鬼火が灯《とも》っている。

「ここは今、彼岸なんだ。お前の門は床辻の裏側に繋《つな》がってる」

それが、加月《かつき》くんの考えた案だ。

禁忌破りによって彼岸の境界があやふやになっていることを利用し、北の山中を彼岸側に裏返してしまおうという策。

加月《かつき》くんが言い出した時はその場にいた全員が絶句した。夏宮《なつみや》さんまで「正気か？　新米に毒されたか」って言っていた。みんな俺を何だと思ってるんだ。

でも結果としては正解だ。双華《ふたか》の操る異郷の海は、おそらく「命あるもの」を溶かしてしまう。だから木々が消え、土が乾いて罅割《ひびわ》れる。

けれど彼岸はそうなることはない。全部が死の領域だからだ。

「彼岸……？」

双華《ふたか》は理解できないらしく眉を寄せる。

「死者の街だよ。そっちの世界にはそもそも死者自体がいないんだろ。大人になれば海に溶けるから死ぬこと自体がない。でもこっちは違う。このためにあえて禁忌を侵してもらった」

　監徒の人たち何人かに、南から北へ徒歩で禁忌破りをしてもらった。その間に俺は仮眠の時間をもらったんだ。専門の術者の人が監督してくれて、それを「地柱である俺がここにいる」という形で補強している。レジャーシートを裏返して石で押さえた。

「だから門が開いても本当の床辻は無事だ。お前が手に入れられるのは、ここに落ちている石くらいだ」

　俺は地面から平たく丸い石を一つ拾い上げる。水切りのように投げた石は、ピンクの海の上まで跳ぶと、水面を二度跳ねて双華《ふたか》から数メートル手前に沈んだ。うーん、左手だとコントロールいまいちだな。

　異郷の《統治者》は、呆然《ぼうぜん》とした声を漏らす。

「死の街？　あなたしかいない？」

「立ち入り禁止にしてるしな。そういうわけで時間はたっぷりあるから付き合えるよ」

　これはブラフ。北の山中は夏宮《なつみや》さんが結界を張ってくれてるけど、いつまでも彼岸化させていると街の他の場所に影響が出る。怪奇も出現し始めるだろうし、門が開ききっても彼岸化内に収められるかは分からない。

　肝心なのは双華《ふたか》に「ここには俺たちだけしかいないし、門が開くまで守勢に回っても意味がない」と思わせることだ。格上の相手と戦うなら、こっちの土俵に乗せるしかない。

俺は表情を変えないまま双華《ふたか》の様子を窺《うかが》う。様子を窺《うかが》っていることがばれないように呪刀を構えた。

「じゃあ続けようか。散々こっちの世界を食い荒らしてくれた親玉がせっかくこっちまで来てくれたんだ。こんなチャンスはもう来ないかもしれないからな。ここで討伐してやる」

俺の挑発に、双華《ふたか》はすぐには答えない。

その目が昏《くら》い怒りを湛えて俺を射抜いた。

「……一妃《いちひ》を」

「何？」

双華《ふたか》の翅《はね》が一際《ひときわ》強い光を帯びる。

「一妃《いちひ》を、出しなさい」

赤い光が世界を焼く。

全方位に放たれたそれは予想していたものだ。

俺は呪刀を振るって自分にぶつかる部分だけに亀裂を走らせる。そうして閃光《せんこう》を潜《くぐ》り抜《ぬ》けながら、蹴りつけるように地面を強く踏みこんだ。地中に力を叩《たた》きこむ。

力は地中を走り、双華《ふたか》の立つ足下で爆《は》ぜた。突如爆発した地面に双華《ふたか》は悲鳴を上げて撥《は》ね飛ばされる。何とか空中で留まった彼女は、明確に怒りを込めた目で俺を睨《にら》んだ。

「身の程を……！」

「その言葉、そのまま返すよ、侵略者」

拾い上げた石を、今度は右腕を振りかぶって投げる。

当たると確信を持って投げたそれ、彼岸の石に力を纏《まと》わせた一投は、宙にいた双華《ふたか》の翅《はね》を一枚貫いた。翅《はね》は石が当たった箇所から破裂する。

「きゃあ！」

あ、そこ痛覚があるのか。

でも今のが当たるってことは、防壁は双華《ふたか》が意識的に展開してるんだな。だから速度が速かったり小さくて見えない攻撃は防げない。これならやりようもある。

ただ、一瞬そう安堵《あんど》したのを見抜かれたように双華《ふたか》は翅《はね》を震わせた。

空気が震える。

それは続けざまの赤い閃光《せんこう》となって辺りに放たれた。

「くそ！」

最初の閃光《せんこう》を斬って、でも次の閃光《せんこう》には間に合わない。

一妃《いちひ》が全身にかけてくれていた守護が、二発目の閃光《せんこう》を相殺《そうさい》した。全身に激痛が走る。

そして、最後の閃光《せんこう》は直撃した。

「っ、ぁ……！」

頭に電流を流されたみたいだ。精神がゼリーになる。

けど直撃するって直前で覚悟したのと、三連撃で一つ一つが軽くなっていたことでなんとか耐えられた。

俺はよろめきかけた足で踏み留まる。ちかちかとまたたく視界の端に赤いものが見えた。

それは俺に振り下ろされる大鎌の刃だ。結構距離があったのに一瞬で森の中まで詰めてきたのか。どんどん手強《てごわ》くなるな。

真上から刺さろうとする切っ先を、俺はすんでのところで後ろに跳んで避ける。赤い鎌の切っ先が砂利の中に突き立った。

「鍬《くわ》みたいな使い方するなよ」

「縦でも横でも二つになるのは同じでしょう」

めちゃくちゃ言ってる。一妃《いちひ》の姉って感じがする。

ただ俺はどっちにも割られたくないので、更に森の奥へ下がった。木と石灯籠《いしどうろう》だらけのここなら大振りの武器は振るえないだろう。

そう思った直後、俺は嫌な予感に腰を落とした。頭のすぐ上を鎌の刃が通り過ぎていく。

周囲の石灯籠《いしどうろう》が、木が、草を刈るみたいにあっさりと両断された。

倒れてくるそれらに巻きこまれないよう、俺はあわてて飛び退《との》く。

「前言撤回……」

「何か言っていたのですか？」

「心の声だよ！」

砕けた石灯籠《いしどうろう》の欠片《かけら》を、双華《ふたか》に蹴り上げる。赤い防壁がそれを弾く間に俺は身を翻《ひるがえ》した。彼岸の森を奥へ奥へと走る。鬼火が点々と照らす森を駆けていく。

足場の悪さも、浮いている双華《ふたか》には関係ない。時折振り下ろされる鎌の刃を、ぎりぎりで避ける。体のあちこちが焼かれた痛みに悲鳴を上げた。

俺は走りながら呪刀を横に払う。その剣閃《けんせん》が、宙に留まるとイメージする。光を反射しない黒い弧は、そのまま置き罠《わな》となって双華《ふたか》の足を掬《すく》った。

「痛っ……諦めが悪いですね……！」

「やれることは全部やるだろ！」

そうやって双華《ふたか》も《統治者》になったんじゃないのか。

その立場を使って、こっちの世界にまで乗りこんできたんじゃないのか。

こんなものは、ただの意地と意地のぶつかりあいだ。

俺は目の前に転がる倒木を飛び越える。

けどその瞬間を狙って、また閃光《せんこう》が放たれた。

「――が、」

脳が焼ける。

視界が白く霞《かす》む。

これはまずい。双華《ふたか》が背後で鎌を振りかぶる気配がする。

でも、そんな硬直した俺の体を、誰かが横からとん、と押した。

「蒼汰君、行って、行って」

耳元で囁《ささや》かれる声は、風呂《ふろ》場で俺を起こしたのと同じ声だ。

懐《なつ》かしい、でもかつて聞いていた時よりもずっと滑らかな声。

それが誰のものであるか、俺は思い出す。

「夢見」

「行って。一妃《いちひ》を守って」

かつて一妃《いちひ》の友人だった少女。俺の友達でもあった死者の声に支えられて、再び走り出す。

姿は見えない。でも助けられた。ここは此岸《しがん》を去っていった人間たちの街だ。

だから俺たちが負けることはない。死を、喪失の恐ろしさを知っているからだ。

石灯籠《いしどうろう》はいつの間にか綺麗《きれい》に二列に並んでいる。森の木々もそれを避けるように左右に分かれ、細い砂利道ができていた。石灯籠《いしどうろう》が導く先、鬼火が照らす道を俺は走っていく。

双華《ふたか》が冷えきった息を吐いた。

「いつまでもそんな……」

「――蒼汰《そうた》くん！」

暗闇の中から、一妃《いちひ》が焦《あせ》ったように叫ぶ。

鬼火の示す先に、白い着物姿の少女が浮かびあがる。

俺がその名を呼ぼうとするより早く、双華《ふたか》が叫んだ。

「一妃《いちひ》っ!!」

赤い翅《はね》を広げて、
女はやすやすと俺を飛び越えて、
歓喜と妄執を振りまいて、
同胞の海から作った大鎌を振るう。

薄い刃は少女の首を正確に薙《な》ぎ――

そして、何もない空を切った。

「え？」

呆然《ぼうぜん》と顔を凍らせる双華《ふたか》に、白い着物姿の少女は言う。

「残念ながら、こちら側は此岸です」

少女が指さしたのは、左側の空中にいつの間にか浮いている白縄だ。

【境縄】、この世とあの世……此岸《しがん》と彼岸の境界を動かすもの。

みちみち、と小さな音を立てるそれを、双華《ふたか》は意味が分からないもののように見やる。

呆然《ぼうぜん》と、一妃《いちひ》の力を帯びる着物姿の少女に問い直した。

「あなた、誰？」

ようやく追いついた俺は、何も持っていない右手を双華《ふたか》の背中に伸ばす。

美しい翅《はね》が生じている中央に触れる。

「青己花乃《あおきかの》。私の友達だよ、双華《ふたか》」

俺が左手に抱いた、首だけの一妃《いちひ》が微笑《ほほえ》む。

「だからもう、拒絶してあげる」

一妃《いちひ》の言葉を纏《まと》った俺の手。

その手で俺は、双華《ふたか》の胸を貫いた。


——自分の力をどんな形で使うか。双華《ふたか》をどうやって門から引き離して隙を作るか。

それを考える俺に、電話をかけてきた花乃《かの》は言った。

『自分が一妃《いちひ》の振りをして囮《おとり》になる』と。

聞いた時には唖然《あぜん》としたけど、理由を聞いたら納得した。

双華《ふたか》は一妃《いちひ》に執着している。そして双華《ふたか》に対して一番力の相性がいいのは、姉妹である一妃《いちひ》だ。だから俺は渋る一妃《いちひ》を説得して、花乃《かの》に危険な役目を任せた。

それができたのは、加月《かつき》くんが「【境縄】を探してください。先輩が彼岸に送り返したんで、運が良ければ近くにあるはずです」と言ってくれたおかげだ。【境縄】は彼岸と此岸《しがん》の境界を作る。そして周囲の人間に対して見えている方向を惑わす。これがあれば双華《ふたか》の目を一度は晦《くら》ませられる。

その勝負に賭けて、花乃《かの》は一妃《いちひ》から自分の体を引き取った。ずっと俺が願ったことが期せずして叶《かな》ったわけだ。でもこれは急場しのぎの話でしかない。

首だけになって草むらに隠れていた一妃《いちひ》は、俺に抱き上げられた状態で姉を見下ろす。

「人を軽く見すぎだね、双華《ふたか》。蒼汰《そうた》くんが途中からわざと軽い攻撃だけ当てて森の中に引きこんでいたの、気づかなかったでしょ」

心臓を潰された双華《ふたか》は、自分の作った血溜《ちだ》まりの中であえいでいた。

翅《はね》は消え去って、赤い目は虚《うつ》ろだ。俺は血濡《ぬ》れた自分の右手を見やる。

攻撃をわざと軽くしたのは、この作戦を決めてからだ。俺のやることなど大した威力もないのだと、簡単に防げるのだと思ってくれたらいいと思った。

それ以前から双華《ふたか》への直接攻撃は殴打《おうだ》に限っていた。呪刀がもとは木刀だったから「斬る」ってイメージが薄かったのもあるし、それで勝てるならその方がいいと思っていた。

けどそれが無理だと分かって、意識と力の集中を切り替えた。

俺の右手は人間の手の形のままだ。でもその爪は、鋭く薄く強化した。触れるもの全部を切り裂いて進めるように。その手で俺は双華《ふたか》を「拒絶」した。半分人間のままの俺のイメージだと、これが限界。慣れないことをするより強化の度合いを上げた方が成功率が高いと踏んだ。

……結果は正解を引けたみたいだ。

「花乃《かの》、一妃《いちひ》を抱いててくれ」

双華《ふたか》はまだ息がある。異郷の人間は頑丈だ。

だから俺は一妃《いちひ》を花乃《かの》に渡すと、双華《ふたか》に向かって呪刀を構えた。体がなくても普通に喋《しゃべ》れるらしい一妃《いちひ》が問う。

「どうするの？」

「首を落とす。落としていいか？」

「いいよー」

落としても多分死なないし、俺の目的はその先。

できるだけ綺麗《きれい》に斬れるよう意識を集中する。いや、意識しすぎると首切り行為が怖くなるからむしろ無心になった方がいいか。普通の人間は人の首を斬らないもんな。

俺が呪刀を「斬る」ものとして作り変えた時、双華《ふたか》が喘《あえ》いだ。

「私は……まちがっていない……」

息も絶え絶えに感情を零《こぼ》す。

それに対して何かを返せるほど、俺は双華《ふたか》のことを知らない。

一妃《いちひ》が溜息《ためいき》をついて口を開きかけた。けど聞こえたのは双華《ふたか》の呟《つぶや》きの方だ。

「あの体さえ、あれば……」

血を吐きながら、頭をわずかに上げて双華《ふたか》は目を見開く。

門から離れたこの場所に異郷の海は届いていない。

ただ点々と足跡のように、ピンクの液体がここまで続いている。双華《ふたか》が海から作った武器を振るって俺を追ってきた跡だ。

その液体が、一斉に白く光り出した。

門への道しるべのように、月夜に光る小石のように。

「あの……体、さえ……一妃《いちひ》……」

俺は密《ひそ》かに息をのむ。

——一妃《いちひ》が残していった体。

それは双華《ふたか》にとって逆転を可能にするものだ。だから俺は門を開いたのが双華《ふたか》だと分かった時から狙っていた。

異郷に行って戻ることが不可能なら、こっちに一妃の体を持ってこさせればいい。

双華《ふたか》に相応のダメージを与えればそのチャンスがある。

俺は首を落とそうとする体勢のまま、双華《ふたか》に言う。

「もしお前が一妃《いちひ》の体を……」

「——遅いよ、双華《ふたか》」

俺の言葉を遮って、姉に語る一妃《いちひ》の声は優しい。

紫色の双眼が、慈《いつく》しみを持って双華《ふたか》を見つめた。

「もっと早く私の体を使えばよかったのに。もっと早く私のことを忘れればよかったのに」

「……いち、ひ」

「もう駄目だよ、双華《ふたか》」

赤い、零《こぼ》れ落《お》ちる涙まで赤い目が、一妃《いちひ》を見上げる。

小さな唇が感情にわなないて、感情を吐き出す。

「なんで……ひとりで、出て行ったの？」

子供が子供に向けるような。

縋《すが》るような問いに、一妃《いちひ》は目を閉じる。

「あの世界が好きじゃないから。でも双華《ふたか》には大事だったんでしょ」

傷を隠して沈んだ声で、一妃《いちひ》はそこから先を語らない。

代わりに一妃《いちひ》はふっと息を吐いた。そうあるべきと笑顔で言う。

「さよなら、双華《ふたか》。拒絶してあげる」

音もなく、開いていた双華《ふたか》の胸の穴が広がる。たちまち血が彼岸の砂利に溢《あふ》れ出《だ》す。

双華《ふたか》はだけど自分の傷を見ない。妹だけを傷ついた目で見ている。

その目からふっと光が消え、双華《ふたか》の頭は血の中に没する。

暗い森には点々と光る道しるべだけが残っていた。

双華《ふたか》の死亡を確認し、道しるべを辿《たど》って戻る最中、一妃《いちひ》は双華《ふたか》のことを何も語らなかった。

一妃《いちひ》は多分、姉のことを嫌ってはなかったんだろうな。俺に言う時も「私のことを嫌ってる人」って言っていたし。双華《ふたか》の選択次第では、このまま別れて生きていくこともできたんだろう。でもそれは異郷では異端の考えだ。向こうでは大人になると同時に一つになることが当たり前で、他と違うことは忌避されるから。

俺は点々と落ちるピンクの水を見下ろす。

「この中にも人が溶けてるのか？」

「そうだねー。異郷の海は人類そのものであり資源そのものでもあるからね。こうなっちゃうとはっきりした意志はなくてぼんやりした感情しかないけど。ただ《統治者》は性質上、自分の意志でみんなを動かさないといけないから、寂しいかもね」

姉の心を振り返ろうとする言葉に、隣を行く花乃《かの》がきっぱりと言う。

「みんなと繋《つな》がってるなら寂しくないと思うよ」

「そうかなー」

「そうだよ。寂しくない、怖くない、争わない、って精神性を追求した結果が今の異郷なんでしょ。だから、双華《ふたか》さんも寂しくはなかったと思うよ」

一妃《いちひ》のひとかけらの罪悪感を拭おうとする言葉。それを聞いて俺は気づく。

寂しくないはずの異郷で、それでも一妃《いちひ》を追い続けたなら、双華《ふたか》が欲しかったのは一妃《いちひ》自身だったんじゃないのか。そのこだわりを最後まで捨てられなかった。異郷の「大人」になれなかった。

でも双華《ふたか》は同時に異郷を愛してもいた。うまくいかない噛《か》み合《あ》わせだ。複雑な気分になる。

道しるべの先が見えてくる。

木々の向こうにあるのは、金色の門だ。さっきよりも大分開いている。

「あー、やっぱりかあ」

「閉じてないな。ひょっとしてこのまま放置すると全開？」

「《統治者》の決定で開閉するみたいだねー。双華《ふたか》が死んでも止まらないみたい」

一妃《いちひ》は肩を竦《すく》めたそうにぼやく。さっきは大分減っていたピンクの池が、門から染《し》み出した分でまた広がっている。

その只中《ただなか》に、一妃《いちひ》の体は立っていた。

着物ではなく白いドレスを着た、首から下だけの体。

身長は花乃《かの》よりも少し高いくらいだ。そして折れそうなくらいか細い。

ただその体は、何にも侵されない神聖な彫像のように異郷の海の中で自立していた。双華《ふたか》が最後に召喚していったんだろう。

俺は一妃《いちひ》の首を両手で抱いたまま、その体の数歩前で足を止める。

一妃《いちひ》の首が手元でくりん、と揺れて俺を見上げた。

「こうなったらしょうがないなあ。蒼汰《そうた》くん、花乃《かの》ちゃんの体は返してあげる」

「もう返してもらってるけどな。お前はどうするんだ？」

「元の体に帰るよー。門を閉めないといけないもん」

頬を膨らませて、不服そうに一妃《いちひ》は言う。

本来《統治者》になるはずだった少女。その体には絶大な力が残っている。

俺は手元でくりくり動く首を持ちあげて、目線の高さを合わせた。

「門って、こっち側から閉められるの？」

「閉められないよー。海に繋《つな》がった《統治者》じゃないと閉められないから」

そう言うと、一妃《いちひ》は直前の不満が少しも残っていない笑顔を見せた。

「仕方ないよね。そろそろ潮時かな」

そうして彼女は、長い遊びの終わりを宣言する。

「私が《統治者》でいる限りは、もうこっちの世界に【白線】は送らないでいてあげる。代替わりしたらどうなるか分からないけど、蒼汰《そうた》くんたちが幸せに暮らすには充分だよね」

「……でも、お前はそれが嫌でこっちの世界に来たんだろ」

「そうだけど、門がここで開いたのは私のせいもあるしね。私はこっちで充分遊んだし、この街が好きだし、蒼汰《そうた》くんも花乃《かの》ちゃんも愛してるからね」

長い年月を、この街で暮らしていた。

何人もの娘たちと共に生きた。彼女たちの全てを愛していた。

この街は、そんな幸せな記憶で溢《あふ》れている。

「だから、私がこの街を助けてあげる！　任せといて！」

自信たっぷりに笑う一妃《いちひ》を、俺は見つめる。

愛情深い、人ならざる女。

人の心が分からない存在だと、一妃《いちひ》のことを言うひともいる。

それは正解で、でも全てじゃないと俺は思う。

一妃《いちひ》はきっと誰よりも愛を知っている。その愛を惜しみなく注ぐ。

だから俺は隣にいる花乃《かの》に視線を移した。花乃《かの》は頷《うなず》くと前に出る。

「ありがとう、一妃《いちひ》さん」

花乃《かの》は一妃《いちひ》に白い手を伸ばす。一妃《いちひ》のものだったその手で、一妃《いちひ》の頬に触れる。

「一妃《いちひ》さんはきっと、最初からそのつもりだったよね。お兄ちゃんが勝てなそうだったら、門の向こうに戻って体を取ってくるつもりだったでしょう」

一妃《いちひ》は微笑《ほほえ》んだままで答えない。それは肯定と同じだ。

首だけの状態だとほとんど力が残ってないと言っていた一妃《いちひ》。向こうの世界で溶けることを嫌がっていた彼女は、でもこの戦いが始まってからずっと自分という手札を切る時を待っていた。いざとなれば自分が戻ることで、双華《ふたか》を下し門を閉じるつもりでいた。

花乃《かの》は、そんな一妃《いちひ》の自己犠牲の可能性を見抜いて、「自分を戦いの場に連れていって欲しい」と電話してきていたんだ。

花乃《かの》は一妃《いちひ》の目を見つめて、はっきりと言う。

「だから、それはわたしが代わるよ」

「え？」

虚をつかれる一妃《いちひ》の額に花乃《かの》は自分の額を触れさせる。

溢《あふ》れるばかりの慈《いつく》しみを持って、花乃《かの》は謳《うた》う。

「わたしが一妃《いちひ》さんの代わりに《統治者》になって、向こうから門を閉じる」

その言葉は、あらかじめ聞いていた俺の胸にも鈍い痛みをもたらした。

そして一妃《いちひ》はそれ以上だ。

綺麗《きれい》な顔が凍りつく。彼女は紫色の睫毛《まつげ》をしばたたかせた。

「あれ……？」

花乃《かの》が何を言っているのか、すぐには理解できないんだろう。

大きな両眼が、うろたえて花乃《かの》を見返す。

「な、なんで？　そんな無茶なことできないよ」

「できるよ。わたしはずっと一妃《いちひ》さんと繋《つな》がっていたから。誰より一妃《いちひ》さんに近くなってる。だから今なら体を接《つ》げる」

確信に満ちた花乃《かの》の断言は、たちまち一妃《いちひ》を青ざめさせた。それが可能だって多分一妃《いちひ》が一番分かっているんだ。声が、表情が、たちまち綻び始める。

「え……あ……」

一妃《いちひ》は笑顔を作ろうとして、でも笑えないみたいだ。冗談で済ませようとしても、花乃《かの》が許さない。それを悟ったのか、一妃《いちひ》は縋《すが》るようにぽつりと聞いた。

「なんで？　私が、あっちを嫌がったから？」

「そうだけど、それだけじゃないよ」

花乃《かの》は額を離すと曇りなく笑う。

「異郷の話を聞いた時から思ってたの。皆が繋《つな》がっていて、皆お互いのことが分かっていて、怒りも恐怖もない穏やかな世界。――わたしはいいなって思った」

花乃《かの》をずっと脅《おびや》かしていたものは、「分からないものの恐怖」だ。

けれど異郷にはそれがない。皆一つで繋《つな》がっている。お互いを知っている。そういう世界の在り方に行きついた。

「だから、誰かがやらなきゃいけないことになるなら、わたしが適任だろうなって。やってみたいの。わたしは、その世界を見てみたい。そこで生きてみたい」

晴れ晴れと。そして堂々と。

花乃《かの》は己のやりたいことを願う。

それが自分のできることで、望んだことで、みんなの助けになることを誇る。

暗い自分の部屋に怯《おび》えて閉じこもっていた花乃《かの》が、こんな風に踏み出せるようになったのは、一妃《いちひ》と一緒に過ごしていたからだ。それを俺は知っている。

絶句していた一妃《いちひ》の口から、掠《かす》れた声が零《こぼ》れる。

「半分は海に溶けなきゃいけないんだよ……戻って来られなくなる」

「うん、知ってる。でもそれって、こっちの世界で生きていても似たところがあるでしょう？知らない人たちと付き合っていかなきゃ暮らせないし、外国に引っ越したら家族と会えなくなるかもしれない。そういう生き方だってあるし、だったらわたしは、自分の恐《こわ》いものがない世界がいい。そんな世界なら、わたしはきっと世界のみんなのために生きられる」

きっぱりと言いきる花乃《かの》の言葉は、笑ってしまうくらい強い。

両親が亡《な》くなった後の花乃《かの》もこうやって俺を支えようとしてくれてたんだ。でもあの時の花《か》乃《の》は常に恐怖と戦っていた。その憂いがない世界で、花乃《かの》は生きたいと願ってるんだ。

「……や、」

一妃《いちひ》の両眼に、みるみる涙が溢《あふ》れる。

「やだよ」

「一妃《いちひ》さん」

「そんなの違う、なんで……」

ぽたぽたと、俺の腕に涙が落ちる。

こんな一妃《いちひ》は見たことがない。俺が無言でいるのに気づいて、一妃《いちひ》が助けを求めるように視線を上げた。

「そ、蒼汰《そうた》くんは……」

「俺は止めないよ」

一妃《いちひ》の表情が凍りつく。それを見ると心も痛むけど、俺は既に結論を出してる。

「俺は、花乃《かの》がやってみたいっていうならそれを尊重する」

元々、花乃《かの》がずっと部屋に引きこもったままでもいいと思ってたんだ。いつか何かをやりたいと思うなら、それを助けてやろうと思ってた。

たまたまそれが、別の世界に行くことだっただけだ。

「な、なんで？　おかしいよ……やだ」

「花乃《かの》が満足したら別れるって、お前も言ってただろ」

「ち、違うよ！　だって、花乃《かの》ちゃんはずっと私が守るんだって、生きるのが嫌になるまで一緒にいるんだって……それは、こんな形じゃない……！」

声を上げて、ついに子供のようにわんわんと一妃《いちひ》は泣き始める。

困ったように一妃《いちひ》を見る花乃《かの》は大人びて、俺はああ、そうか、と腑《ふ》に落ちた。

今まで高みから人間を愛していた一妃《いちひ》は、辛《つら》い別れをした経験がないんだ。少なくとも一妃《いちひ》自身はずっと、人間の、自分と一緒にいた少女たちの選択を貴んでいた。それは生ききった彼女たちに見送られて生き続けてきたってことで――これから旅立つ人間を見送る経験が、一妃《いちひ》にはない。

だから混乱している。自分が忌《い》んだ故郷に、自分が愛した人間が旅立つ別離を受け入れられないんだ。

花乃《かの》は苦笑すると俺を見上げた。

「一妃《いちひ》さんをお願いね、お兄ちゃん」

「ああ。戻ってきたくなったらいつでも電話くれ。何とかするよ」

「お兄ちゃんは無茶なことやりそうだからな」

そう笑って、花乃《かの》は門の方に足を向ける。門の前に立ったままの一妃《いちひ》の体の方へ。

一妃《いちひ》が叫んだ。

「待って！　私のせいで――」

「違うよ、一妃《いちひ》さん。一妃《いちひ》さんのおかげなの。一妃《いちひ》さんが愛してくれたから、わたしはわたしになれたの」

一妃《いちひ》の体の前に立った花乃《かの》は、目を閉じて両手で自分の首に触れる。

門から溢《あふ》れ出《だ》す光の眩《まぶ》しさに耐えきれず、俺は目をつぶる。

そして、もう一度目を開いた時――そこには透き通る五対の翅《はね》を広げた妹が立っていた。

「花乃《かの》」

肩までの黒髪は、一本一本が光を帯びている。

白いドレスは金色の光を受けて広がり、まるで花嫁衣裳《いしょう》みたいに見えた。

小さな背中から広がる翅《はね》は薄白く、金色に縁どられている。

神秘そのものの、光を宿して美しい姿。

これが花乃《かの》か。嘘《うそ》みたいだ。言うと多分怒られるんだけど。

自分のものとなった体を見下ろしていた花乃《かの》は、改めて俺たちを見つめる。

「一妃《いちひ》さん、体をもらっていくね」

瞳の紫が、涙に溶けて零《こぼ》れていく。小さな唇がわななく。

「……い、行かないで」

一妃《いちひ》がかろうじて口にできたのはそれだけだ。

か細い懇願に、花乃《かの》は少しだけ困ったように、でも迷いなく微笑《ほほえ》んだ。

「わたしを選んでくれてありがとう。すごく幸せだった。ずっとずっと愛してる」

すれ違う言葉は、けれど確かに愛情の証《あかし》だ。

一妃《いちひ》の見開いた目からまた涙が溢《あふ》れる。花乃《かの》の決断が揺るがないと分かったのか、ただ泣き出す一妃《いちひ》を俺は抱き直した。

花乃《かの》の目が何年かぶりに真《ま》っ直《す》ぐに俺を捉える。そのまなざしは記憶の中のどの姿よりも強くて、花乃《かの》らしい。

「行ってくるね、お兄ちゃん。今までありがとう」

それはきっと、今生の別れの言葉だ。

俺は何を返そうか迷って、でも何も思いつかない。覚悟はしていたのに喉に詰まる。

それでも、俺がここで泣いたら一妃《いちひ》が余計に泣くだろうから、俺は笑った。

「どこにいても、お前は俺の大事な妹だよ」

子供の頃、小さな手を引いて街を歩いていたことを思い出す。

あの頃俺の手を離せなかった妹が、今自分から歩き出している。

変わらない笑顔のままに、花乃《かの》ははにかんだ。

「お兄ちゃんが、わたしのお兄ちゃんでよかった」

そんな言葉は、俺にはもったいないくらいの賛辞だ。上手《うま》く言葉で返せないから俺も笑顔でいる。花乃《かの》が見る最後の兄の姿が、心配いらないものであるように。

花乃《かの》は名残惜しそうに俺たちを見つめると、ドレスの裾を翻《ひるがえ》す。門に向かう花乃《かの》の後を追うように、異郷の海がざわめいて集まり始めた。

門に両手が触れる。その向こう、光の溢《あふ》れる中に花乃《かの》は一歩踏み出した。

《統治者》になるために。だから花乃《かの》はもう振り返らない。
翅《はね》を広げた背中がゆっくりと門の向こうに溶けていく。熱に満ちた声が聞こえる。
「ああ……やっぱりみんな優しい……」
門が閉じ始める。異郷の海が狭まる隙間に吸いこまれていく。
やがて門は細い線となって消え去る。
そして一粒の光もなくなった後まで、一妃《いちひ》はただ声を嗄《か》らして泣いていた。

# 十三――思い出

世界は移り変わる。

その陰にあったものを、多くの人間は知らない。

渦中《かちゅう》にいた俺でさえ全部は分からないんだ。

でも、結果だけは知っている。日本中で起きていた消失事件は、あの夜を最後にぴたりと止まった。花乃《かの》がうまくやってくれたんだろう。事情を知らない世間の人たちは「本当に収まったか分からない、次はどこが被害に遭うか」なんて警戒してるけど、俺はそう思っている。あの日以来、床辻に【白線】は一度も来ていないのだから。

「たった一日に詰めこまれ過ぎて、十日経ってようやく体調が落ち着いてきたよ」

山の頂上の展望公園からは市街の様子が一望できる。三方を囲む山から普段行かない海の方まで。本当は夜景が有名らしいけど、昼過ぎのこの時間でも充分な眺めだ。ただ他に人がいないのは、午前中に通り雨があったからだろうか。

欄干によりかかった俺は、自分の右手を開いたり閉じたりしてみる。

――あの夜、急激に力の使い方を拡張したり、体を作り変えたりした影響は大きかった。

翌日から三日間、凄《すさ》まじい筋肉痛と発熱で、夏宮《なつみや》さんには「半分人間のままでいるからじゃ」と温かい言葉をもらった。もっとも俺が倒れている間に後始末が大変だったらしいから、任せきりで申し訳ないとは思ってる。

彼岸に裏返りかけた街を戻すために、夏宮《なつみや》さんと西の地柱と監徒の霊媒系の人たちは奔走したらしい。もともと禁忌破りで西側がちょっと危うい状態だったのを、北の山中では完全に裏返したんだ。そりゃ大変だったろうな、って思うし、実際しばらくの間、市内にめちゃくちゃ幽霊の目撃譚《たん》が出たそうだ。クラスメートの山上くんも実は霊媒の家の人間だったらしく、ひどい忙しさだったと学校で会った時に聞いた。「繁忙期って感じだったよ」って笑ってたけど、霊媒に繁忙期がある街はどうかと思う。

他には、墨染雨《すみぞめあめ》さんは北の山中の浄化も兼ねて休眠に入った。校内の相談箱には「しばらく返答が遅れます」って貼り紙が貼られていて、その綺麗《きれい》な字には墨染雨《すみぞめあめ》さんの律義《りちぎ》さがよく出ていると思う。あのひとがいない間、助けられた分まで役目を果たさなきゃという気になる。

そうじゃなくても、俺はちゃんとこの街を守って生ききらないと。

ここは、俺の妹が生まれ育った故郷で、守った街だからだ。

「花乃《かの》が使ってたタブレットに、花乃《かの》のメモがたくさん残ってたんだよな。色んな物語を抜粋したり自分で考えた御伽噺《おとぎばなし》とかがあって、こういうの好きだったのかって。読み聞かせの動画もたくさんブックマークしてあった」

南から強い風が吹いてきて、隣に立つ一妃《いちひ》の日傘を揺らす。

一妃《いちひ》は紫色の目を伏せた。

「花乃《かの》ちゃんはそういうのをやりたがってたからね。『異郷の人たちに感情の揺らぎが必要なら、読み聞かせとかはやらないのか』って聞かれたことあるよ」

街を見下ろす一妃《いちひ》は無表情だ。白いワンピースを着た体は花乃《かの》の残していったもので、首には黒いリボンを巻いている。淡紫の髪が風になびく。

花乃《かの》が旅立っていった後、しばらくの間一妃《いちひ》は泣いて怒って手がつけられなかった。なかなか体も戻そうとしなくて、戻っても部屋に引きこもったり、俺に当たり散らしたり、子供の癇《かん》癪《しゃく》みたいになっていた。

けど、一週間もするとようやく落ち着いてきた。もっともそれは表面的なものかもしれない。俺にどんな文句を言っても効かないとのみこんだだけかも。

一妃《いちひ》は景色が映りこむ双眼を細める。

「あの時、そんなの意味ないよ、っていい加減なこと言っちゃえばよかったかな」

「ネガキャンやめろ。それお前が興味ないだけだろ」

「そうだね。花乃《かの》ちゃんは興味があったんだろうね。『子供はどうやって生まれて育てるのか』とか聞かれたことあるし」

「あー、そっか。異郷にも大人になるまでの期間があるんだもんな」

花乃《かの》はまったく別の世界の話を聞いて、やりたいことが色々できたんだろう。それはきっと歓迎すべきことだったと思うし、今でも俺は後悔してない。

「花乃《かの》ちゃんが幸せなら、それでいいけどね」

嘯《うそぶ》く一妃《いちひ》は半分が拗《す》ねているようで、もう半分は本当にそう思っているようだった。

一妃《いちひ》に運命を預けた少女たちの中で、唯一彼女の意に反して駆け去っていった人間。花乃《かの》はこの街を出て、この世界をも飛び出して、自分で選んだ場所で生きていく。その一生が幸福であればいいと、俺たちはただ願うだけだ。

風に草木の香りが混ざる。遠くに見える海面がきらきらと輝く。

海と山の狭間《はざま》にあるこの街に、どうして苦難に耐えてでも人が残ったのか。

その理由は俺には分からない。この景色が捨てられなかったからかもしれないし、故郷に愛着があったのかもしれない。旅立っていく者と留まる者がいて、俺たちは後者だってだけだ。

流れる髪を耳にかけた一妃《いちひ》は、不意に顔を斜めにすると俺を睨《にら》んだ。

「私は、蒼汰《そうた》くんのことちょっと嫌いになったよ」

「そりゃごめんな」

「でも愛してる」

「ん」

家族って、きっとそういうものだろう。

嫌なところがあったり、それでも愛情があったり、お互いのいい距離感を探していく。

つまり一妃《いちひ》が俺のこと嫌いになったって、それは俺に一歩歩み寄ってくれたってことなんじゃないだろうか。

以前と違っていつもにこにこ笑わなくなった一妃《いちひ》は、少し潤んだ目を伏せる。

「だから私は、蒼汰《そうた》くんの分まで悲しむよ」

優しい声。

優しい言葉。

俺は息を詰める。自分だけの喪失を振り返る。

彼女の悲しみは、俺の悲しみではないけれど。

彼女の愛は、俺の愛でもあるんだと思う。

助けられているのは、いつでも俺の方だ。

「俺は、お前がいてくれてよかったよ」

「愛してるからね。死ぬまで見守ってあげる」

「頑張って長生きする。人間じゃないし」

俺は、その綺麗《きれい》な横顔を見て手を差し出す。

一妃《いちひ》は澄んだ目で俺の手を見返すと、膨《ふく》れ面《つら》をしながらもそこに自分の手を重ねた。

その手を取って、大事なものを何一つ取りこぼさずに済むように。

俺たちは二人になって、俺たちの家へ帰っていく。

# あとがき

この度は『不可逆怪異をあなたと　―床辻奇譚《とこつじきたん》―』の二巻をお手に取ってくださり、ありがとうございます。古宮九時《ふるみやくじ》です。

もともとこの不可逆怪異は「単巻完結しているし、続きも書こうと思えば書ける」という、新作によくある形で出させて頂いたお話なのですが、二色先生に頂いたキャラデザとイラストが素晴らしすぎて「やっぱり単巻で終わらせるのはもったいないな！」と二巻目も書かせて頂きました。おかげさまで今巻を以《もっ》て家族となったメイン三人については無事区切りのいいところまで書けたと思います。

分からない怪奇だらけの恐ろしさがあった一巻と違い、二巻は怪奇の内側から語る話になりました。図太いメンタルに定評があった主人公も、そのメンタルが特殊な役職を得てますます板についたと思います。今巻も相変わらず可能な範囲で主人公が我を通していく話ですので、オカルトが苦手な方も安心してお読みください。タイトルとなっている「不可逆」の意味を噛《か》み締《し》めて頂ければ幸いです。

では今回も謝辞を。

今巻から本格的に担当様方がそれぞれ違う激務に分かれていかれましたが、そんな中、一緒にこの本を作ってくださって本当にありがとうございます。どうせ出すなら全力投球で、という気持ちで書いた今巻、とっても書くのが楽しかったです。次があったらまた遠慮なくお話をぶん回したい気持ちです。常にお忙しそうで心配ですが、お体にお気をつけて……。

そして二色先生、今回も美しく格好いいイラストの数々、本当にありがとうございます！　新規キャラデザ頂いた地柱二人も可愛《かわい》く綺麗《きれい》で、更には今回のメインである双華《ふたか》が歪《いびつ》な美しさで感動でした！「二色先生の服装デザインが見たいよー！」と駄々をこねた甲斐《かい》がありました。ありがとうございます！　これでまた生きていける……。

そしてこの本をお手に取ってくださった皆様、ありがとうございます。疑似家族のお話は、これで一段落です。得るものと失うものはある程度釣り合わざるを得ない状況で、それでも「これでいい」と決断していった二人を温かく受け止めてくだされば幸いです。

ではまた、いつかの時代、どこかの都市にて。

ありがとうございました！

古宮九時

## ◉古宮九時著作リスト

「監獄学校にて門番を」（電撃文庫）

「監獄学校にて門番を②」（同）
「監獄学校にて門番を③」（同）
「Ｂａｂｅｌ　―異世界禁呪と緑の少女―」（同）
「ＢａｂｅｌⅡ　―剣の王と崩れゆく言葉―」（同）
「不可逆怪異をあなたと　床辻奇譚」（同）
「不可逆怪異をあなたと2　床辻奇譚」（同）
「Unnamed Memory Ⅰ　青き月の魔女と呪われし王」（電撃の新文芸）
「Unnamed Memory Ⅱ　玉座に無き女王」（同）
「Unnamed Memory Ⅲ　永遠を誓いし果て」（同）
「Unnamed Memory Ⅳ　白紙よりもう一度」（同）
「Unnamed Memory Ⅴ　祈りへと至る沈黙」（同）
「Unnamed Memory Ⅵ　名も無き物語に終焉を」（同）
「Unnamed Memory　-after the end-Ⅰ」（同）
「Unnamed Memory　-after the end-Ⅱ」（同）
「死を見る僕と、明日死ぬ君の事件録」（メディアワークス文庫）
「純真を歌え、トラヴィアータ」（同）
「高崎グラフィティ。」（同）
「彼女は僕の「顔」を知らない。」（同）

## 本書に対するご意見、ご感想をお寄せください。

ファンレターあて先
〒 102-8177　東京都千代田区富士見 2-13-3
電撃文庫編集部
「古宮九時先生」係
「二色こぺ先生」係

読者アンケートにご協力ください!!

**アンケートにご回答いただいた方の中から毎月抽選で10名様に**
**「図書カードネットギフト1000円分」をプレゼント!!**

二次元コードまたはURLよりアクセスし、
本書専用のパスワードを入力してご回答ください。

**https://kdq.jp/dbn/**　パスワード　rnx3j

- 当選者の発表は賞品の発送をもって代えさせていただきます。
- アンケートプレゼントにご応募いただける期間は、対象商品の初版発行日より12ヶ月間です。
- アンケートプレゼントは、都合により予告なく中止または内容が変更されることがあります。
- サイトにアクセスする際や、登録・メール送信時にかかる通信費はお客様のご負担になります。
- 一部対応していない機種があります。
- 中学生以下の方は、保護者の方の了承を得てから回答してください。

本書は書き下ろしです。

この物語はフィクションです。実在の人物・団体等とは一切関係ありません。

電撃文庫

# 不可逆怪異《ふかぎゃくかいい》をあなたと2
## 床辻奇譚《とこつじきたん》

古宮九時《ふるみやくじ》


2024年1月10日　初版発行

発行者　山下直久
発行　株式会社KADOKAWA
〒102-8177　東京都千代田区富士見2-13-3
0570-002-301（ナビダイヤル）
装丁者　荻窪裕司（META＋MANIERA）
印刷　株式会社暁印刷
製本　株式会社暁印刷





ISBN978-4-04-915130-5　C0193　Printed in Japan

電撃文庫　https://dengekibunko.jp/

# 電撃文庫DIGEST　1月の新刊

発売日2024年1月10日

## 86―エイティシックス―Ep.13
―ディア・ハンター―

著／安里アサト　イラスト／しらび
メカニックデザイン／I-Ⅳ

共和国避難民たちは武装蜂起を決行し、一方的に独立を宣言。鎮圧に駆り出されたのはシンたち機動打撃群で……一方ユートはチトリを連れ、共和国へ向かう。そして、ダスティンは過去と現在の狭間で苦悩していた。

## 新作 私の初恋は恥ずかしすぎて誰にも言えない

著／伏見つかさ　イラスト／かんざきひろ

女子にモテモテのクール少女・楓は恋をしたことがない。そんな楓はある日、息を呑むほど可愛い女の子と出逢う。人生初のときめきに動揺したのも束の間、麗しの姫の正体はアホで愚かな双子の兄・千秋だったぁ!?

## 新作 ほうかごがかり

著／甲田学人　イラスト／potg

よる十二時のチャイムが鳴ると、ぼくらは「ほうかご」にとらわれる。そこには正解もゴールもクリアもなくて。ただ、ぼくたちの死体が積み上げられている。恐怖と絶望が支配する“真夜中のメルヘン”解禁。

## 魔王学院の不適合者14〈下〉
～史上最強の魔王の始祖、転生して子孫たちの学校へ通う～

著／秋　イラスト／しずまよしのり

魔弾世界で大暴れするアノス。それを陽動に魔弾世界の深部へ潜入したミーシャとサーシャの前に、創造神エレネシアが姿を現す――第十四章《魔弾世界》編、完結!!

## いつもは真面目な委員長だけどキミの彼女になれるかな?2

著／コイル　イラスト／Nardack

映像編集の腕を買われ、陽都は後輩（売れない）アイドルの「ＪＫコンテスト」を手伝うことに。けど吉野さんも一緒なら、初のお泊まり――合宿も行ける!?　だがＪＫコンには、陽都の苦い過去を知る人物もいて……。

## 不可逆怪異をあなたと2
床辻奇譚

著／古宮九時　イラスト／二色こぺ

異郷の少女・一妃。土地神となった少年・蒼汰。二人は異界からの浸食現象【白線】に対処しながら、床辻の防衛にあたっていた。そんな中、蒼汰の転校が決定。新しい学校では、土地神の先輩・墨染雨が待っており――。

## 勇者症候群3

著／彩月レイ　イラスト／りいちゅ

精神だけが《勇者》の精神世界に取り込まれてしまったカグヤ。心を無くした少女を護り、アズマたちは《勇者》の真相に立ち向かう――！

## ツンデレ魔女を殺せ、と女神は言った。2

著／ミサキナギ　イラスト／米白粕

ツンデレ聖女・ステラの杖に転生した俺。二年生へ進級したステラは年に一度の『聖法競技会』に臨むことに！　優勝候補・クインザに対抗するため、俺（杖）は水の聖法を操るクーデレ美少女・アンリの勧誘に乗り出す！

## 少年、私の弟子になってよ。3
～最弱無能な俺、聖剣学園で最強を目指す～

著／七菜なな　イラスト／さいね

ラディアータとの約束を果たすため、頂へ駆け上がる識。ついに日本トーナメントへ出場！　しかし、聖剣“無明”の真実が白日の下に晒されてしまい!?　聖剣剥奪の危機を前に、師弟が選んだ道は――。

## 新作 放課後、ファミレスで、クラスのあの子と。

著／左リュウ　イラスト／magako

なんとなく家に居づらくて。逃げ込むように通い始めたファミレスで、同じ境遇の同級生・加瀬宮小白と出逢った。クラスメイトは知らない彼女の素顔が、彼女と過ごす時間が、俺の退屈な日常を少しずつ変えていく――。

## 新作 彼女を奪ったイケメン美少女がなぜか俺まで狙ってくる

著／福田週人　イラスト／さなだケイスイ

平凡な俺の初カノは“女子”に奪われました。憎き恋敵はボーイッシュな美少女・水嶋静乃。だけど……「本当の狙いはキミなんだ。私と付き合ってよ」　ってどういうこと!?　俺は絶対に落とされないからな！

## 新作 セピア×セパレート
復活停止

著／夏海公司　イラスト／れおえん

３Dバイオプリンターの進化で、生命を再生できるようになった近未来。あるエンジニアが〈復元〉から目覚めると、全人類の記憶のバックアップをロックする前代未聞の大規模テロの主犯として指名手配されていた――。

## 新作 【恋バナ】これはトモダチの話なんだけど　～すぐ真っ赤になる幼馴染の大好きアピールが止まらない～

著／戸塚 陸　イラスト／白蜜柑

悩める高二男子・瀬高蒼汰は、幼馴染で片思い相手・藤白乃愛から恋愛相談を受けていた。「友達から聞かれたんだけど……蒼汰ってどんな子がタイプなの？」まさかそれって……